Le meurtre
d'un étudiant

GEORGES SIMENON

Le meurtre
d'un étudiant

édité par
FRÉDÉRIC ERNST
Professeur émérite,
New York University

HOLT, RINEHART AND WINSTON
New York   Toronto   London

ISBN: 0-03-084993-4

2345   065   98765432

Cover by COLOS

Préface

Georges Simenon est né à Liège (Belgique) le 13 février 1903. C'est dans cette ville qu'il a passé sa jeunesse. Plus tard, il résidera en France, où s'est écoulé la plus grande partie de sa vie active. Il a aussi séjourné plusieurs années aux États-Unis, et sa résidence officielle est actuellement en Suisse, à Épalinges. Toutefois, la plupart des intrigues de ses romans se développent dans un cadre et un milieu social français.

Simenon a écrit plus de 190 romans dont un grand nombre ont été publiés dans 31 pays et traduits dans 32 langues différentes. Il est célèbre dans le monde entier, particulièrement pour ses romans policiers. Soixante quinze de ceux-ci appartiennent à la série des Maigret.

Ces romans policiers, et surtout la création du personnage si original et si sympathique du commissaire Maigret, ont sans nul doute contribué à valoir à leur auteur une place importante dans l'histoire de la littérature française du XXe siècle ainsi qu'à le faire élire membre de l'Académie Royale de Belgique.

Les romans de Georges Simenon ne présentent pas seulement l'étude psychologique d'un crime. Ils nous font connaître des personnages vivants, dans un milieu spécial de la vie française d'aujourd'hui.

L'auteur n'accumule pas crime sur crime. Son détective ne passe pas par des tribulations inimaginables. Ce n'est ni un athlète ni un héros. L'art de l'auteur ne consiste pas à compliquer les circonstances qui entourent un crime, pour arriver à la solution la plus inattendue. Au contraire, le crime—presque toujours unique —nous est décrit dans un cadre d'une réalité à la fois simple, précise et convaincante. Les personnages qui s'y rattachent ne nous semblent pas avoir été inventés pour permettre à l'action de se développer. Ce sont des êtres tirés de la vie même, étudiés rapidement, mais aussi en profondeur, et que nous acceptons sans réticences. Leurs paroles comme leurs actes sont ce à quoi nous nous attendons de leur part.

Peu de romans d'aujourd'hui donnent au lecteur une image aussi parfaite de différents aspects de la société française actuelle et de ses façons de s'exprimer.

Dans le cas qui nous occupe, comme dans les autres romans de la série, c'est sur le commissaire Maigret que se porte surtout l'attention du lecteur. Son allure un peu nonchalante, ses habitudes, ses relations, ses réflexions, sa vie familiale, les ressorts de son cerveau, font de lui un personnage attachant et authentique.

Dans quatre volumes de biographie, publiés il y a quelques années, qui sont consacrés à la jeunesse et à l'adolescence du romancier, ce qui nous frappe surtout c'est que, tout jeune, Georges Simenon s'intéresse intensément aux gens les plus divers qui l'entourent chez lui et dans sa ville natale. Dans ce milieu composite apparaît déjà le désir de comprendre ceux avec qui il entre en contact, de comprendre et non de juger, d'admettre et non de rejeter.

C'est aussi cette particularité rare qui, nous semble-t-il, caractérise Maigret et fait de lui un personnage vivant et original. Comprendre, sans surprise, sans animosité, est à la base de ses enquêtes et c'est aussi ce qui lui permet de résoudre les problèmes humains qui se présentent à lui.

S'il existe quelque prédilection dans l'esprit du commissaire, comme peut-être chez l'auteur lui-même, elle consiste en une sympathie particulière pour les petites gens, les gens simples, pauvres mais productifs, et une certaine antipathie pour les gens trop riches et oisifs.

Le style de Simenon varie selon le milieu dans lequel se déroule l'action de ses romans. Ses personnages parlent le langage qui convient à leur profession et à leur condition sociale. Nous en découvrons constamment des prototypes dans la société française actuelle.

Toutes les caractéristiques que nous avons mentionnées se retrouvent dans *Le meurtre d'un étudiant*. Ce sera la tâche et, nous l'espérons, le plaisir du lecteur de les apercevoir et de saisir leur valeur esthétique.

Ce roman a été publié par les Presses de la Cité, à Paris, en 1969, sous le titre *Maigret et le Tueur*.

FE

Table des matières

Avis au lecteur

Le style de ce roman, son vocabulaire, sa syntaxe, ses idiotismes, sont représentatifs du français courant, actuel. Ceci était d'autant plus nécessaire qu'une grande partie du texte se présente sous forme de dialogue. Chaque personnage s'y exprime selon sa condition sociale ou sa profession: magistrat, avocat, médecin, policier, industriel, étudiant, employé, cafetier, bourgeoise, jeune fille riche ou pauvre, repris de justice, etc.

Ces distinctions entre les différentes façons de s'exprimer devraient intéresser particulièrement les élèves.

Les notes, au bas des pages, ont pour but de faire comprendre les mots et expressions qui pourraient embarrasser le lecteur, et de lui permettre de se servir le moins possible du lexique français-anglais.

Beaucoup de ces notes, qui essayent de donner, dans un français plus simple, l'équivalent de certains idiotismes, ne peuvent être, bien souvent, que des approximations. Le lecteur doit toujours rester conscient de la justesse et de la valeur esthétique plus grandes des expressions que l'auteur a choisies.

Ce serait, pour l'élève, un exercice linguistique for intéressant qui consisterait à se demander comment une idée, exprimée par une phrase fort simple, peut aussi s'exprimer et prendre une vie intense dans une expression idiomatique.

Ces notes sont nombreuses au début du texte; elles le sont moins lorsque l'élève a pris contact avec le sujet et le style du roman. Certains mots sont traduits en anglais, si l'explication en français eût été trop longue, ou qu'elle eût créé des difficultés nouvelles.

Le questionnaire qui suit le texte est divisé, comme le roman, en huit parties. Ici aussi, les questions sont d'abord plus nombreuses et plus spécifiques; elles deviennent progressivement moins nombreuses et plus générales. Elles sont toutes susceptibles de réponses diverses, courtes ou longues, selon le niveau de la classe ou le talent de l'élève.

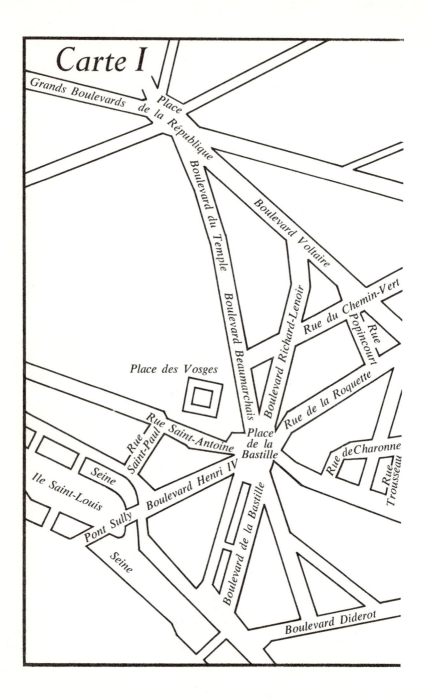

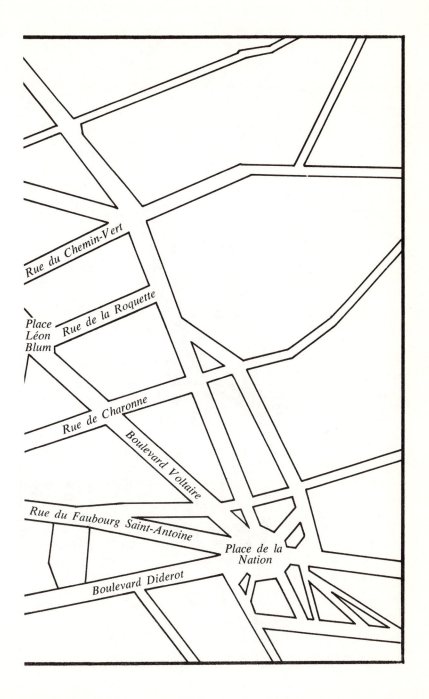

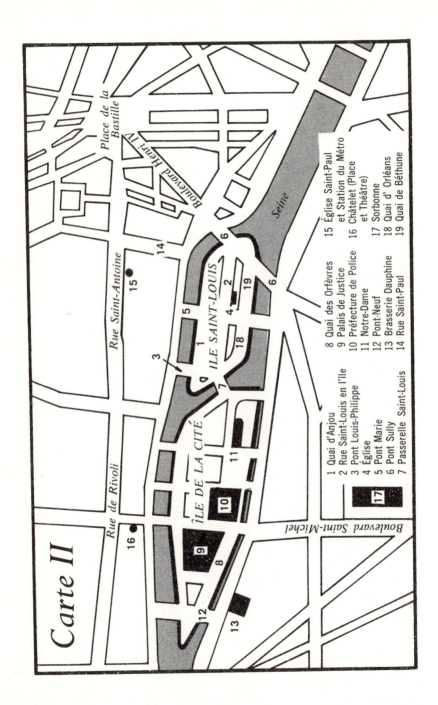

Carte II

Place de la Bastille

Boulevard Henri IV

Rue Saint-Antoine

Rue de Rivoli

Seine

ÎLE SAINT-LOUIS

ÎLE DE LA CITÉ

Boulevard Saint-Michel

1 Quai d'Anjou
2 Rue Saint-Louis en l'île
3 Pont Louis-Philippe
4 Église
5 Pont Marie
6 Pont Sully
7 Passerelle Saint-Louis

8 Quai des Orfèvres
9 Palais de Justice
10 Préfecture de Police
11 Notre-Dame
12 Pont-Neuf
13 Brasserie Dauphine
14 Rue Saint-Paul

15 Église Saint-Paul
   et Station du Métro
16 Châtelet (Place
   et Théâtre)
17 Sorbonne
18 Quai d'Orléans
19 Quai de Béthune

Le meurtre
d'un étudiant

Chapitre *I*

Pour la première fois depuis qu'ils dînaient chaque mois chez les Pardon, Maigret devait conserver de cette soirée boulevard Voltaire un souvenir presque pénible.

Cela avait commencé boulevard Richard-Lenoir.[1] Sa femme
5 avait commandé un taxi par téléphone, car il pleuvait, depuis trois jours, comme, selon la radio, il n'avait pas plu depuis trente-cinq ans. L'eau tombait par rafales,[2] glacée, vous fouettant le visage et les mains, collant les vêtements mouillés au corps.

Dans les escaliers, les ascenseurs, les bureaux, les pas se marquaient
10 en taches sombres et l'humeur des gens était exécrable.

_____

[1] Voir la carte I.
[2] en torrents

1

Ils étaient descendus et avaient attendu près d'une demi-heure, sur le seuil de l'immeuble,[3] de plus en plus pénétrés par le froid, que le taxi arrive enfin. Encore avait-il fallu parlementer[4] pour que le chauffeur accepte une course aussi brève.

—Excusez-nous... Nous sommes en retard...   5

—Tout le monde est en retard ces jours-ci... Cela ne vous ennuie pas qu'on se mette à table tout de suite?...

L'appartement était chaud, intime, et on s'y sentait d'autant mieux qu'on entendait la tempête secouer les volets.[5] Mme Pardon avait préparé un bœuf bourguignon comme elle seule le réussissait 10 et ce plat à la fois solide et raffiné avait fait les frais de la conversation.

Puis on avait parlé de la cuisine provinciale, du cassoulet, de la potée lorraine, des tripes à la mode de Caen, de la bouillabaisse...[6]

—Au fond, c'est de la nécessité que la plupart de ces recettes sont nées... Si les réfrigérateurs avaient existé dès le Moyen Age...   15

De quoi avaient-ils parlé d'autre? Les deux femmes, comme d'habitude, avaient fini par s'installer dans un coin du salon, où elles bavardaient à mi-voix. Pardon[7] avait entraîné Maigret dans son cabinet pour lui montrer une édition rare qu'un de ses patients lui avait offerte. Ils s'étaient assis machinalement et Mme Pardon était 20 venue leur servir le café et le calvados.[8]

Pardon était fatigué. Depuis assez longtemps ses traits étaient tirés et, par moments, on lisait dans ses yeux une sorte de résignation. Il n'en travaillait pas moins quinze heures par jour, sans jamais se plaindre ni récriminer, le matin dans son cabinet, une partie de 25 l'après-midi en traînant sa lourde trousse[9] de rue en rue, puis chez lui à nouveau où le salon d'attente était toujours plein.

—Si j'avais un fils et qu'il m'annonce son intention de devenir médecin, je crois que je tenterais de l'en dissuader...

Maigret faillit[10] détourner les yeux, par pudeur. De la part de 30

----

[3] à la porte de leur maison
[4] discuter
[5] *shutters*
[6] (cinq plats régionaux)
[7] Le médecin Pardon est un grand ami des Maigret.
[8] liqueur (cidre distillé)
[9] emportant son lourd sac de médecin
[10] fut sur le point de

Pardon, c'était bien la phrase la plus inattendue, car il était passionné de sa profession et on ne l'imaginait pas en exerçant une autre.

Cette fois, il était découragé, pessimiste, et surtout il se laissait aller[11] à exprimer ce pessimisme.

5 —On est en train de faire de nous des fonctionnaires et de transformer la médecine en une grande machine à débiter[12] des soins plus ou moins adéquats...

Maigret l'observait en allumant sa pipe.

—Non seulement des fonctionnaires,[13] reprenait le médecin, mais
10 de mauvais fonctionnaires, car nous ne pouvons plus consacrer à chaque malade le temps indispensable... Parfois, j'ai honte, en les reconduisant à la porte, en les poussant presque... Je vois leur regard inquiet, voire[14] implorant... Je sens qu'ils attendaient de moi autre chose, des questions, des mots, des minutes, en somme,
15 pendant lesquelles je ne me serais occupé que de leur cas...

Il levait son verre.

—A votre santé...

Il s'efforçait de sourire, d'un sourire mécanique qui ne lui allait pas.[15]

20 —Savez-vous combien j'ai vu de patients aujourd'hui?... Quatre-vingt-deux... Et ce n'est pas exceptionnel... Après quoi on nous oblige à remplir les formulaires variés qui nous prennent nos soirées... Je vous demande pardon de vous ennuyer avec ça... Vous devez avoir vos soucis, vous aussi, quai des Orfèvres...[16]

25 De quoi avaient-ils parlé ensuite? De choses banales[17] qu'on ne se rappelle pas le lendemain. Pardon était assis devant son bureau, fumant sa cigarette. Maigret dans le fauteuil rigide réservé aux malades. Il régnait ici une odeur particulière que le commissaire[18] connaissait bien, car il la retrouvait à chacune de ses visites. Une

---

[11] il se permettait
[12] donner (fournir comme dans un café)
[13] des employés de l'État —Presque tous les frais médicaux, en France, sont payés par la Sécurité Sociale. Les médecins sont obligés de faire des rapports détaillés et le nombre des patients a probablement beaucoup augmenté.
[14] même
[15] qui n'était pas le sien
[16] c'est le siège de la Police Judicière, près du Palais de Justice, dans l'Ile de la Cité
[17] ordinaires
[18] titre du chef de la Police Judicière (P.J.)

odeur qui n'était pas sans rappeler celle des postes de police. Une odeur de pauvre.

Les clients de Pardon étaient des habitants du quartier,[19] presque tous d'un milieu très modeste.

La porte s'ouvrait. Eugénie, la bonne,[20] qui travaillait depuis si 5 longtemps boulevard Voltaire qu'elle faisait un peu partie de la famille, annonçait :

—C'est l'Italien, monsieur...

—Quel Italien ? Pagliati ?...

—Oui, Monsieur... Il est dans tous ses états...[21] Il paraît que c'est 10 très urgent...

Il était dix heures et demie. Pardon se leva, ouvrit la porte du triste salon d'attente où des magazines étaient éparpillés sur un guéridon.[22]

—Qu'est-ce qui ne va pas,[23] Gino ? 15

—Ce n'est pas moi, Docteur... Ni ma femme... Il y a un blessé, sur le trottoir,[24] qui doit être en train de mourir...

—Où ?

—Rue Popincourt, à moins de cent mètres...

—C'est vous qui l'avez découvert ? 20

Pardon était déjà dans l'entrée, endossant[25] son pardessus noir, cherchant sa trousse, et Maigret, tout naturellement, mettait aussi son manteau. Le médecin entrouvrait la porte du salon.

—Nous revenons tout de suite... Un blessé rue Popincourt...

—Prends ton parapluie... 25

Il ne le prit pas. Cela lui aurait semblé ridicule de se pencher avec un parapluie sur un homme qui se mourait au milieu du trottoir où la pluie crépitait.[26]

Gino était Napolitain. Il tenait, au coin de la rue du Chemin-

---

[19] section, partie d'une ville
[20] la domestique
[21] très excité
[22] petite table ronde
[23] Ça va mal ?
[24] *sidewalk*
[25] mettant (sur son dos)
[26] faisait du bruit en tombant

Vert et de la rue Popincourt une boutique d'épicerie.[27] Plus exactement, c'était sa femme, Lucia, qui tenait la boutique pendant que, derrière, il préparait des nouilles fraîches, des ravioli, des tortellini. Le couple était populaire dans le quartier. Pardon avait soigné
5 Gino pour sa tension.[28]

Le fabricant de nouilles était un homme court sur pattes,[29] au corps lourd, épais, au visage sanguin.

—Nous revenions de chez mon beau-frère, rue de Charonne...[30] Ma belle-sœur va avoir un bébé et on s'attend à la conduire d'un
10 moment à l'autre à la maternité... Nous marchions sous la pluie quand j'ai vu...

La moitié de ses paroles se perdaient dans la tempête. Les caniveaux[31] étaient de vrais torrents par-dessus lesquels il fallait sauter, et les rares voitures envoyaient des gerbes[32] d'eau sale
15 jusqu'à plusieurs mètres.

Le coup d'œil qui les attendait, rue Popincourt, était inattendu. Il n'y avait pas un passant d'un bout de la rue à l'autre, et seules de rares fenêtres, en plus de la vitrine[33] d'un petit café, étaient encore éclairées.
20 A cinquante mètres de ce café, peut-être, une femme au corps replet[34] se tenait debout, immobile, sous un parapluie que le vent secouait, et un réverbère[35] permettait de distinguer à ses pieds la forme d'un corps étendu.

Cela rappelait à Maigret de vieux souvenirs. Bien avant qu'il soit
25 à la tête de la brigade criminelle, alors qu'il n'était qu'inspecteur, il lui arrivait souvent de se trouver le premier sur les lieux d'une rixe[36], d'un règlement de comptes,[37] d'une attaque à main armée.

....

[27] produits de consommation
[28] pression artérielle
[29] gros et petit
[30] Voir la carte I.
[31] petits canaux pour évacuer les eaux
[32] jets
[33] outre la fenêtre
[34] une femme assez grosse
[35] lampe éclairant la rue
[36] bataille
[37] la fin violente d'un conflit

L'homme était jeune. Il paraissait à peine vingt ans, portait un blouson de daim[38] et ses cheveux étaient assez longs sur la nuque.[39] Il était tombé en avant et le dos de son blouson était plaqué[40] de sang...

—Vous avez averti la police?   5

Pardon, accroupi près du blessé, intervenait:

—Qu'elle envoie une ambulance...

Cela signifiait que l'inconnu était vivant et Maigret se dirigea vers la lumière qu'il apercevait à cinquante mètres. On lisait, sur la devanture[41] faiblement éclairée, les mots: «Chez Jules». Il poussa 10 la porte vitrée tendue[42] d'un rideau crème et pénétra dans une atmosphère si calme qu'elle en était comme irréelle. On aurait pu croire à un tableau de genre.[43]

C'était un bar à l'ancienne mode, avec de la sciure[44] de bois sur le plancher et une forte odeur de vin et d'alcool. Quatre hommes d'un 15 certain âge, trois d'entre eux gras et rougeauds, jouaient aux cartes.

—Je peux téléphoner?...

On le regardait avec stupeur se diriger vers l'appareil mural, près du comptoir d'étain[45] et des rangées de bouteilles.

—Allô... Le commissariat[46] du XIe?...   20

Il était à deux pas, place Léon Blum,[47] l'ancienne place Voltaire.

—Allô... Ici Maigret... Il y a un blessé rue Popincourt... Vers la rue du Chemin-Vert... Une ambulance est nécessaire...

Les quatre hommes s'animaient comme se seraient animés les personnages d'un tableau. Ils gardaient les cartes à la main.   25

—Qu'est-ce que c'est? demanda celui qui était en manches

----

[38] veste de sport en cuir
[39] la partie postérieure du cou
[40] couvert
[41] la façade
[42] couverte
[43] représentant une scène de la vie familière
[44] poussière
[45] *tin* —ici: *zinc*
[46] centre de la police d'un arrondissement ou quartier —il y en a 20 à Paris
[47] Voir la carte I.

de chemise et qui devait être le patron.[48] Qui est blessé?

—Un jeune homme...

Maigret déposait de la monnaie sur le comptoir, se dirigeait vers la porte.

5 —Un grand maigre, en blouson de daim?

—Oui...

—Il était ici voilà un quart d'heure...

—Seul?

—Oui.

10 —Il paraissait nerveux?

Le patron, Jules vraisemblablement, interrogeait les autres du regard.

—Non... Pas spécialement...

—Il est resté longtemps?

15 —Une vingtaine de minutes...

Quand Maigret se retrouva dehors, il aperçut deux agents cyclistes,[49] la pèlerine ruisselante, [50] arrêtés près du blessé. Pardon s'était relevé.

—Je ne peux rien faire... Il a été frappé de plusieurs coups de
20 couteau... Le cœur n'est pas atteint... Pas d'artère sectionnée non plus, à première vue, sinon il y aurait davantage de sang...

—Il reprendra connaissance?[51]

—Je ne sais pas... Je n'ose pas le remuer... Ce n'est qu'une fois à l'hôpital qu'on pourra...

25 Les deux voitures arrivèrent presque en même temps, celle de la police et l'ambulance. Les joueurs de cartes, plutôt que de se mouiller, se tenaient sur le seuil du petit café et regardaient de loin. Seul le patron s'avança, un sac sur la tête et les épaules. Il reconnut tout de suite le blouson.

30 —C'est bien[52] lui...

---

[48] le cafetier (*the boss*)
[49] Les agents de police parisiens parcourent souvent les rues à bicyclette.
[50] leur cape trempée (*soaked*)—Depuis peu, ces capes ne font plus partie de leur uniforme.
[51] *consciousness*
[52] vraiment, certainement

—Il ne vous a rien dit?

—Non... Sauf pour commander un cognac...

Pardon donnait des instructions aux infirmiers[53] qui apportaient leur civière.[54]

—Qu'est-ce que c'est que ça? questionnait un des agents en dési- 5
gnant un objet noir qui ressemblait à un appareil photographique.

Le blessé le portait en bandoulière.[55] Ce n'était pas un appareil de photo mais un magnétophone[56] à cassette. La pluie le détrempait et, quand on glissa l'homme sur la civière, Maigret en profita pour dégager la courroie.[57] 10

—A Saint-Antoine...[58]

Pardon montait dans l'ambulance avec un des infirmiers tandis que l'autre prenait le volant.

—Vous êtes quoi, vous? demandait-il à Maigret.

—Police... 15

—Si vous voulez monter à côté de moi...

Le quartier était désert et, moins de cinq minutes plus tard, l'ambulance, suivie par un des cars du commissariat, arrivait à l'hôpital Saint-Antoine.

Ici aussi, Maigret retrouvait de vieux souvenirs: le globe lumineux 20
au-dessus de la permanence,[59] le long couloir mal éclairé où deux ou trois résignés[60] attendaient en silence sur des bancs, sursautant chaque fois qu'une porte s'ouvrait et se refermait, qu'un homme ou une femme en blanc passait d'un endroit à l'autre.

—Vous avez son nom, son adresse? questionnait une matrone[61] 25
enfermée dans sa cage de verre percée d'un guichet.

—Pas encore...

Un interne, alerté par une sonnerie, s'en venait du fond du couloir en éteignant à regret sa cigarette. Pardon se présentait.

....

[53] personne qui prend soin des malades
[54] *stretcher*
[55] pendu autour du cou
[56] *tape recorder*
[57] détacher la bande de cuir
[58] C'est l'hôpital le plus proche.
[59] section ouverte nuit et jour
[60] personnes prêtes à accepter une mauvaise comme une bonne nouvelle
[61] femme autoritaire

—Vous n'avez rien fait?

Le blessé, étendu sur un lit roulant, était poussé dans un ascenseur et Pardon, qui le suivait, adressait de loin un vague signe à Maigret, comme pour lui dire:

5 —Je reviens tout de suite...

—Vous savez quelque chose, Monsieur le Commissaire?

—Pas plus que vous. Je dînais chez un ami, dans le quartier, lorsqu'on est venu avertir cet ami, qui est médecin, qu'un blessé était étendu sur le trottoir, rue Popincourt...

10 L'agent prenait des notes dans son carnet.[62] Moins de dix minutes s'écoulaient,[63] dans un silence déplaisant, et déjà Pardon réapparaissait au fond du couloir. C'était mauvais signe. Le visage du docteur était soucieux.

—Mort?

15 —Avant même qu'on ait eu le temps de le déshabiller... Hémorragie dans la cavité pleurale...[64] Je l'ai craint en entendant sa respiration...

—Coups de couteau?

—Oui... Plusieurs... Une lame assez mince... Dans quelques 20 minutes, on vous apportera le contenu de ses poches... Ensuite, je suppose qu'ils l'enverront à l'Institut médico-légal?...

Ce Paris-là était familier à Maigret. Il l'avait vécu pendant des années et, pourtant, il ne s'y était jamais complètement habitué. Que faisait-il ici? Un coup de couteau, plusieurs coups de couteau, 25 cela ne le regardait pas. Il y en avait chaque nuit et cela se résumait, le matin, à trois ou quatre lignes dans les rapports quotidiens.[65]

Le hasard avait voulu que, ce soir, il ait été aux premières loges[66] et, du coup, il se sentait un peu concerné. L'Italien qui fabriquait des nouilles n'avait pas eu le temps de lui dire ce qu'il avait vu. Il 30 devait être rentré chez lui avec sa femme. Ils dormaient à l'entresol, au-dessus de la boutique.

....

[62] calepin, petit cahier
[63] passaient
[64] dans une partie des poumons
[65] de tous les jours
[66] très bien placé (*as in a box at the theater*)

Une infirmière se dirigeait vers le petit groupe, un panier à la main.

—Qui s'occupe de l'enquête?

Les agents en civil regardaient Maigret et c'est à lui qu'elle s'adressa:

—Voici ce qu'on a trouvé dans ses poches. Il faudra que vous 5 signiez une décharge...[67]

Il y avait un portefeuille de petit modèle, de ceux qui se glissent dans la poche revolver,[68] un crayon à bille,[69] une pipe, une blague[70] à tabac qui contenait du tabac hollandais très blond, un mouchoir, de la monnaie et deux cassettes de bandes magnétiques. 10

Dans le portefeuille, une carte d'identité et un permis de conduire au nom d'Antoine Batille, 21 ans, domicilié quai d'Anjou,[71] à Paris. C'était dans l'île Saint-Louis, non loin du Pont-Marie. Il y avait aussi une carte d'étudiant.

—Dites-moi, Pardon, vous voulez demander à ma femme de 15 rentrer sans moi et de se mettre au lit?

—Vous allez là-bas?

—Il le faut bien. Il vit sans doute avec ses parents et je dois les mettre au courant...[72]

Il se tourna vers les policiers. 20

—Vous pourriez interroger Pagliati, l'épicier italien de la rue Popincourt, et les quatre hommes qui jouaient aux cartes «Chez Jules», s'ils sont encore au café...

Comme toujours, il regrettait de ne pouvoir tout faire par lui-même. Il aurait voulu se retrouver rue Popincourt, pousser la porte 25 du petit café où il y avait comme de la brume[73] autour du globe électrique et où les joueurs de cartes avaient probablement repris leur partie.

Il aurait voulu aussi questionner l'Italien, sa femme, peut-être une petite vieille qu'il n'avait fait qu'apercevoir à la fenêtre éclairée d'un 30 premier étage. Était-elle déjà là quand le drame s'était produit?

---

[67] un reçu
[68] poche du pantalon placée à droite légèrement à l'arrière
[69] *ball-point pen*
[70] petit sac
[71] Voir la carte II.
[72] les informer de ce qui est arrivé
[73] une espèce de brume (*mist*)

Mais, d'abord, il fallait avertir les parents. Il téléphona à l'inspecteur de garde au XIe arrondissement et le mit au courant.

—Il a beaucoup souffert? demanda-t-il à Pardon.

—Je ne crois pas. Il a perdu tout de suite connaissance... Je ne
5 pouvais rien tenter, sur le trottoir...

Le portefeuille était en crocodile d'excellente qualité, le crayon à bille en argent, le mouchoir marqué d'un « A » brodé à la main.

—Voulez-vous avoir l'amabilité de m'appeler un taxi, Madame?

Elle le fit, de sa cage, sans aucune amabilité. Il est vrai que cela
10 ne devait pas être agréable de passer des nuits entières dans un endroit aussi lugubre en attendant que les drames du quartier viennent échouer[74] à l'hôpital.

Par miracle, le taxi arriva moins de trois minutes plus tard.

—Je vous reconduis, Pardon...

15 —Ne vous retardez pas...

—Vous savez, pour[75] la nouvelle que j'apporte...

Il connaissait d'autant mieux l'île Saint-Louis qu'ils avaient habité la place des Vosges[76] et qu'à cette époque il leur arrivait souvent, le soir, de se promener bras dessus bras dessous autour de l'île.

20 Il sonna à un portail[77] peint en vert. Le long des trottoirs s'alignaient des voitures, la plupart de grand luxe. Une porte étroite s'ouvrit dans la grande.

—M. Batille, s'il vous plaît? demanda-t-il en s'arrêtant devant une sorte de lucarne.[78]

25 Une voix de femme endormie se contenta de répondre:

—Deuxième à gauche...

Il prit l'ascenseur, et une partie de la pluie qui imprégnait[79] son pardessus et ses pantalons forma une mare à ses pieds. L'immeuble, comme la plupart de ceux de l'île, avait été remis à neuf.[80] Les
30 murs étaient en pierre blanche, l'éclairage fourni par des torchères[81]

---

[74] se briser (comme un navire)
[75] quand on considère
[76] Voir la carte I.
[77] grande porte importante
[78] petite fenêtre—Ici, elle donne dans la loge de la concierge.
[79] qui avait pénétré
[80] rénové
[81] espèces de candelabres

en bronze ciselé. Sur le palier[82] de marbre, le paillasson portait en rouge une grande lettre « B ».

Il sonna, entendit très loin un timbre[83] électrique, mais il se passa longtemps avant que la porte s'ouvre sans bruit.

Une jeune femme de chambre en coquet[84] uniforme le regardait 5 avec curiosité.

—Je voudrais parler à M. Batille...

—Le père ou le fils?...

—Le père...

—Monsieur et madame ne sont pas rentrés et j'ignore à quelle 10 heure ils rentreront...

Il lui montra sa médaille de la P.J. Elle questionna:

—Qu'est-ce que c'est?

—Commissaire Maigret, de la Police Judiciaire...

—Et vous venez voir monsieur à cette heure-ci? Il est au courant?...[85] 15

—Non...

—C'est tellement urgent?

—C'est important...

—Il est presque minuit... Monsieur et madame sont allés au théâtre... 20

—Dans ce cas, il y a des chances pour qu'ils reviennent bientôt...

—A moins que, comme cela leur arrive souvent, ils n'aillent ensuite souper avec des amis...

—M. Batille fils ne les a pas accompagnés?...

—Il ne les accompagne jamais... 25

On la sentait embarrassée. Elle ne savait que faire de lui et il devait être pitoyable, tout dégoulinant d'eau.[86] Il apercevait un vaste hall au parquet recouvert d'une moquette[87] bleu clair tirant légèrement sur[88] le vert.

—Si c'est vraiment urgent... 30

Elle se résignait à le laisser entrer.

---

[82] *landing*
[83] sonnerie
[84] joli, séduisant
[85] Il sait (que vous devez venir)?
[86] laissant tomber de l'eau
[87] espèce de tapis
[88] approchant un peu

—Donnez-moi votre chapeau et votre pardessus...

Elle avait un coup d'œil inquiet à ses souliers. Elle ne pouvait quand même pas lui demander de les enlever.

—Par ici...[89]

5 Elle suspendait le vêtement dans un vestiaire, hésitait à introduire Maigret dans le grand salon qui s'ouvrait sur la gauche.

—Cela ne vous ennuie pas d'attendre ici?

Il comprenait très bien. L'appartement était d'un luxe presque trop raffiné, plutôt féminin. Les fauteuils du salon étaient blancs et

10 les toiles, au mur, de l'époque bleue de Picasso, de Renoir et de Marie Laurencin.

La femme de chambre, jeunette et jolie, se demandait visiblement si elle devait le laisser seul ou bien le surveiller, comme si elle n'avait pas trop confiance en cette médaille qu'il lui avait exhibée.

15 —M. Batille est dans les affaires?

—Vous ne le connaissez pas?

—Non.

—Vous ignorez qu'il est le propriétaire des parfums et des produits de beauté Mylène?

20 Il s'y connaissait si peu en produits de beauté! Et ce n'était pas Mme Maigret, qui ne se servait que[90] d'un peu de poudre, qui aurait pu le tenir au courant.[91]

—C'est un homme de quel âge?

—Quarante-quatre?... Quarante-cinq?... Il fait[92] très jeune et...

25 Elle rougit. Elle devait être plus ou moins amoureuse de son patron.

—Et sa femme?

—C'est le portrait de madame que vous apercevrez en vous penchant un peu, au-dessus de la cheminée...

30 En robe du soir bleue. Le bleu et le rose pâles semblaient être les couleurs de la maison, comme sur les tableaux de Marie Laurencin.

—Je crois que j'entends l'ascenseur...

Et elle poussait malgré elle un léger soupir de soulagement.

---

[89] De ce côté-ci
[90] qui employait seulement
[91] lui donner des informations à ce sujet
[92] il paraît

*

Elle leur parlait à mi-voix,[93] près de la porte vers laquelle elle s'était précipitée.[94] C'était un couple jeune, élégant, apparemment sans soucis, qui rentrait chez lui après une soirée passée au théâtre. L'un après l'autre regardait, de loin, cet intrus[95] aux pantalons et 5 aux souliers mouillés qui s'était levé maladroitement de sa chaise et qui cherchait une contenance.

L'homme se débarrassait de[96] son manteau gris sous lequel il portait un smoking et sa femme, sous son léopard, était en robe de demi-soir[97] faite de fines mailles d'argent.   10

Ils avaient une dizaine de mètres à parcourir, même pas. Batille marchait le premier, à pas vifs et nerveux. Sa femme le suivait.

—On me dit que vous êtes le commissaire Maigret? murmurait-il, les sourcils froncés.

—C'est exact.   15

—Vous êtes, si je ne me trompe, à la tête de la brigade criminelle?

Il y avait un court silence assez déplaisant pendant lequel Mme Batille s'efforçait de deviner; elle n'avait déjà plus la même humeur légère que lorsqu'elle avait franchi[98] la porte quelques instants plus tôt.   20

—C'est étrange qu'à cette heure-ci... Serait-ce par hasard au sujet de mon fils?

—Vous vous attendez à de mauvaises nouvelles?

—Pas du tout... Ne restons pas ici... Entrons dans mon bureau...

C'était la dernière pièce, qui donnait sur le salon. Batille devait 25 avoir son vrai bureau ailleurs, dans l'immeuble des Produits Mylène, que Maigret avait aperçu souvent avenue Matignon.[99]

Le bois des bibliothèques était très clair, du citronnier ou du sycomore, et les murs étaient recouverts de livres. Les fauteuils en cuir étaient d'un beige très doux, comme le nécessaire[1] de bureau.

....

[93] assez bas
[94] elle avait couru
[95] quelqu'un qui n'a pas le droit d'être là
[96] ôtait, enlevait
[97] *cocktail dress*
[98] passé
[99] avenue d'un quartier élégant de Paris
[1] les objets utiles

Sur celui-ci, une photographie dans un cadre d'argent, celle de Mme Batille avec deux têtes d'enfants, un garçon et une fille.

—Asseyez-vous... Il y a longtemps que vous m'attendez?

—Seulement une dizaine de minutes...

5 —Puis-je vous offrir à boire?

—Merci...[2]

On aurait dit que, maintenant, l'homme retardait le moment d'entendre ce que le commissaire avait à lui dire.

—Vous n'aviez pas d'inquiétudes au sujet de votre fils?

10 Il parut réfléchir un instant.

—Non... C'est un garçon calme, réservé, peut-être trop calme et trop réservé...

—Que pensez-vous de ses fréquentations?...[3]

—Il ne fréquente pratiquement personne... C'est tout le contraire

15 de sa sœur, qui n'a que dix-huit ans et qui se lie[4] facilement... Il n'a pas d'amis, de camarades... Il lui est arrivé quelque chose?...

—Oui...

—Un accident?

—Si l'on peut dire... Il a été assailli,[5] ce soir, sur le trottoir obscur

20 de la rue Popincourt...

—Il est blessé?

—Oui...

—Grièvement?

—Il est mort...

25 Il aurait préféré ne pas les voir, ne pas assister à cet écroulement[6] brutal. Le couple mondain, plein d'assurance, de désinvolture,[7] disparaissait. Les vêtements cessaient de sortir de chez le couturier et le grand tailleur. L'appartement même perdait son élégance et sa séduction.

30 Il n'y avait plus qu'un homme et une femme effondrés[8] qui se

....

[2] ici: Non, merci
[3] ses amis, les gens qu'il voit
[4] qui fait de nouvelles connaissances, des amis
[5] attaqué
[6] *collapse*
[7] d'aisance assez impertinente
[8] prostrés

débattaient encore avant de croire à la réalité de ce qu'on leur apprenait.

—Vous êtes sûr que c'est mon...

—Antoine Batille, n'est-ce pas?

Maigret tendait le portefeuille encore imbibé d'eau. 5

—C'est le sien, oui...

Il allumait machinalement une cigarette. Ses mains tremblaient. Ses lèvres aussi.

—Comment est-ce arrivé?

—Il sortait d'un petit bar d'habitués...[9] Il a parcouru une cinquan- 10 taine de mètres dans les rafales de pluie et quelqu'un, par-derrière, l'a frappé de plusieurs coups de couteau...

La femme grimaça comme si c'était elle qu'on frappait et son mari lui entoura les épaules de son bras. Il essaya de parler mais n'y parvint pas tout de suite. Pour dire quoi, d'ailleurs? Ce qui lui passa 15 par la tête, même si ce n'était pas son actuelle préoccupation:

—On a arrêté le...

—Non...

—Il est mort tout de suite?

—Dès son arrivée à l'hôpital Saint-Antoine... 20

—Nous pouvons aller le voir?

—Je ne vous conseille pas de vous y rendre cette nuit mais d'attendre demain matin...

—Il a souffert?...

—Le médecin affirme que non... 25

—Viens te coucher, Martine... Étends-toi tout au moins dans ta chambre...

Il l'emmenait doucement mais fermement.

—Je suis à vous dans un instant, Commissaire...

L'absence de Batille dura près d'un quart d'heure et, quand il 30 revint, il était très pâle, les traits[10] tirés, le regard sans expression.

—Asseyez-vous, je vous en prie...

Il était petit, mince et nerveux. On aurait dit que la grande et lourde silhouette de Maigret l'indisposait.

....

[9] bar où les clients sont toujours les mêmes
[10] linéaments de la face

—Vous ne voulez toujours rien boire?

Il ouvrait un petit bar, y prenait une bouteille et deux verres.

—Je ne vous cache pas que j'en ai besoin...

Il se servait un whisky et en versait dans le second verre.

5 —Beaucoup d'eau de seltz?

Et, tout de suite:

—Je ne comprends pas... Je ne parviens pas à comprendre...
Antoine était un garçon qui ne me cachait rien et, d'ailleurs, il n'y
avait rien à cacher dans sa vie... Il était... J'ai de la peine à parler au
10 passé et pourtant il faudra que je m'y habitue... Il était étudiant...
Il suivait les cours de Lettres[11] à la Sorbonne... Il n'y faisait partie
d'aucun groupe... Il ne s'intéressait ni de près, ni de loin, à la
politique...

Il fixait le tapis havane, les bras ballants,[12] et prononçait pour
15 lui-même:

—On me l'a tué... Pourquoi?... Mais pourquoi?...

—C'est pour essayer de le découvrir que je suis ici...

Il regarda Maigret comme pour la première fois.

—Comment se fait-il que vous vous soyez dérangé en personne?
20 Pour la police, il s'agit d'un fait divers[13] banal, non?

—Le hasard a voulu que je me trouve presque sur les lieux...

—Vous n'avez rien vu?

—Non...

—Personne n'a vu quelque chose?

25 —Un épicier italien, qui rentrait chez lui avec sa femme... Je vous
ai rapporté les objets trouvés dans les poches de votre fils, mais j'ai
oublié son magnétophone...

Le père ne parut pas comprendre tout de suite, puis il murmura:

—Ah! oui...

30 Il sourit presque.

—C'était sa passion... Vous allez sans doute vous en moquer...
Sa sœur et moi le plaisantions aussi... D'autres sont fous de photographie et vont à la chasse aux visages pittoresques jusque sous les
ponts...

---

[11] Ces cours comprennent la littérature, l'histoire, la philosophie, la sociologie, etc.
[12] qui pendent sans force
[13] un événement, un crime ordinaire

«Antoine, lui, recueillait[14] des voix humaines... Souvent, il y passait des soirées entières... Il entrait dans les cafés, dans les gares, dans n'importe quel endroit public et mettait son magnétophone en marche...[15]

«Il le portait sur le ventre et beaucoup le prenaient pour un appareil de photo. Sa main cachait un micro de modèle réduit...»

Maigret, enfin, avait quelque chose à quoi se raccrocher.[16]

—Il n'a jamais eu d'ennuis?

—Une seule fois... C'était dans un bar des environs des Ternes...[17] Deux hommes étaient accoudés au zinc...[18] Antoine, accoudé à côté d'eux, enregistrait discrètement...

« —Dis donc, petit... avait soudain prononcé un des deux hommes...

« Il lui avait retiré son appareil dont il avait sorti la cassette.

« —Je ne sais pas à quoi tu t'amuses, mais, si je te revois dans le coin,[19] tâche de ne pas avoir ce machin-là avec toi...»

Gérard Batille but une gorgée et reprit:

—Vous croyez que?...

—Tout est possible... Nous ne pouvons risquer aucune hypothèse... Il allait souvent à la chasse aux voix?...

—Deux ou trois soirs par semaine...

—Toujours seul?

—Je vous ai dit qu'il n'avait pas d'amis... Il appelait ces enregistrements des documents humains...

—Il y en a beaucoup?

—Peut-être une centaine, peut-être davantage?... De temps en temps, il les écoutait, effaçait les moins bons... A quelle heure croyez-vous que, demain...

—Je vais avertir l'hôpital... Après huit heures du matin, en tout cas...

—Je pourrai faire ramener le corps ici?

—Pas tout de suite...

[14] faisait collection
[15] faisait marcher (fonctionner)
[16] qui pouvait l'intéresser, l'aider
[17] Voir le plan général de Paris.
[18] les coudes sur le bar
[19] dans un endroit où nous serons seuls

Le père comprit et son teint se plomba[20] davantage, comme s'il imaginait l'autopsie.

—Excusez-moi, Monsieur le Commissaire, mais je...

Il ne tenait plus le coup.[21] Il avait besoin d'être seul, ou peut-être
5 d'aller rejoindre sa femme, peut-être de pleurer ou de crier dans le silence des mots sans suite.

Il dit, comme pour lui-même:

—Je ne sais pas à quelle heure Minou va rentrer...

—Qui est?...

10 —Sa sœur... Elle n'a que dix-huit ans mais elle vit à sa guise.[22] Je suppose que vous avez un manteau?...

La femme de chambre apparut alors qu'ils allaient atteindre le vestiaire et aida Maigret à endosser son pardessus mouillé, lui tendit son chapeau.

15 Il se trouva dans l'escalier, puis franchit la petite porte et resta un bon moment là, à regarder tomber la pluie. Le vent semblait être un peu moins fort, les bourrasques de pluie moins rageuses.[23] Il n'avait pas osé demander la permission de téléphoner pour un taxi.

Les épaules serrées, il franchit le Pont-Marie, prit l'étroite rue
20 Saint-Paul et, près du métro Saint-Paul, trouva enfin un taxi en stationnement.

—Boulevard Richard-Lenoir...

—Compris,[24] patron...

Un qui le connaissait et qui ne protesta pas parce que la course
25 était trop courte. En levant la tête, une fois descendu de voiture, il aperçut de la lumière aux fenêtres de son appartement. Quand il gravit[25] la dernière volée d'escalier, la porte s'ouvrit.

—Tu n'as pas pris froid?

—Je ne crois pas...

30 —J'ai de l'eau bouillante pour te préparer un grog... Assieds-toi... Laisse-moi retirer tes chaussures...

---

[20] prit une couleur de plomb
[21] Il ne pouvait plus continuer la conversation.
[22] comme elle veut, selon ses goûts
[23] moins violentes, moins menaçantes
[24] *O.K.*
[25] monta

Les chaussettes étaient à tordre.[26] Elle alla lui chercher des pantoufles.

—Pardon nous a mises au courant, sa femme et moi... Comment les parents ont-ils réagi... Pourquoi est-ce toi qui?...

—Je ne sais pas...   5

Il s'était occupé de cette affaire machinalement, parce qu'il était presque tombé dessus, parce qu'elle lui rappelait tant d'années passées dans les rues du Paris nocturne.

—Ils n'ont pas réalisé tout de suite... Ce n'est que maintenant qu'ils doivent flancher[27] tous les deux...   10

—Ils sont jeunes?

—L'homme doit avoir un peu plus de quarante-cinq ans mais, à mon avis, moins de cinquante... Quant à sa femme, elle paraît à peine quarante ans et elle est très jolie... Tu connais les parfums Mylène?

—Bien sûr... Tout le monde...   15

—Et bien, c'est eux...

—Ils sont très riches... Ils possèdent un château en Sologne, un yacht à Cannes et ils donnent des fêtes éblouissantes...[28]

—Comment le sais-tu?

—Tu oublies qu'il m'arrive de passer des heures à t'attendre et   20
que je lis parfois les potins[29] des journaux?

Elle versait du rhum dans un verre, du sucre en poudre, y laissait la cuiller pour que le verre n'éclate pas et ajoutait l'eau bouillante.

—Une tranche de citron?

—Non...   25

C'était petit, étroit,[30] autour de lui. Il regardait le décor comme quelqu'un qui revient d'un long voyage.

—A quoi penses-tu?

—Comme tu l'as dit, ils sont très riches... Ils occupent un des appartements les plus somptueux que j'aie jamais vus... Ils rentraient 30

....

[26] plaines d'eau (on aurait pu les tordre)
[27] faiblir
[28] merveilleuses
[29] les renseignements mondains (sans importance)
[30] limité

du théâtre, encore pleins d'entrain...[31] Ils m'ont vu assis au fond du
hall... La femme de chambre leur a dit à voix basse qui j'étais...

—Déshabille-toi...

Après tout, n'était-on pas mieux ici? Il se mit en pyjama, alla se
5 brosser les dents et un quart d'heure plus tard, le sang un peu à la
tête, à cause du grog, il était couché près de Mme Maigret.

—Bonne nuit, lui disait-elle en approchant son visage du sien.

Il l'embrassait, comme il le faisait depuis tant d'années, et mur-
murait:

10 —Bonne nuit...

—Comme d'habitude?

Cela signifiait:

—Je te réveille à sept heures et demie comme d'habitude, avec
ton café?

15 Il grommela un oui déjà indécis, car le sommeil s'abattait[32] subitement sur lui. Il ne rêva pas. S'il le fit, en tout cas, il ne devait pas
s'en souvenir. Et ce fut tout de suite le matin.

Tandis qu'il buvait son café, assis dans le lit, et que sa femme
ouvrait les rideaux, il essayait de voir à travers le tulle des brise-bise.[33]

20 —Il pleut toujours?

—Non. Mais, à la façon dont les hommes marchent les mains
enfoncées[34] dans les poches, ce n'est pas encore le printemps, malgré
le calendrier...

On était le 19 mars. Un mercredi. Son premier soin, une fois en
25 robe de chambre, fut de téléphoner à l'hôpital Saint-Antoine, et il
eut toutes les peines du monde à être mis en communication avec
quelqu'un de l'administration.

—Oui... Je voudrais qu'il soit installé[35] dans une chambre particulière... Je le sais bien, qu'il est mort... Ce n'est pas une raison pour
30 que les parents aillent le voir au sous-sol...[36] Ils seront là-bas dans
une heure ou deux... Après leur visite, le corps sera transféré à
l'Institut médico-légal... Oui... N'ayez pas peur... La famille paye-

---

[31] d'animation, de joie de vivre
[32] tombait
[33] qui protège du vent
[34] mises profondément
[35] placé
[36] *basement*

ra… Mais oui… Ils rempliront toutes les fiches[37] que vous voudrez…

Il s'assit en face de sa femme et mangea deux croissants en buvant une nouvelle tasse de café et en regardant machinalement dans la rue. Il y avait toujours des nuages qui couraient très bas mais qui n'avaient plus la même couleur malsaine que la veille. Le vent, resté fort, secouait les branches des arbres.

—Tu as une idée de…

—Tu sais bien que je n'ai jamais d'idée…

—Et que, si tu en as, tu ne le dis pas… Tu n'as pas trouvé que Pardon avait mauvaise mine?

—Cela t'a frappée aussi?… Non seulement il est fatigué, mais il devient pessimiste… Il m'a parlé hier de sa profession comme il ne l'avait jamais fait.

A neuf heures, il était dans son bureau et appelait le commissariat du XIe arrondissement.

—Ici, Maigret… C'est vous, Louvelle?…

Il avait reconnu sa voix.

—Je suppose que vous téléphonez à cause du magnétophone?

—Oui. Vous l'avez?

—Demarie l'a ramassé et l'a apporté ici. Je craignais que la pluie ne l'ait détraqué,[38] mais je l'ai fait marcher… Je me demande pourquoi le gosse a enregistré ces conversations…

—Vous pouvez m'envoyer l'appareil dès ce matin?

—En même temps que le rapport, qui sera tapé dans quelques minutes…

Du courrier.[39] De la paperasse.[40] Il n'avait pas dit à Pardon, la veille au soir, que lui aussi était écrasé par la paperasse administrative.

Puis il se rendit au rapport,[41] dans le bureau du directeur. Il raconta en quelques mots ce qui était arrivé la veille car, à cause de la personnalité de Gérard Batille, l'affaire risquait de faire du bruit.

En effet, comme il regagnait son bureau, il se heurta à un groupe de journalistes et de photographes.

---

[37] cartes, documents
[38] endommagé, détérioré
[39] une grande correspondance
[40] toute sorte de papiers officiels
[41] à la réunion où chacun fait son rapport

—C'est vrai que vous avez presque assisté à un meurtre?

—Je suis simplement arrivé assez vite sur les lieux parce que je me trouvais tout près.

—Ce garçon, Antoine Batille, est bien le fils du Batille des parfums?
5   Comment la presse avait-elle été mise au courant? La fuite[42] venait-elle du commissariat?

—La concierge prétend…

—Quelle concierge?

—Celle du quai d'Anjou…

10   Il ne l'avait même pas vue. Il ne lui avait pas donné son nom, ni son titre. La femme de chambre avait sans doute parlé.

—C'est vous qui avez annoncé la nouvelle aux parents, n'est-ce pas?

—Oui.

15   —Quelle a été leur réaction?

—Celle d'un homme et d'une femme à qui on annonce que leur fils vient d'être abattu…[43]

—Ils n'ont aucun soupçon?

—Non.

20   —Vous ne croyez pas que cela puisse être une affaire politique?

—Certainement pas.

—Une histoire d'amour, alors?

—Je ne le pense pas.

—On ne lui a rien pris, n'est-ce pas?

25   —Non…

—Alors?

—Alors, rien, Messieurs. L'enquête[44] ne fait que commencer et, quand elle aura donné des résultats, je vous les communiquerai…

—Vous avez vu la fille?

30   —Qui?

—Minou… La fille des Batille… Il paraît qu'elle est célèbre dans certains milieux gratinés…[45]

—Je ne l'ai pas vue, non…

....

[42] *the leak*
[43] frappé à mort
[44] l'investigation
[45] spéciaux

—Elle fréquente de drôles de gens...

—Vous me l'apprenez, mais ce n'est pas à son sujet que j'enquête...

—On ne sait jamais, n'est-ce pas?...

Il les écarta,[46] poussa la porte de son bureau et la referma. Le temps de bourrer[47] une pipe, debout devant la fenêtre, et il ouvrit la porte du bureau des inspecteurs. Ils n'étaient pas encore au complet. Les uns téléphonaient, d'autres tapaient leur rapport à la machine.

—Tu es occupé, Janvier?[48]

—Encore dix lignes à taper, patron, et je suis au bout de mon histoire...

—Tu viendras me voir...

En attendant, il téléphona au médecin légiste qui avait succédé à son vieil ami le docteur Paul.

—On vous l'enverra vers la fin de la matinée... C'est urgent, oui, moins à cause de ce que j'attends de l'autopsie qu'à cause de l'impatience des parents... Abîmez-le le moins possible... Oui... C'est ça... Je vois que vous comprenez... Une bonne partie du Tout-Paris[49] va défiler devant le corps... J'ai déjà les journalistes dans le couloir...

La première chose était de se rendre rue Popincourt. Gino Pagliati, la veille, n'avait pas eu le temps d'en dire long et sa femme n'avait pour ainsi dire pas ouvert la bouche. Puis il y avait le nommé Jules et les trois autres joueurs de cartes. Enfin, Maigret se souvenait de cette silhouette de vieille femme qu'il avait aperçue à une fenêtre.

—Qu'est-ce qu'on fait, patron? questionnait Janvier en entrant dans le bureau.

—Il y a une voiture libre dans la cour?

—Je l'espère...

—Tu vas me conduire rue Popincourt... Pas loin de la rue du Chemin-Vert... Je t'arrêterai...

Sa femme avait raison, il s'en aperçut en attendant l'auto au milieu de la cour: il faisait un froid de décembre.[50]

---

[46] les poussa de côté
[47] remplir
[48] Maigret tutoie les policiers qui sont sous ses ordres. Il les traite en camarades. Il se rappelle que lui aussi a été un simple policier.
[49] les gens les plus importants de Paris
[50] aussi froid qu'en décembre

Chapitre *II*

Maigret se rendait compte que Janvier lui-même était un peu surpris de l'importance donnée à cette affaire. Chaque nuit, on enregistre[1] un certain nombre de coups de couteau quelque part dans Paris, surtout dans les quartiers populeux, et, normalement, les
5 journaux n'auraient consacré que quelques lignes au drame de la rue Popincourt, à la rubrique[2] des faits divers.

« Coups de couteau »

« Un jeune homme, Antoine B…, 21 ans, étudiant, a été frappé de plusieurs coups de couteau alors qu'il passait mardi soir vers dix heures
10 *et demie rue Popincourt. Il semble qu'il s'agisse[3] du geste d'un rôdeur[4] et que l'approche d'un couple de commerçants du quartier ait empêché celui-ci de dépouiller[5] la victime. Antoine B… a succombé dès son arrivée à l'hôpital Saint-Antoine. »*

[1] on apprend et on prend note
[2] section d'un journal
[3] qu'il est question
[4] un vagabond
[5] de voler

25

Seulement, Antoine B... s'appelait Batille et habitait quai d'Anjou. Son père était un homme connu, qui appartenait au Tout-Paris, et à peu près personne n'ignorait les parfums Mylène.

La petite voiture noire de la P.J. dépassait[6] la place de la République et Maigret se trouvait dans son quartier, un réseau[7] de rues étroites, 5 populeuses, que délimitaient[8] le boulevard Voltaire d'un côté et le boulevard Richard-Lenoir de l'autre.

Ces petites rues, ils les traversaient à pied, Mme Maigret et lui, chaque fois qu'ils venaient dîner chez les Pardon et souvent Mme Maigret faisait son marché rue du Chemin-Vert. 10

C'est chez Gino, comme on disait familièrement, qu'elle achetait non seulement les pâtes, mais la mortadelle,[9] le jambon de Milan et l'huile d'olive en grands bidons[10] dorés. Les boutiques étaient étroites, profondes, mal éclairées. Aujourd'hui, à cause du ciel bas, les lampes étaient allumées presque partout, créant un faux jour[11] 15 qui donnait aux visages l'aspect de personnages de cire.[12]

Beaucoup de vieilles femmes. Beaucoup d'hommes d'un certain âge aussi, solitaires, un panier à provisions[13] à la main. Des visages résignés. Quelques-uns s'arrêtaient parfois et portaient la main à leur cœur en attendant la fin d'un spasme. 20

Des femmes de toutes les nationalités, un jeune enfant sur le bras, un garçon ou une fillette accroché à[14] leur robe.

—Arrête-toi ici et viens avec moi...

Il commençait par les Pagliati. Il y avait trois clientes dans la boutique et Lucia était affairée.[15] 25

—Mon mari est derrière... Poussez seulement la petite porte...

Gino était occupé à préparer des ravioli sur une longue plaque de marbre enfarinée.[16]

---

[6] passait plus loin que
[7] un ensemble
[8] qui était borné (limité) par
[9] saucisson italien
[10] récipient en fer-blanc
[11] une lumière d'un blanc terne
[12] *wax*
[13] pour les achats à faire
[14] tenant fermement
[15] très occupée
[16] couverte de farine

—Tiens! le commissaire... Je pensais bien que vous viendriez...
Il avait la voix sonore, le visage naturellement souriant.

—C'est vrai que le pauvre petit est mort?
La nouvelle n'était pas encore dans les journaux.

5   —Qui vous l'a dit?

—Un journaliste qui était ici il y a dix minutes... Il m'a photographié et je vais avoir mon portrait dans le journal...

—Je voudrais que vous me répétiez ce que vous m'avez dit hier
soir, avec le plus de détails possible... Vous reveniez de chez votre
10 beau-frère et votre belle-sœur...

—... Qui attend un bébé, oui... Rue de Charonne... Nous n'avions
pris qu'un parapluie pour nous deux car, quand nous marchons
dans la rue, Lucia me tient toujours le bras...

« Vous vous souvenez de la pluie qui tombait, de la tempête.
15 Plusieurs fois, j'ai cru que le parapluie allait se retourner[17] et il
m'arrivait de le tenir devant nous comme un bouclier...[18]

« Cela explique que je ne l'ai pas vu plus tôt... »

—Qui?

—Le meurtrier... Il devait marcher devant nous, à une certaine
20 distance, mais je ne m'occupais que de nous protéger de la pluie
et de ne pas patauger[19] dans les flaques d'eau... Peut-être aussi se
tenait-il sur un seuil...[20]

—Quand vous l'avez aperçu...

—Il était déjà plus loin que « Chez Jules », dont le café était
25 encore éclairé...

—Vous avez pu voir comment il était habillé?

—J'en ai parlé hier soir avec ma femme... Nous croyons tous les
deux qu'il portait un imperméable clair, avec une ceinture... Il
marchait d'une démarche[21] souple, très vite...

30 —Il paraissait suivre le jeune homme en blouson?

—Il avançait plus vite que lui, comme pour le rejoindre ou le
dépasser...

....

[17] *turn over*
[18] *shield*
[19] marcher (dans la boue)
[20] dans l'abri d'une porte
[21] un rythme

—A quelle distance étiez-vous des deux hommes ?

—Peut-être cent mètres ?... Je pourrais aller vous montrer...

—Celui qui marchait le premier ne s'est pas retourné ?

—Non... L'autre l'a rattrapé...[22] J'ai vu son bras se lever et s'abaisser... Je ne distinguais pas le couteau... Il a frappé trois ou quatre fois et le jeune homme en blouson est tombé en avant sur le trottoir... Le meurtrier a fait quelques pas vers la rue du Chemin-Vert, puis il est revenu en arrière... Il devait nous voir, car nous n'étions plus qu'à une soixantaine de mètres... Il s'est quand même penché et a porté deux ou trois nouveaux coups...

—Vous ne l'avez pas poursuivi ?

—Vous savez, je suis plutôt corpulent et je souffre d'emphysème... Il ne m'est pas facile de courir...

Il avait rougi, embarrassé.

—Nous avons marché plus vite tandis que, cette fois, il disparaissait au coin de la rue...

—Vous n'avez pas entendu un bruit de voiture qu'on met en marche ?

—Je ne crois pas... Cela ne m'a pas frappé...

Machinalement, sans que Maigret ait eu besoin de le lui dire, Janvier sténographiait cet entretien.[23]

—Quand vous êtes arrivé près du blessé ?...

—Vous l'avez vu tel que je l'ai laissé. Son blouson était déchiré[24] a plusieurs endroits et on voyait couler le sang. J'ai tout de suite pensé à un docteur et je me suis précipité chez M. Pardon en recommandant à Lucia de rester là...

—Pourquoi ?

—Je ne sais pas... Il me semblait qu'on ne pouvait pas le laisser tout seul...

—Votre femme ne vous a rien dit en rentrant ?[25]

—Comme par un fait exprès,[26] il n'est passé personne...

—Le blessé n'a pas parlé ?

[22] l'a rejoint
[23] la conversation
[24] coupé, en pièces
[25] quand vous êtes revenus chez vous
[26] mauvaise coincidence

—Non... Il respirait mal, avec des glouglous[27] dans la poitrine...
Lucia pourra vous le répéter... Maintenant c'est le moment où
elle est le plus occupée...

—Aucun autre détail ne vous revient à l'esprit?

5 —Aucun... Je vous ai dit tout ce que je sais...

—Je vous remercie, Gino...

—Comment va Mme Maigret?

—Très bien, merci...

Un passage, à côté, conduisait à une cour où un soudeur[28] travaillait
10 dans son atelier vitré. Partout dans le quartier, il y avait ainsi des
cours, des impasses. Partout on trouvait de petits artisans.

Ils traversèrent la rue et, un peu plus loin, Maigret poussa la
porte de «Chez Jules». Le petit café, de jour[29] était presque aussi
sombre que le soir, et le globe laiteux était allumé. Un homme
15 lourd, dont la chemise jaillissait[30] entre le pantalon et le gilet, était
accoudé au comptoir. Il avait le teint coloré, la nuque[31] épaisse,
un double menton qui ressemblait à un goitre.

—Qu'est-ce que je vous sers, Monsieur Maigret? Un petit
sancerre?[32] Il vient de chez mon cousin qui...

20 —Deux,[33] fit Maigret en s'accoudant à son tour au comptoir.

—Aujourd'hui, vous n'êtes pas le premier...

—Un journaliste, je sais...

—Il m'a pris ma photo, comme je suis maintenant, une bouteille
à la main... Vous connaissez Lebon... Il a travaillé trente ans à
25 la voirie...[34] Puis il a eu un accident et maintenant il touche sa
pension, plus une petite rente pour son œil...[35] Il était ici hier soir...

—Vous étiez quatre, n'est-ce pas, à jouer aux cartes?...

—Manille aux enchères...[36] Toujours les mêmes, tous les soirs,
sauf le dimanche. Le dimanche, je ferme...

....

[27] un bruit de liquide
[28] *a welder*
[29] pendant la journée
[30] sortait
[31] la partie postérieure du cou
[32] un verre de vin de Sancerre (ville du centre de la France)
[33] Maigret invite Jules à trinquer avec lui.
[34] à la réparation des rues
[35] son œil blessé (ou perdu)
[36] jeu de cartes populaire

—Vous êtes marié?

—La patronne est là-haut, infirme...

—A quelle heure le jeune homme est-il entré?

—Il devait être dix heures...

Maigret jeta un coup d'œil à l'horloge réclame[37] accrochée[38] 5
au mur...

—Ne faites pas attention... Elle avance de vingt minutes... Il a
d'abord poussé la porte d'une vingtaine de centimètres, comme
pour juger du genre de la maison... La partie était animée... Le
boucher gagnait et, quand il gagne, il devient insultant, comme s'il 10
était le seul à savoir jouer...

—Il est entré... Ensuite?...

—Je lui ai demandé, de ma place, ce qu'il désirait boire et, après
avoir hésité, il a murmuré: «—Vous avez du cognac?

«J'ai attendu d'avoir joué les quatre cartes qui me restaient à 15
la main et je suis passé derrière le comptoir. En le servant, j'ai
remarqué l'espèce de boîte noire, triangulaire, qu'il portait sur le
ventre, pendue à son cou, et je me suis dit que cela devait être un
appareil de photo... Il arrive que des touristes se perdent par ici,
mais c'est rare...   20

«J'ai repris ma place à la table... Babœuf a distribué les cartes...
Le jeune homme ne semblait pas pressé... Il ne s'intéressait pas à la
partie non plus...»

—Il semblait préoccupé?

—Non.   25

—Il ne se tournait pas vers la porte comme s'il attendait quelqu'un?

—Je n'ai rien remarqué.

—Ou comme s'il avait peur de voir surgir[39] quelqu'un?

—Non... Il restait debout, un coude sur le zinc, et, de temps en
temps, il trempait les lèvres dans son verre...   30

—Quelle impression vous a-t-il faite?

—Vous savez, il était détrempé...[40] Avec son blouson et ses

....

[37] horloge offerte comme publicité par quelque marchand de vin ou de liqueur
[38] attachée
[39] entrer subitement
[40] tout mouillé

cheveux longs, il ressemblait à certains jeunes gens comme on en voit tant à présent...

« Nous jouions comme s'il n'avait pas été là et Babœuf était de plus en plus excité car toutes les bonnes cartes lui tombaient entre
5 les mains.

« —Tu ferais peut-être bien d'aller voir chez toi ce que fait ta femme, plaisantait Lebon.[41]

« —Occupe-toi plutôt de la tienne, que tu as choisie un peu trop jeunette et qui...

10 « J'ai cru un moment qu'ils allaient se taper dessus...[42] Cela s est calme, comme toujours. Babœuf a joué son manillon.[43]

« —Qu'est-ce que tu dis de celle-là?[44]...

« Puis Lebon, qui était sur la banquette à côté de moi, m'a donné un coup de coude[45] dans les côtes en me désignant du regard le
15 client debout devant le bar. Je l'ai regardé sans comprendre. Il avait l'air de rigoler[46] tout seul... Pas vrai, François?... Je me demandais ce que tu voulais me montrer... Tu m'as dit à voix basse :

« —Tout à l'heure... »

Et l'homme à l'œil immobile prenait la parole à son tour.

20 —J'avais remarqué un mouvement de la main sur l'appareil... J'ai un neveu qui a reçu un truc[47] comme ça pour son Noël et il s'amuse à enregistrer ce que ses parents disent... Il avait l'air bien sage, devant son verre, mais il écoutait tout ce que nous racontions tandis que la bande magnétique tournait...

25 —Je me demande, grommelait Jules, ce qu'il espérait faire de ça...

—Rien... Comme mon neveu... Il enregistre pour le plaisir d'enregistrer, puis il n'y pense plus... Une fois, il a fait entendre à ses parents une de leurs disputes et mon frère a failli casser[48] l'appareil...

....

[41] Lebon, qui perd, se venge en appliquant à son ami Babœuf le proverbe : « Heureux au jeu, malheureux en amour ».
[42] se battre, se donner des coups
[43] un as
[44] cette carte-là
[45] *elbow*
[46] s'amuser, rire (Il faut noter que François Lebon est au café lorsque Maigret parle au patron.)
[47] instrument
[48] a été sur le point de casser

« —Si je t'y reprends, petit morveux...

« Babœuf aussi tirerait une drôle de tête si on lui faisait entendre ses vantardises d'hier... »

—Combien de temps le jeune homme est-il resté ?

—Un peu moins d'une demi-heure.   5

—Il n'a bu qu'un seul verre ?

—Oui... Il a même laissé un peu de cognac au fond de son verre...

—Il est sorti et vous n'avez plus rien entendu ?

—Rien. Seulement le vent, et l'eau sortant du tuyau de descente,[49] sur le trottoir...   10

—Il n'est venu aucun client avant lui ?

—Sous savez, le soir, je ne reste ouvert que pour la partie, car il ne vient que les quelques habitués... Il n'y a du monde que le matin, pour le café, les croissants ou le blanc Vichy[50]... Vers dix heures et demie des ouvriers, pour la pause, quand un chantier est 15 ouvert[51] dans le quartier... On[52] travaille surtout à l'apéritif[53] de midi et à celui du soir...

—Je vous remercie...

Ici aussi, Janvier avait sténographié l'entretien et le tenancier du bistrot[54] n'avait pas cessé de lui lancer de petits coups d'œil.   20

—Il ne m'a rien appris de nouveau, soupira Maigret. Il n'a fait que confirmer ce que je savais déjà...

Ils reprirent place dans la voiture. Quelques femmes les regardaient, car on savait déjà qui ils étaient.

—Où va-t-on, patron ?   25

—Au bureau, d'abord...

Ses deux visites rue Popincourt n'avaient pas été inutiles. D'abord, il y avait le récit de l'agression, par le Napolitain. L'assaillant[55] d'Antoine Batille avait d'abord frappé plusieurs coups... Il avait commencé à s'éloigner[56] quand, pour une raison mystérieuse, 30

---

[49] gouttière (ou canal) qui descend le long d'un mur
[50] verre de vin blanc mélangé avec de l'eau de Vichy
[51] des travaux sont entrepris
[52] nous
[53] le moment où l'on boit du vin, du whisky, etc. (apéritifs) avant un repas
[54] le patron du bar
[55] celui qui avait attaqué
[56] s'en aller, loin de l'endroit du crime

il était revenu sur ses pas, malgré la présence du couple un peu plus loin sur le trottoir... Est-ce pour achever[57] sa victime qu'il avait frappé à nouveau avant de s'éloigner en courant?

Il portait un imperméable clair avec une ceinture, c'est tout ce
5 qu'on savait de lui. A peine arrivé quai des Orfèvres,[58] dans son bureau où régnait une douce chaleur, Maigret appela la boutique des Pagliati.

—Puis-je dire un mot à votre mari?... Ici, Maigret...

—Je l'appelle, Monsieur le Commissaire...

10 Et la voix de Gino:

—Allô... J'écoute...

—Dites-moi... Il y a une question que j'ai oublié de vous poser... Est-ce que le meurtrier avait un chapeau sur la tête?...

—Un journaliste vient justement de me demander la même
15 chose... C'est le troisième depuis ce matin... J'ai dû questionner la patronne... Elle est comme moi... Elle n'ose rien affirmer, mais elle est presque sûre qu'il portait un chapeau sombre. Vous savez, cela s'est passé si vite...

L'imperméable clair, à ceinture, semblait indiquer un homme
20 assez jeune, tandis que le chapeau lui donnait probablement quelques années de plus. Peu de jeunes, en effet, portent encore un chapeau.

—Dis-moi, Janvier, est-ce que tu t'y connais dans ces machins-là[59]?

Maigret, lui, n'y connaissait rien, pas plus qu'en photographie ou en automobile, et c'est bien pourquoi c'était sa femme qui
25 conduisait. Le soir, c'est à peine s'il était capable, à la télévision, de passer d'une chaîne à l'autre.

—Mon fils a le même...

—Attention de ne pas effacer l'enregistrement...

—Ne craignez rien, patron.

30 Janvier souriait, poussait des boutons. On entendait un brouhaha,[60] des bruits de fourchettes et d'assiettes, des voix confuses dans le lointain.

—*Et pour madame, ce sera?...*

....

[57] être sûr d'avoir tué
[58] endroit où sont les bureaux de la Police Judiciare. Voir la carte II.
[59] il s'agit du magnétophone
[60] bruit confus

—Vous avez du bœuf gros sel?[61]

—Mais oui, Madame...

—Vous me mettrez beaucoup d'oignons et de cornichons...

—Tu sais ce que le docteur t'a dit...Pas de vinaigre...

—Un steak-minute et un bœuf gros sel avec beaucoup d'oignons et de 5
cornichons...Vous désirez la salade en même temps?

L'enregistrement était loin d'être parfait et il y avait toujours le
bruit de fond[62] qui empêchait de bien distinguer chaque mot.

Un silence. Puis un soupir, très distinct.

—Tu ne seras jamais sérieuse.[63] Cette nuit, tu vas encore devoir 10
te relever pour prendre du bicarbonate de soude...

—Est-ce moi ou toi qui se relève?... Alors puisque tu continues
quand même à ronfler...[64]

—Je ne ronfle pas...

—Tu ronfles, surtout quand tu as pris un peu trop de beaujolais[65] 15
comme tu vas encore le faire ce soir...

—Un steak à point[66]... J'apporte tout de suite le bœuf gros sel...

—A la maison, c'est à peine si tu y touches...

—Nous ne sommes pas à la maison...

Il y eut des gargouillis.[67] Une voix lança: 20

—Garçon! Garçon! Est-ce que vous vous déciderez à vous occuper
de...

Puis le silence, comme si on eût coupé la bande magnétique.
Ensuite une voix neutre prononçait très nettement, car cette fois on
parlait sans doute devant le micro: *Brasserie[68] Lorraine, boulevard* 25
Beaumarchais.[69]

Presque à coup sûr,[70] la voix d'Antoine Batille, qui indiquait
ainsi où l'enregistrement avait été fait. Sans doute avait-il dîné

....

[61] bœuf bouilli
[62] *background*
[63] ici: raisonnable
[64] faire du bruit en respirant, quand on dort
[65] vin très connu
[66] ni trop, ni trop peu cuit
[67] bruits
[68] café-restaurant
[69] Voir la carte I.
[70] certainement

boulevard Beaumarchais et avait-il discrètement branché[71] son
magnétophone. Le garçon se souvenait probablement de lui. C'était
facile à contrôler.

—Tu iras là-bas tout à l'heure, dit Maigret. Remets l'appareil en
5 marche...

Des bruits curieux, tout d'abord, dans la rue, car on entendait
passer les autos. Maigret se demanda un bon moment ce que le
jeune homme s'efforçait d'enregistrer et il fut un moment à[72] comprendre que c'étaient les bruits d'eau dans les caniveaux et dans les
10 gouttières. Le son était difficile à identifier, mais tout à coup cela
changea et on se trouva à nouveau dans un endroit public, un café
ou un bar, où régnait une certaine animation.

—*Qu'est-ce qu'il t'a dit?*

—*Que c'était O.K.*

15 Des voix feutrées[73] assez distinctes cependant.

—*Tu es allé là-bas, Mimile?*

—*Lucien et Gouvion se relayent... Par un temps pareil...*

—*Pour la bagnole?*[74]

—*Comme d'habitude...*

20 —*Tu ne trouves pas que c'est un peu trop près?*

—*Près de quoi?*

—*De Paris...*

—*Du moment qu'il*[75] *n'y va que le vendredi...*

Des verres, des tasses, des voix encore. Le silence.

25 —*Enregistré au Café des Amis, place de la Bastille*[76].

Ce n'était pas loin du boulevard Beaumarchais, pas loin non plus
de la rue Popincourt. Batille ne s'attardait pas, sans doute pour ne
pas se faire remarquer, et il repartait sous la pluie pour un nouvel
endroit.

30 —*Et la tienne, de femme?*[77]... *C'est facile de parler des autres, mais
on ferait mieux de regarder ce qui se passe chez soi...*

----

[71] ici: fait fonctionner
[72] avant de
[73] très basses
[74] voiture, auto (*slang*)
[75] puisque (*since*) il
[76] Voir la carte I.
[77] et ta femme, à toi

Cela devait être le boucher, la partie de cartes chez Jules.

—*Ne t'occupe pas de mes affaires, c'est un bon conseil que je te donne...*
Ce n'est pas parce que tu gagnes...

  —*Je gagne parce que je n'abats pas mes atouts*[78] *comme un imbécile...*

  —*Si vous arrêtiez, tous les deux...*   5

  —*C'est lui qui a commencé...*

Si les voix avaient été plus aiguës, on aurait pu croire à une dispute entre gamins.

  —*Jouons, voulez-vous?*

  —*Je ne joue pas avec un type qui...*   10

  —*Il a parlé en l'air,*[79] *sans viser personne en particulier...*

  —*Qu'il le dise, si c'est ainsi...*

Un silence.

  —*Tu vois...Il a bien soin de se taire...*

  —*Je me tais parce que c'est trop idiot...Et tiens, j'ouvre de mon* 15
manillon...Cela te la bouche,[80] *ça, hein?*

Le son était mauvais. Ceux qui parlaient se trouvaient trop loin du micro et Janvier dut repasser trois fois le morceau de bande. Chaque fois, on distinguait un ou deux mots de plus.

Batille disait enfin: 20

«*Chez Jules, un petit bistrot d'habitués, rue Popincourt...* »

—C'est tout?

—C'est tout...

Le reste de la bande était vierge.[81] Les derniers mots de Batille, il avait dû les prononcer sur le trottoir, quelques instants avant d'être 25
assailli par un inconnu.

  —Et les deux autres cassettes?

  —Elles sont vierges. Elles se trouvent encore dans leur emballage[82] original. Il comptait s'en servir plus tard, je suppose...

  —Rien ne t'a frappé?   30

  —Ceux de la Bastille?...

  —Oui... Remets ce passage...

----

[78] *I don't use my trumps*
[79] sans intention particulière
[80] te rend silencieux
[81] inutilisé, intact
[82] *packing*

Janvier le prit en sténo. Puis il répéta les quelques répliques qui semblaient, à mesure qu'on[83] les entendait, prendre un sens de plus en plus précis.

—On dirait qu'ils étaient au moins trois...

5   —Oui...

—Plus[84] les deux dont ils ont parlé, Émile et Lucien... Un peu plus d'une demi-heure après son enregistrement, Antoine était assailli, rue Popincourt...

—Seulement, on ne lui a pas arraché[85] son appareil...

10   —Peut-être à cause des Pagliati qui se rapprochaient...

—J'ai oublié une chose, rue Popincourt. Hier soir, j'ai aperçu une vieille femme à une fenêtre du second étage, à peu près en face de l'endroit où l'agression a eu lieu...

—Compris, patron... J'y vais[86] tout de suite?...

15   Maigret, resté seul, alla se camper devant la fenêtre. Les Batille devaient s'être rendus à l'hôpital Saint-Antoine et le médecin légiste ne tarderait pas à entrer en possession du corps.

Maigret n'avait pas encore vu la sœur du mort, que la famille appelait Minou, et qui, paraît-il, avait de curieuses fréquentations.

20   Les trains de péniche[87] glissaient lentement sur la Seine grise et les remorqueurs baissaient leur cheminée au moment de passer sous le pont Saint-Michel.[88]

*

La terrasse, pendant la mauvaise saison, était protégée par des cloisons vitrées et chauffée par deux braseros. Autour du bar en fer

25   à cheval,[89] la salle était assez grande, les guéridons minuscules, les chaises du genre de celles qui s'emboîtent[90] le soir les unes dans les autres.

---

[83] en même temps que
[84] et en outre, en plus
[85] pris, enlevé (violemment)
[86] Faut-il y aller?
[87] file de bateaux (de marchandises) tirés par des remorqueurs (*tugs*)
[88] Voir le plan général de Paris.
[89] en forme de fer à cheval
[90] qu'on place; qu'on glisse

Maigret s'assit près d'une colonne et, quand un des garçons passa près de lui, commanda un demi.[91] L'air absent,[92] il regardait les visages autour de lui. Le public était assez mélangé. Au bar, par exemple, on voyait surtout des hommes en bleu[93] de travail, ou des vieux du quartier qui venaient boire leur coup de rouge.[94]   5

Quant aux autres, à ceux qui étaient assis, on trouvait de tout: une femme en noir avec ses deux enfants et une grosse valise autour d'elle, comme dans une salle d'attente de gare; un couple qui se tenait la main dans la main et échangeait des regards éperdus;[95] des garçons à cheveux très longs qui ricanaient[96] en suivant des   10 yeux la serveuse et qui l'asticotaient[97] chaque fois qu'elle passait près d'eux.

Car, outre les deux garçons de café, il y avait une serveuse au visage particulièrement disgracieux. Dans sa robe noire, avec son tablier blanc, elle était maigre, voûtée[98] par la fatigue, et ce n'est   15 pas sans peine qu'elle parvenait à sourire vaguement aux clients.

Des hommes et des femmes assez bien vêtus, d'autres moins bien. Certains mangeaient un sandwich en buvant un café ou un verre de bière. D'autres prenaient l'apéritif.

Le patron se tenait à la caisse, vêtu de noir, chemise blanche et   20 cravate noire, des cheveux bruns soigneusement collés à sa calvitie qu'ils recouvraient d'un réseau[99] insuffisant de fines lignes sombres.

C'était son poste, on le sentait, et rien ne lui échappait de ce qui se passait dans son établissement. Il suivait de l'œil les allées et venues des deux garçons, de la serveuse, surveillait en même temps   25 le commis[1] qui posait les bouteilles et les verres sur les plateaux. Chaque fois qu'il recevait un jeton,[2] il pressait une touche de la

....

[91] un verre de bière
[92] distrait
[93] en tissu bleu
[94] verre de vin rouge
[95] exprimant un grand amour
[96] qui se moquaient en riant
[97] la taquinaient
[98] courbée
[99] un ensemble; un dessin
[1] son assistant
[2] *a counter* (indiquant le chiffre de la commande)

caisse enregistreuse et un chiffre apparaissait dans le voyant.[3]
Il était sûrement dans la limonade[4] depuis longtemps et sans
doute avait-il débuté lui-même comme garçon. Maigret devait
découvrir plus tard, en descendant aux toilettes, qu'il existait en bas
5 une seconde salle plus petite, basse de plafond, où consommaient
quelques clients.

Ici, on ne jouait pas aux cartes, ni aux dominos. C'était un endroit
de passage et les habitués devaient être assez rares. Ceux qu'on
voyait longtemps attablés attendaient l'heure d'un rendez-vous dans
10 le quartier.

Maigret finit par se lever et par se diriger vers la caisse, sans
illusions sur l'accueil[5] qu'il allait recevoir.

—Excusez-moi, Monsieur...

Il tendait discrètement sa médaille dans le creux de sa main.

15 —Commissaire Maigret, de la P.J....

Les yeux du patron gardaient leur expression méfiante, la même
qu'il avait pour les garçons et pour les consommateurs qui entraient
et sortaient.

—Et puis quoi?

20 —Étiez-vous ici, hier, vers neuf heures et demie?

—J'étais couché. Le soir, c'est ma femme qui tient la caisse...

—Les garçons étaient les mêmes?...

Il continuait à les suivre des yeux.

—Oui...

25 —Je voudrais leur poser deux ou trois questions sur des clients
qu'ils pourraient avoir remarqués...

Les yeux noirs le fixaient, peu encourageants.

—Nous ne recevons que des gens bien et les garçons sont très
occupés à cette heure-ci...

30 —J'en aurai pour une minute avec chacun... La serveuse était
ici aussi?...

—Non... Le soir, il y a moins de monde... Jérôme!...

Un des garçons s'arrêtait net devant la caisse, son plateau à la
main. Le patron se tournait vers Maigret.

....

[3] le tableau de la caisse (*cash register*)
[4] le métier, la profession de cafetier
[5] la réception

—Allez-y!... Posez votre question...

—Avez-vous remarqué, hier soir, vers neuf heures et demie, un consommateur assez jeune, vingt et un ans, vêtu d'un blouson brun et portant un magnétophone sur le ventre...

Le garçon se tourna vers le patron, puis vers Maigret, secoua 5 la tête.

—Connaissez-vous un habitué qu'on appelle familièrement Mimile?

—Non.

Quand ce fut le tour du second garçon, les résultats ne furent 10 pas plus brillants. Ils hésitaient à répondre, comme s'ils avaient peur du patron, et il était difficile de savoir s'ils étaient sincères. Maigret, déçu, retourna à son guéridon et commanda un second verre de bière. C'est à ce moment-là qu'il descendit aux toilettes et découvrit, en bas, un troisième garçon, plus jeune que les deux 15 d'en haut.

Il décida de s'asseoir, de commander à boire.

—Dites-moi, il vous arrive de travailler au rez-de-chaussée?

—Trois jours sur quatre... C'est chacun notre tour d'être en bas...

—Hier soir?   20

—J'étais en haut.

—Le soir aussi? Vers neuf heures et demie?

—Jusqu'à la fermeture, à onze heures. On a fermé tôt car, avec le temps qu'il faisait, il n'y avait pas grand monde.

—Vous n'avez pas remarqué un jeune homme aux cheveux assez 25 longs, vêtu d'un blouson de daim, qui avait un magnétophone suspendu à son cou...

—C'était bien un magnétophone?

—Vous l'avez remarqué?

—Oui... Ce n'est pas encore la saison des touristes... J'ai cru 30 qu'il s'agissait d'un appareil de photo comme en portent les Américains... Puis il y a eu la question d'un client...

—Quel client?

—Ils étaient trois à la table voisine. Quand le jeune homme est parti, un d'entre eux l'a suivi des yeux d'un œil mécontent, inquiet. 35 Il m'a appelé:

«—Dis donc, Toto...

«Bien entendu, je ne m'appelle pas Toto, mais c'est un genre[6] que certains se donnent, surtout dans ce quartier.

«—Qu'est-ce qu'il a bu, le mec?[7]

«—Un cognac...

5 «—T'as pas[8] remarqué s'il s'est servi de son appareil?

«—Je ne l'ai pas vu prendre de photos...

«—Photos mon œil!...[9] C'est un magnétophone, idiot... Tu l'as déjà vu, ce mec-là?

«—C'est la première fois...

10 «—Et moi?

«—Je crois que je vous ai servi trois ou quatre fois...

«—Ça va...[10] Sers-nous la même chose... »

Le garçon s'éloignait, car un client frappait le guéridon avec une pièce de monnaie pour attirer son attention. Le client payait. Le
15 garçon lui rendait son reste,[11] l'aidait à endosser son pardessus.

Il revenait ensuite rôder autour de Maigret.

—Vous avez dit qu'ils étaient trois?

—Oui. Celui qui m'a apostrophé[12] et qui avait l'air le plus important est un gars d'environ trente-cinq ans, bâti comme un
20 professeur de culture physique, les cheveux bruns, les yeux noirs sous d'épais sourcils.

—C'est vrai qu'il n'est venu que deux ou trois fois?

—Je ne l'ai remarqué que ces fois-là...

—Et les autres?

25 —Le rougeaud[13] à la cicatrice traîne[14] assez souvent dans le quartier et entre boire un rhum au comptoir...

—Et le troisième?

—Je l'ai entendu appelé Mimile par ses compagnons... Celui-là, je le connais de vue et je sais où il habite... C'est un encadreur[15] dont

------

[6] une attitude
[7] le garçon (*slang*)
[8] Tu n'as pas?
[9] Tu plaisantes! (populaire)
[10] Bien! (*O.K.*)
[11] la monnaie (qu'il lui devait)
[12] parlé brutalement
[13] l'homme au teint sanguin
[14] se promène sans but
[15] homme qui encadre des tableaux, des portraits, etc.

la boutique se trouve au Faubourg-Saint-Antoine,[16] presque au
coin de la rue Trousseau...[17] La rue Trousseau, c'est ma rue...

—Il vient souvent ici?

—Je l'ai vu quelquefois, on ne peut pas dire souvent.

—Avec les deux autres?   5

—Non... Avec une petite blonde qui a l'air d'être du quartier
aussi, une vendeuse ou quelque chose comme ça...

—Je vous remercie. Vous ne voyez rien d'autre à me dire?

—Non... Si ça me revenait,[18] ou si je les voyais à nouveau...

—Dans ce cas, téléphonez-moi à la P.J. A moi ou, en mon absence,   10
à un de mes collaborateurs... Comment vous appelle-t-on?

—Julien... Julien Blond... Mes camarades m'appellent Blondinet,
parce que je suis le plus jeune... Quand j'aurai leur âge, j'espère
que je ferai autre chose que ce métier-là...

Maigret était trop près de chez lui pour aller déjeuner à la brasserie   15
Dauphine. Il le regretta presque. Il aurait aimé y emmener Janvier
et le mettre au courant des découvertes qu'il venait de faire.

—Tu as trouvé quelque chose? lui demanda sa femme.

—Je ne peux pas encore savoir si c'est intéressant. Il faut chercher
dans tous les sens...   20

A deux heures, il réunissait dans son bureau trois de ses inspecteurs
favoris, Janvier, Lucas et le jeune Lapointe qu'on continuerait sans
doute à appeler ainsi quand il aurait cinquante ans.

—Remettez la bande magnétique, voulez-vous, Janvier? Vous
deux, écoutez bien...   25

Lucas et Lapointe tendirent l'oreille, bien entendu, dès que
commença l'enregistrement pris au «Café des Amis».

—Je suis allé là-bas tout à l'heure. Je connais la profession et
l'adresse d'un des trois hommes qui étaient réunis autour d'un
guéridon et qui parlaient à mi-voix... Le surnommé Mimile... C'est   30
un encadreur dont la boutique se trouve rue du Faubourg Saint-
Antoine, deux ou trois maisons avant la rue Trousseau...

---

[16] Voir la carte I.
[17] Voir la carte I.
[18] je me rappelais autre chose

Maigret n'osait pas trop se réjouir. Cela avait été un peu trop vite à son gré.[19]

—Tous les deux, vous allez établir une planque[20] près de la boutique de l'encadreur... Arrangez-vous pour vous faire relever,[21] ce soir, par deux collègues... Si Mimile sort, il faut que quelqu'un le suive, les deux de préférence... S'il rencontre quelqu'un, l'un de vous s'accroche[22] à lui... De même, si un bonhomme qui n'a pas l'air d'un client vient au magasin... Autrement dit,[23] je voudrais connaître les gens avec qui il pourrait entrer en contact...

—Compris, patron...

—Toi, Janvier, tu vas rechercher dans les dossiers les photos d'hommes d'environ trente-cinq ans, bien bâtis, beaux garçons, les cheveux bruns, les sourcils bruns épais et les yeux noirs... Il doit y en avoir quelques-uns mais il s'agit de quelqu'un qui ne se cache pas, qui n'a peut-être jamais été condamné ou qui a purgé sa peine...[24]

Il appela, une fois seul dans son bureau, l'Institut médico-légal. Le docteur Desalle vint à l'appareil.

—Maigret! Vous avez terminé l'autopsie, Docteur?

—Depuis une demi-heure. Vous savez combien ce garçon a reçu de coups de couteau?... Sept... Tous dans le dos... Tous plus ou moins à hauteur du cœur et pourtant le cœur n'a pas été atteint...

—Le couteau?...

—J'y venais... La lame n'est pas large, mais longue et pointue... A mon avis, il s'agit d'un de ces couteaux suédois dont la lame jaillit[25] dès qu'on presse un bouton...

«Une seule des blessures a été mortelle, celle qui a perforé le poumon droit et y a causé une hémorragie fatale...»

—Vous n'avez pas fait d'autres remarques?

—Le garçon était sain, bien portant, pas très athlétique... Le type de l'intellectuel qui ne prend pas assez d'exercice... Tous les autres

---

[19] à son goût
[20] surveillance, filature (*slang*)
[21] remplacer
[22] s'attache à lui; le suit
[23] en d'autres termes
[24] qui est sorti de prison
[25] sort brusquement

organes en excellent état... Si son sang contenait une certaine quantité d'alcool, il n'était pas ivre... Il a dû boire deux ou trois verres de ce que je crois être du cognac...

—Je vous remercie, Docteur...

—Vous recevrez mon rapport demain matin.   5

Il restait un travail de routine. Le procureur[26] avait désigné un luge d'instruction,[27] le juge Poiret, avec qui Maigret n'avait jamais travaillé. Encore un jeune. Il semblait au commissaire que le personnel judiciaire, depuis quelques années, se renouvelait avec une rapidité déconcertante. N'avait-il pas cette impression à cause de   10 son âge à lui?

Il téléphona au juge qui lui dit de monter tout de suite s'il était libre. Il emporta les textes tapés par Janvier d'après les conversations enregistrées au magnétophone.

Poiret n'avait eu droit qu'à un des vieux bureaux. Maigret s'assit   15 sur une mauvaise chaise.

—Je suis heureux de faire votre connaissance, disait aimablement le magistrat qui était grand, blond, les cheveux coupés en brosse.[28]

—Moi aussi, Monsieur le Juge... Bien entendu, je suis venu vous parler du jeune Batille...   20

Le juge déploya un journal de l'après-midi où, en première page, s'étalait un titre sur trois colonnes. On y voyait la photographie d'un jeune homme qui ne portait pas encore les cheveux longs et qui faisait très garçon «de bonne famille».

—Il paraît que vous avez vu le père et la mère.   25

—C'est moi qui leur ai annoncé la nouvelle, oui... Ils rentraient du théâtre, tous les deux en tenue[29] de soirée. Je crois bien qu'ils fredonnaient[30] en franchissant le seuil de leur appartement... J'ai rarement vu deux êtres se décomposer[31] aussi rapidement...

—Enfant unique?   30

---

[26] le Procureur de la République (*prosecuting attorney*) représente l'État

[27] Ce magistrat reste en rapport avec la police. Il interroge les témoins et les suspects. C'est lui qui décide si l'on doit arrêter le suspect et le poursuivre en justice. Sinon, il déclare qu'il y a « non-lieu » (*no ground for a trial*).

[28] tout droit (comme les poils d'une brosse)

[29] vêtements, habits

[30] chantaient à mi-voix

[31] s'effondrer (*go to pieces*)

—Non. Il y a une sœur, une jeune fille de dix-huit ans qui ne paraît pas facile à tenir...

—Vous l'avez vue?

—Pas encore...

5   —Comment est leur appartement?

—Très vaste, riche et, en même temps, très gai. Quelques meubles anciens, m'a-t-il semblé, mais pas beaucoup... L'ensemble est moderne, sans agressivité...

—Ils doivent être extrêmement riches, soupira le juge d'in-
10 struction.

—Je le suppose...

—Le journal publie un récit que je crois assez romancé[32] de ce qui s'est passé...

—Parle-t-il du magnétophone?

15   —Non. Pourquoi? Un magnétophone joue un rôle important?

—Peut-être... Je n'en sius pas encore certain... Antoine Batille avait la passion d'enregistrer des conversations dans la rue, dans les restaurants, dans les cafés... C'était pour lui des documents humains... Il menait une vie assez solitaire et il lui arrivait souvent, surtout le
20 soir, de partir ainsi en chasse, surtout dans les quartiers populaires...

«Il a commencé, hier soir, par un restaurant du boulevard Beaumarchais, où il a enregistré des bribes d'une scène de ménage...

«Puis il s'est rendu dans un café de la Bastille et voici le texte de son enregistrement...»

25   Il tendit la feuille au magistrat, qui fronça les sourcils.

—Cela paraît assez compromettant, non?

—Il s'agit évidemment d'un rendez-vous pour jeudi soir, quelque part devant une maison des environs de Paris... Sans doute une résidence secondaire, puisque le propriétaire n'y vient que le
30 vendredi et doit repartir le lundi matin...

—C'est ce qui ressort du texte, oui...

—Pour être sûre que la villa sera vide, la bande la fait surveiller par deux de ses hommes qui se relayent... Je sais d'autre part qui est Mimile et j'ai son adresse...

35   —Dans ce cas...

------

[32] sorti de l'imagination (comme dans un roman)

Le juge semblait dire que c'était du tout cuit,[33] mais le commissaire était moins optimiste.

—Si c'est la bande à laquelle je pense... commença-t-il. Depuis deux ans, un certain nombre de villas importantes ont été visitées par des voleurs alors que leur propriétaire se trouvait à Paris... 5 Presque toujours, ce sont des tableaux et des bibelots de valeur qui ont été emportés... A Tessancourt,[34] ils ont négligé deux toiles qui n'étaient que des copies, ce qui indique...

—Des connaisseurs...

—Un connaisseur en tout cas...   10

—Qu'est-ce qui vous chiffonne?[35]

—Que ces gens-là n'ont pas encore tué... Que ce n'est pas leur genre...

—Il peut arriver, pourtant, comme c'était le cas hier soir...

—Supposons qu'ils aient soupçonné soudain que l'appareil 15 enregistreur marchait... Il leur était facile de suivre Antoine Batille, deux d'entre eux, par exemple... Une fois celui-ci dans une rue déserte, comme la rue Popincourt, il leur restait à lui sauter dessus[36] et à lui arracher son appareil...

Le juge soupirait à regret: 20

—Évidemment...

—Ces voleurs-là tuent rarement, et, quand cela arrive, dans des cas désespérés... Ils ont travaillé pendant deux ans sans se faire prendre...[37] Nous n'avons même pas une idée de la façon dont ils revendent les toiles et les objects d'art...Cela exige au moins une 25 tête pensante, un homme qui s'y connaît en peinture, qui a des relations, qui indique les coups,[38] qui y participe peut-être après avoir désigné à chacun son travail...

«Cet homme-là, qui existe fatalement, ne laisserait pas ses complices tuer...»   30

—Dans ce cas, que pensez-vous?

....

[33] tout était très clair
[34] commune des environs de Paris
[35] ennuie
[36] à sauter sur lui
[37] sans être arrêtés
[38] les vols possibles

—Je ne pense pas encore. Je tâtonne.[39] Je suis la piste, bien
entendu. Deux de mes inspecteurs surveillent la boutique d'encadreur
du prénommé Mimile... Un autre fouille les dossiers[40] à la recherche
d'un individu de trente-cinq ans aux épais sourcils sombres...

5   —Vous me tiendrez au courant?

—Dès que j'aurai du nouveau...

Pouvait-on se fier[41] à tout ce que disait Gino Pagliati? Le
Napolitain avait affirmé que le meurtrier avait frappé plusieurs
coups, qu'il avait fait quelques pas vers le coin de la rue, qu'il était
10 revenu en arrière et avait à nouveau frappé par trois fois.

Cela non plus ne collait pas[42] avec l'hypothèse d'un semi-pro-
fessionnel, surtout qu'en fin de compte[43] il n'avait pas emporté le
magnétophone.

Janvier lui avait remis un rapport sur sa visite à la femme aperçue
15 à une fenêtre du premier étage.

«Veuve Esparbès, soixante-douze ans. Vit seule dans un appartement de trois pièces avec cuisine, qu'elle occupe depuis dix ans.
Son mari était officier. Elle touche une pension et vit assez confortablement, mais sans luxe.

20 «Très nerveuse, elle prétend qu'elle ne dort presque plus et,
chaque fois qu'elle se réveille, elle a l'habitude d'aller poser son front
contre la vitre[44] de la fenêtre.

«—C'est une manie de vieille femme, Monsieur l'Inspecteur...

«—Qu'avez-vous vu hier soir? N'ayez pas peur d'entrer dans les
25 détails, même s'ils vous paraissent sans intérêt...

«—Je n'avais pas encore fait ma toilette de nuit... A dix heures,
j'ai pris, comme d'habitude, les nouvelles à la radio... Puis j'ai fermé
le poste et je me suis installée à la fenêtre... Il y a longtemps que je
n'avais plus vu pleuvoir ainsi et cela m'a rappelé de vieux souvenirs...
30 Peu importe...

«Vers dix heures et demie, un peu avant, un jeune homme qui

....

[39] j'hésite
[40] cherche dans nos archives
[41] avoir confiance
[42] n'était pas d'accord
[43] après tout
[44] le verre

portait un blouson est sorti du petit café d'en face et il avait sur la poitrine ce qui m'a paru être un appareil photographique d'assez grand format. J'en ai été un peu étonnée...

«Presque au même moment, j'ai vu un autre jeune homme...

«—Vous dites bien jeune homme?   5

«—Il m'a paru jeune aussi, oui... Plus petit que le premier, un peu plus massif, mais pas beaucoup. Je n'ai pas remarqué d'où il sortait. En quelques pas rapides et sans doute silencieux, il a été derrière l'autre et il s'est mis à frapper à plusieurs reprises...[45] J'ai failli ouvrir[46] la fenêtre et lui crier de cesser, mais cela n'aurait servi   10
à rien... La victime était déjà par terre... Le meurtrier, alors, s'est penché sur lui et lui a soulevé la tête, en la prenant par les cheveux, pour le regarder...

«—Vous êtes sûre de ça?

«—Certaine... Le réverbère n'est pas loin et, moi-même, j'ai assez   15
vaguement distingué les traits...

«—Ensuite?

«—Il s'est éloigné... Puis il est revenu sur ses pas, comme s'il avait oublié quelque chose... Les Pagliati suivaient le trottoir, sous leur parapluie, à une cinquantaine de mètres... L'homme n'en a pas   20
moins frappé à trois reprises[47] celui qui était par terre, puis il s'est éloigné en courant...

«—Il a tourné le coin de la rue du Chemin-Vert?

«—Oui... Les Pagliati sont arrivés, puis... Mais vous savez le reste... J'ai reconnu le docteur Pardon; j'ignorais qui l'accompa-   25
gnait...

«—Vous reconnaîtriez l'agresseur?

«—Pas formellement... Pas son visage... Seulement sa silhouette...

«—Et vous êtes sûre qu'il était jeune?

«—A mon avis, il n'a pas plus de trente ans...   30

«—Cheveux longs?

«—Non.

«—Moustache, favoris?

....

[45] plusieurs fois
[46] j'ai été sur le point d'ouvrir
[47] trois fois

« —Non. Je l'aurais remarqué.

« —Il était détrempé comme s'il avait marché sous la pluie ou bien, sortant d'une maison ?

« —Ils étaient tous les deux détrempés...[48] Il suffisait de quelques
5 minutes dehors pour avoir les vêtements ruisselants...

« —Un chapeau ?

« —Oui... Un chapeau sombre, probablement brun...

« —Je vous remercie.

« —Je vous ai dit tout ce que je sais mais, je vous en prie, faites
10 qu'on ne mette pas mon nom dans le journal. J'ai des neveux qui ont de belles situations et cela leur déplairait qu'on sache que j'habite ici... »

Le téléphone sonna. Il reconnut la voix de Pardon.

—C'est vous, Maigret ?... Je ne vous dérange pas ?... Je n'espérais
15 pas vous trouver à votre bureau... Je me suis permis de téléphoner pour vous demander si vous avez des nouvelles...

—Nous suivons une piste, mais rien ne dit que c'est la bonne... Quant à l'autopsie, elle a confirmé votre diagnostic... Un seul coup a été mortel, celui qui a déchiré le poumon droit...

20 —Vous croyez que c'est un crime crapuleux ?[49]

—Je ne sais pas... Il n'y avait pas beaucoup de rôdeurs[50] et d'ivrognes dans les rues par ce temps-là... Il n'y a pas eu rixe...[51] Dans les deux endroits où il s'est arrêté avant d'entrer chez Jules, le jeune Batille ne s'est disputé avec personne...

25 —Merci... Vous comprenez, je me sens un tout petit peu mêlé à l'affaire... Maintenant, au boulot...[52] J'ai onze patients dans mon salon d'attente...

—Bon courage !...

Maigret alla s'asseoir dans son fauteuil, choisit une pipe sur son
30 bureau et la bourra, le regard vague comme le paysage qui, au-delà de la fenêtre, était peu à peu envahi par le brouillard.

---

[48] très mouillés
[49] crime de voyous, de gangsters
[50] vagabonds
[51] lutte, bataille
[52] au travail (populaire)

Chapitre III

Vers cinq heures et demie, il y eut un coup de téléphone de Lucas.

—J'ai pensé que vous aimeriez que je vous fasse un premier rapport, patron... Je suis dans un petit bar juste en face du magasin de l'encadreur... Au fait, celui-ci s'appelle Émile Branchu... Il y a [5] environ deux ans qu'il est installé rue du Faubourg-Saint-Antoine...[1]

«Il paraît qu'il venait de Marseille, mais ce n'est pas certain... On dit aussi qu'il a été marié, là-bas, mais qu'il est séparé de sa femme ou qu'il a divorcé...

«Il vit seul... Une vieille femme du quartier vient faire son [10] ménage et il prend la plupart de ses repas dans un restaurant d'habitués...

---

[1] Voir la carte I.

«Il possède une voiture, une 6 CV² verte, qu'il gare dans la cour la plus proche de chez lui... Il sort beaucoup le soir et rentre aux petites heures,³ souvent accompagné d'une jolie fille, jamais la même... Pas le genre des filles qu'on trouve dans le quartier ou dans
5 les boîtes⁴ de la rue de Lappe...⁵ Des filles genre mannequins, en robe du soir et en manteau de fourrure...

«Cela vous intéresse?»

—Bien sûr... Continue...

De tous ses collaborateurs, Lucas était le plus ancien et il arrivait
10 à Maigret de le tutoyer. Il tutoyait Lapointe aussi, parce qu'il avait débuté tout jeune, alors qu'il avait encore l'air d'un gamin trop poussé.⁶

—Il n'y a eu que trois clients, deux hommes et une femme. La femme a acheté un miroir avec, d'un côté, une glace grossissante,
15 car il vend aussi des miroirs... Un des hommes a apporté un agrandissement photographique à encadrer et a mis longtemps à faire son choix...

«Le troisième est parti avec une toile encadrée sous le bras... J'ai pu la voir assez bien, car il est venu la regarder près de la porte
20 vitrée... C'est un paysage avec une rivière, une œuvre d'amateur...»

—Il n'a pas téléphoné?

—D'où je monte la garde,⁷ je vois très bien l'appareil, sur le comptoir... Il ne s'en est pas servi... Par contre, quand le gamin qui vend les journaux est passé, il est venu sur le seuil pour acheter
25 deux journaux différents...

—Lapointe est toujours là?

—Pour le moment, il est dehors... Une porte de derrière donne, non seulement sur la cour, mais sur un réseau de ruelles comme il en existe plein⁸ dans le quartier... Étant donné qu'il a une voiture et
30 qu'il pourrait s'en servir, il vaudrait mieux que Lourtie et Neveu, qui vont nous relayer, viennent aussi avec une auto...

---

² chevaux-vapeur (*horse-power*)
³ très tôt au matin
⁴ maisons ayant mauvaise réputation
⁵ Voir le plan général de Paris.
⁶ qui a grandi trop vite
⁷ je le surveille
⁸ beaucoup

—D'accord... Merci, vieux...[9]

Janvier était redescendu avec une quinzaine de photographies représentant des hommes bruns, à forts sourcils, d'environ trente-cinq ans.

—C'est tout ce que je trouve, patron... Vous n'avez plus besoin 5 de moi? C'est l'anniversaire d'un des gosses[10] et...

—Souhaite-lui bon anniversaire de ma part...

Il entra dans le bureau des inspecteurs, vit Lourtie et lui recommanda de prendre une voiture pour se rendre rue du Faubourg-Saint-Antoine.   10

—Où est Neveu?

—Il est quelque part dans les bureaux... Il va revenir...

Maigret n'avait plus rien à faire au Quai et, les photos dans sa poche, il descendit dans la cour, franchit la voûte,[11] salua le factionnaire[12] d'un geste de la main et se dirigea vers le boulevard du 15 Palais[13] où il trouva un taxi. Il n'était pas de mauvaise humeur, mais il n'était pas gai non plus. On aurait pu dire qu'il menait cette enquête sans conviction, comme si quelque chose avait été faussé au départ, et sans cesse il en revenait à la scène qui s'était déroulée, sous la pluie diluvienne, dans l'obscurité de la rue Popincourt. 20

Le jeune Batille, qui sortait du bistrot[14] mal éclairé où les quatre hommes jouaient aux cartes... Les Pagliati, sous leur parapluie, encore assez loin dans la rue... Mme Esparbès à sa fenêtre...

Et quelqu'un, un homme d'une trentaine d'années au plus, qui apparaissait soudain dans le décor...[15] Personne ne pouvait dire s'il 25 attendait sur un seuil la sortie d'Antoine Batille ou s'il suivait le trottoir, lui aussi... Il franchissait[16] précipitamment quelques mètres puis frappait, une fois, deux fois, quatre fois au moins...

Il entendait les pas du fabricant de nouilles et de sa femme qui n'étaient plus qu'à moins de cinquante mètres... Il marchait vers le 30

---

[9] terme amical (*old man*)
[10] de mes enfants
[11] l'entrée voûtée
[12] le policier de garde
[13] Voir la carte II.
[14] café très modeste, bar
[15] dans ce tableau
[16] faisait, marchait

coin de la rue du Chemin-Vert et, au moment de tourner le coin, il revenait sur ses pas.

Pourquoi se penchait-il sur sa victime et ne se préoccupait-il que de soulever sa tête? Il ne lui tâtait pas le poignet,[17] ni la poitrine,
5 pour savoir si Antoine était mort... Il regardait son visage...

Pour s'assurer que c'était bien l'homme qu'il avait décidé d'abattre?... Dès ce moment-là, quelque chose ne collait pas...[18] Pourquoi donnait-il trois autres coups de couteau à l'homme étendu par terre?...

10 C'était un film que Maigret se rejouait sans cesse dans la tête, comme s'il espérait soudain comprendre.

—Place de la Bastille, dit-il au chauffeur de taxi.

Le patron du «Café des Amis» était encore à la caisse, les cheveux ramenés sur sa calvitie.[19] Leurs regards se croisèrent et celui du
15 cafetier n'avait rien d'amène.[20] Au lieu de s'asseoir au rez-de-chaussée, Maigret descendit au sous-sol où il prit place à un guéridon. Il y avait beaucoup plus de monde que le matin. C'était l'heure de l'apéritif. Quand le garçon vint prendre la commande, il était moins aimable.

20 —Un demi...

Et, lui tendant le paquet de photographies:

—Voyez donc si vous reconnaissez un de ces hommes...

—C'est que je n'ai pas beaucoup de temps...

—Cela ne vous prendra qu'un instant...

25 Le patron devait lui avoir parlé, quand il avait vu le commissaire émerger du sous-sol après y être resté longtemps.

Le garçon hésitait, saisissait enfin les photos.

—Il vaut mieux que j'aille les regarder au petit coin...[21]

Il en revint presque aussitôt et tendit la liasse[22] à Maigret.

30 —Je ne reconnais personne...

Il paraissait sincère et il alla chercher le demi que Maigret avait

---

[17] ici: le pouls
[18] n'était pas naturel ou compréhensible
[19] sur sa tête chauve
[20] d'affable
[21] *W.C.*
[22] le paquet

commandé. Celui-ci n'avait plus qu'à[23] aller dîner chez lui. Il but son demi en prenant son temps, gravit l'escalier menant au rez-de-chaussée et, juste en face de lui, vit Lapointe attablé seul devant un guéridon.

Lapointe l'aperçut aussi, mais feignit de ne pas le connaître. Émile 5 Branchu devait être quelque part dans le café et le commissaire préféra ne pas trop regarder les consommateurs.

Il avait deux cents mètres à parcourir pour arriver chez lui où régnait une odeur de maquereaux au four. Mme Maigret les cuisait au vin blanc, à petit feu,[24] avec beaucoup de moutarde. 10

Elle comprit tout de suite qu'il n'était pas content de son enquête et ne posa pas de questions.

A table, elle remarqua:

—Tu ne prends pas[25] la télévision?

C'était devenu une habitude, une manie. 15

—Aux nouvelles de sept heures, ils ont longuement parlé d'Antoine Batille. Ils sont allés à la Sorbonne interviewer plusieurs de ses camarades...

—Que disent-ils de lui?

—Que c'était un bon garçon, plutôt effacé,[26] un peu gêné d'ap- 20 partenir à une famille si connue... Il avait la passion des magnéto-phones et il attendait qu'arrive du Japon un appareil miniaturisé[27] qui tient dans le creux de la main...

—C'est tout?

—Ils ont essayé d'interroger la sœur, qui s'est contentée de 25 répondre:

«—Je n'ai rien à dire...

«—Où étiez-vous cette nuit-là?

«—A Saint-Germain-des-Prés...[28]

«—Vous vous entendiez bien[29] avec votre frère? 30

---

[23] il ne lui restait qu'à
[24] lentement
[25] Tu ne fais pas marcher...
[26] modeste
[27] tout petit, minuscule
[28] Voir le plan général de Paris.
[29] Vous aviez des rapports cordiaux

«—Il ne s'occupait pas de moi et je ne m'occupais pas de lui… »

Les journalistes fouillaient[30] partout, rue Popincourt, quai d'Anjou, à la Sorbonne. On avait déjà trouvé une étiquette à l'affaire: *Le forcené*[31] *de la rue Popincourt.*

5   On soulignait le nombre de coups de couteau: sept! En deux fois! Le meurtrier était revenu sur ses pas, comme s'il n'avait pas eu son compte, pour frapper encore.

«*Cela ne suggère-t-il pas l'idée d'une vengeance?* » insinuait un des reporters. «*Si les sept coups de couteau avaient été donnés un après*
10 *l'autre, on pourrait croire à une sorte de rage folle, plus ou moins inconsciente. Un grand nombre de coups, qui impressionne toujours les jurés, est, la plupart du temps, le signe qu'un meurtrier a perdu le contrôle de lui-même. L'assassin de Batille, lui, s'est interrompu, s'est éloigné, est revenu tranquillement sur ses pas pour frapper les trois*
15 *derniers coups…* »

Un des journaux finissait par:

«*Le magnétophone a-t-il joué un rôle dans cette affaire? Nous croyons savoir que la police y attache une certaine importance mais personne, quai des Orfèvres, n'accepte de répondre aux questions sur*
20 *ce sujet…* »

A huit heures et demie, le téléphone sonna.

—Ici Neveu, patron… Lucas m'a recommandé de vous tenir au courant…

—Où êtes-vous?

25   —Dans le petit bar en face de la boutique d'encadreur… Avant que nous n'arrivions, Lourtie et moi, Émile Branchu a fermé sa porte et s'est dirigé vers la place de la Bastille où il a pris l'apéritif… En passant devant la caisse il a salué le patron qui lui a rendu son salut comme à un habitué…

30   «L'encadreur n'a parlé à personne, a lu les journaux qu'il avait en poche. Lapointe était… »

—Je l'ai vu…

—Bon… Vous savez aussi qu'il est allé dîner dans un restaurant

---

[30] cherchaient minutieusement
[31] le terrible bandit

modeste où il a sa serviette dans un casier[32] et où on l'appelle M. Émile?...

—Je l'ignorais...

—Lapointe prétend y avoir très bien mangé. Il paraît que l'andouillette...[33]

—Ensuite?

—Branchu est rentré chez lui, a fermé le volet de la boutique et accroché le panneau de bois à la porte vitrée. Une faible lumière perce par les fentes du volet... Lourtie surveille la cour...

—Vous avez la voiture?

—Elle est garée à quelques mètres d'ici...

Sur la première chaîne,[34] des chanteurs et des chanteuses sévissaient.[35] Maigret détestait ça. Sur la seconde chaîne, un vieux film américain, avec Garry Cooper, que Maigret et sa femme regardèrent.

Le film finissait à onze heures moins le quart et Maigret se brossait les dents, en manches de chemise, quand le téléphone sonna à nouveau. Cette fois, c'était Lourtie.

—Où êtes-vous? lui demanda le commissaire.

—Rue Fontaine.[36] L'encadreur est sorti, vers dix heures et demie, et est allé chercher sa voiture dans la cour. Nous avons pris celle de la P.J., Neveu et moi...

—Il ne s'est pas aperçu que vous le suiviez?

—Je ne crois pas. Il est venu directement ici, comme si c'était une vieille habitude, et, après avoir cherché un parking, il a poussé la porte du «Lapin Rose»...

—Qu'est-ce que «Le Lapin rose»?

—Une boîte de strip-tease... Le portier l'a salué comme s'il le connaissait... Nous sommes entrés à notre tour, Neveu et moi, car, dans ces endroits-là, deux hommes se font moins remarquer qu'un seul... Neveu s'est même donné les allures[37] de quelqu'un d'un peu saoul...

---

[32] *set of pigeonholes* (On y garde la serviette du client et on la change chaque semaine.)
[33] espèce de saucisse chaude
[34] *channel on T.V.*
[35] vous imposaient la punition de les entendre
[36] Cette rue est située près de la Place Pigalle à Montmartre.
[37] manières

C'était bien[38] Neveu, qui adorait ajouter sa touche personnelle. Il aimait aussi les déguisements, qu'il poussait jusqu'à leurs moindres détails.

—Notre homme est au bar... Il a serré la main du barman... Le
5 patron, un petit gros en smoking, est venu lui serrer la main aussi et deux ou trois des filles l'ont embrassé...

—Le barman?

—Justement... Il ressemble assez au signalement qu'on nous a fourni... Entre trente et quarante ans... Beau garçon, genre méri-
10 dional...

En quittant le «Café des Amis», Maigret aurait dû remettre le jeu[39] de photos à Lucas, qui se trouvait toujours rue du Faubourg-Saint-Antoine, et qui les aurait passées à Lourtie. Il y avait pensé en quittant le Quai des Orfèvres, puis cela lui était sorti de la tête.

15 —Retourne au «Lapin Rose». D'ici une vingtaine de minutes, je serai là-haut...[40] Comment s'appelle le bistrot d'où tu me téléphones?

—Vous ne pouvez pas vous tromper. C'est le tabac[41] du coin. Je n'ai pas voulu téléphoner de la boîte par crainte qu'on m'entende...

—Dans vingt minutes, sois au tabac...

20 Mme Maigret avait compris et, en soupirant, alla décrocher le pardessus et le chapeau de son mari.

—J'appelle un taxi?

—Merci. Oui...

—Tu en as pour longtemps?

25 —Moins d'une heure...

Ils avaient beau avoir[42] une voiture depuis un an — que Maigret n'avait jamais conduite —, Mme Maigret préférait s'en servir le moins possible dans Paris. Ils l'utilisaient surtout, le samedi soir ou le dimanche matin, pour gagner Meung-sur-Loire[43] où ils avaient leur
30 petite maison.

....

[38] typique de
[39] le paquet
[40] à Montmartre (sur la colline)
[41] le café—Certains cafés sont autorisés à vendre du tabac (monopole d'État) et des timbres.
[42] Malgré le fait qu'ils avaient...
[43] petite commune, près d'Orléans

—Quand je prendrai ma retraite...[44]

Parfois on pouvait croire que Maigret, pressé de la prendre, comptait les jours. D'autres fois, on sentait chez lui une certaine panique[45] à la perspective de quitter le Quai des Orfèvres.

Jusqu'à trois mois plus tôt, l'heure[46] de la retraite, pour les 5 commissaires, était de soixante-cinq ans et il en avait soixante-trois. Un nouveau décret venait de tout changer et de porter cette retraite à soixante-huit ans...

Dans certaines rues, le brouillard était plus épais que dans d'autres et les voitures roulaient lentement, une auréole autour de leurs phares. 10

—Je vous ai déjà conduit, n'est-ce pas?

—C'est fort possible...

—C'est drôle, je n'arrive pas à mettre un nom sur votre visage... Je sais que vous êtes quelqu'un de connu... Un acteur?

—Non...   15

—Vous n'avez jamais fait de cinéma?...

—Non...

—Je ne vous ai pas vu non plus à la télévision?...

Heureusement qu'on arrivait rue Fontaine.

—Tâchez de trouver un parking et attendez moi.   20

—Vous en avez pour longtemps?

—Quelques minutes...

—Alors, ça va.[47] Parce que c'est la sortie des théâtres et...

Maigret poussa la porte du bar-tabac, trouva Lourtie accoudé au comptoir. Il commanda une fine,[48] parce qu'on avait beaucoup parlé 25 de fines la veille, puis il sortit les photos de sa poche, les glissa dans la main de l'inspecteur.

—Va les regarder aux toilettes, c'est plus prudent...

Quelques minutes plus tard, Lourtie revenait et rendait les photos au commissaire.   30

—C'est celui qui est au-dessus de la liasse...[49] J'ai tracé une croix au dos...

---

[44] quand je serai pensionné
[45] effroi, peur
[46] le moment, l'année
[47] C'est bien! (*O.K.!*)
[48] liqueur, verre de cognac
[49] du paquet

—Il n'y a aucun doute possible?

—Aucun. Tout juste si, sur la photo, il a trois ou quatre ans de moins... Il est resté aussi beau gars...

—Retourne là-bas...[50]

5 —Le strip-tease va commencer... Vous savez, nous avons été obligés de commander du champagne... Ils ne servent rien d'autre...

—Va... Et s'il se passait quelque chose d'important, surtout si l'encadreur sortait de la ville, n'hésitez pas à me téléphoner...

Dans le taxi, il regarda la photographie marquée d'une croix.
10 C'était le plus beau garçon du paquet. Il y avait quelque chose d'effronté,[51] de sarcastique dans son regard. Un dur,[52] comme on en trouve dans la bande[53] des Corses ou dans celle des Marseillais.

Maigret dormit d'un sommeil assez agité et il était au Quai bien avant neuf heures, envoyait Janvier aux Sommiers.[54]

15 —Cela a marché? Je n'osais pas trop l'espérer. Le signalement était assez vague...

Janvier redescendait un quart d'heure plus tard avec une fiche.

«*Mila*, Julien Joseph François, né à Marseille, barman. Célibataire. Taille... »

20 Suivaient les différentes mensurations du nommé Mila dont le dernier domicile connu était un garni[55] de la rue Notre-Dame-de-Lorette.[56]

Condamné, quatre ans plus tôt, à deux ans de prison pour avoir participé à une attaque à main armée. Cela se passait à l'entrée d'une
25 usine de Puteaux.[57] L'encaisseur[58] avait pu faire jouer le déclic[59] de sa mallette d'où s'était échappée une fumée épaisse. Un agent qui se tenait au carrefour s'en était aperçu. Poursuite. La voiture des voleurs avait fini contre un bec de gaz.[60]

....

[50] au bar
[51] impudent
[52] *a tough guy*
[53] groupe (*gang*)
[54] archives (casier des condamnations)
[55] chambre meublée
[56] Cette rue est située à peu de distance de la rue Fontaine.
[57] ville industrielle au nord de Paris
[58] *cash-collector*
[59] *to press the hidden catch*
[60] réverbère

Mila s'en était tiré à bon compte,[61] d'abord parce qu'il avait prétendu n'être qu'un comparse, ensuite parce que les malfaiteurs s'étaient servis de pistolets d'enfant.

Maigret soupira. Il connaissait bien les professionnels, mais il ne s'y était jamais beaucoup intéressé. Pour lui, c'était de la routine, 5 une sorte de jeu qui avait ses règles, parfois aussi ses feintes et ses tricheries.[62]

Pouvait-on supposer qu'un homme qui s'était servi d'un pistolet d'enfant pour effectuer un hold-up s'était acharné[63] par deux fois sur un jeune homme, simplement parce que celui-ci avait peut-être en- 10 registré des bribes d'une conversation compromettante ? Et que, le jeune homme abattu, le meurtrier ne se soit pas donné la peine d'emporter son enregistreur ou de le mettre hors d'usage ?

—Allô... Passez-moi le juge d'instruction Poiret, s'il vous plaît... 15 Allô, oui... Merci... Le juge Poiret ?... Maigret, Monsieur le Juge... J'ai des renseignements qui posent un certain nombre de questions et j'aimerais vous les soumettre... Une demi-heure ?... Merci... Je serai à votre cabinet dans une demi-heure...

Il y avait du soleil, tout à coup. A croire que, peut-être, le prin- temps allait être au rendez-vous du 21 mars. Maigret, la photo de 20 Mila dans la poche, se dirigea comme tous les matins vers le bureau du directeur pour le rapport.

*

Ce fut une journée d'allées et venues, de coups de téléphone, de mise en place.[64] La petite bande, dont on ne connaissait encore que Mila et l'encadreur, plus un troisième personnage non identifié, 25 projetait apparemment un cambriolage[65] dans une maison de cam- pagne des environs de Paris.

Or, passées les limites de Paris, la P.J. du quai des Orfèvres devenait impuissante. C'était le domaine de la Sûreté Nationale,[66]

---

[61] avait évité une peine sévère
[62] tromperies
[63] avait attaqué avec passion
[64] classement
[65] vol avec effraction (*burglary*)
[66] La Police Judiciaire, en général, n'agit qu'à Paris. La Sûreté Nationale fonctionne dans tout le reste de la France. Ces deux services sont donc séparés et parfois même en léger conflit. Mais il arrive aussi qu'un service fasse appel à l'autre.

rue des Saussaies,[67] et, d'accord avec le juge d'instruction, Maigret téléphona à ce que l'on appelle maintenant son homologue.[68]

C'était le commissaire Grosjean, un vétéran qui avait à peu près l'âge de Maigret et qui, comme lui, avait toujours la pipe à la bouche.
5 Il était originaire du Cantal,[69] dont il avait conservé l'accent savoureux.

Ils se rencontrèrent un peu plus tard dans les vastes bâtiments de la rue des Saussaies, que ceux de la P.J. appelaient volontiers l'« usine ».

10 Après une heure de travail, Grosjean se leva en grommelant:

—Il faut quand même que je fasse semblant[70] d'en référer à mon chef...

Quand Maigret rentra dans son bureau, tout était au point.[71] Pas nécessairement comme il l'aurait désiré, mais comme la Sûreté
15 Nationale avait l'habitude de travailler.

—Et alors? lui demanda Janvier qui était resté en rapport avec les hommes en faction[72] rue du Faubourg-Saint-Antoine.

—Du cinéma!

—Lucas et Marette sont rue du Faubourg-Saint-Antoine. Émile
20 est venu prendre l'apéritif dans le bar où ils se trouvaient sans faire attention à eux. Il est ensuite allé déjeuner dans le même restaurant qu'hier soir.

« Pas d'allées et venues... Deux ou trois clients qui avaient l'air de vrais clients... Il a un petit atelier qui communique avec le
25 magasin et c'est là qu'il bricole... »[73]

Vers quatre heures, Maigret dut monter voir à nouveau le juge pour le tenir au courant du plan d'action qui avait été arrêté. Quand il redescendit, on lui tendit une fiche[74] sur laquelle on avait écrit simplement un nom, sans remplir l'espace réservé à l'objet de la
30 visite: Monique Batille.

....

[67] Cette rue se trouve près du Rond-Point des Champs Élysées.
[68] celui qui occupe, dans l'autre organisation, une position semblable à la sienne.
[69] département du midi de la France
[70] que je donne l'impression
[71] arrangé
[72] de garde
[73] travaille à son petit commerce
[74] une carte (*memo*)

Comment, de Monique, le prénom s'était-il transformé en Minou?
Il se dirigea vers la salle d'attente, aperçut une jeune fille longue et mince qui portait des pantalons noirs et un trench-coat sur une blouse transparente.

—Vous êtes le commissaire Maigret, n'est-ce pas? 5

On aurait dit qu'elle l'inspectait des pieds à la tête pour s'assurer qu'il était digne de sa réputation.

—Si vous voulez me suivre...

Elle entra sans la moindre gêne dans ce bureau où tant de destinées s'étaient jouées.[75] Elle ne semblait pas s'en rendre compte, restait 10 désinvolte,[76] sortait de sa poche un paquet de Gitanes.[77]

—On peut fumer?

Un petit rire.

—J'oubliais que vous fumez la pipe toute la journée!

Elle marcha jusqu'à la fenêtre. 15

—C'est comme chez nous... Vous voyez la Seine... Vous ne trouvez pas que c'est lassant?...[78]

Avait-elle envie d'un panorama transformable?

Ouf![79] Elle se laissait enfin tomber dans le fauteuil alors que Maigret se tenait encore debout près de son bureau. 20

—Vous devez vous demander ce que je suis venue faire... N'ayez pas peur: ce n'est pas par simple curiosité que je suis ici... Il est vrai que, si je fréquente des célébrités de toutes sortes, je ne connaissais pas encore de policier...

Ce n'était pas la peine d'essayer de l'arrêter. Était-ce un genre 25 qu'elle se donnait pour cacher une timidité profonde?

—Hier, je m'attendais à ce que vous veniez interroger à nouveau mes parents, m'interroger, puis les domestiques, que sais-je?... N'est-ce pas comme ça que cela se passe d'habitude?... Ce matin, j'ai décidé que je viendrais vous voir dans l'après-midi... J'ai beaucoup 30 réfléchi...

Elle saisit le léger sourire sur les lèvres de Maigret et devina.

[75] avaient été décidées
[76] assez impertinente
[77] cigarettes françaises
[78] qu'on s'en fatigue
[79] exclamation qui indique le soulagement

—Cela m'arrive de réfléchir, croyez-le... Je ne fais pas que parler à tort et à travers...[80] On a trouvé le corps de mon frère rue Popincourt... Ce n'est pas une rue terrible, n'est-ce pas?

—Qu'est-ce que vous appelez une rue terrible?

5 —Une rue où les voyous se réunissent dans les bars, préparent leurs mauvais coups, je ne sais pas, moi...

—Non... C'est simplement une rue de petites gens...[81]

—Je le pensais... Et bien, mon frère allait enregistrer dans d'autres endroits, des endroits vraiment dangereux... Une fois, j'ai insisté
10 pour qu'il m'emmène et il m'a dit:

«—Impossible, ma petite fille... Là où je vais, tu ne serais pas en sécurité... Je ne le suis d'ailleurs pas non plus... »

«J'ai questionné:

«—Tu veux dire qu'il y a des criminels?

15 «—Certainement... Sais-tu combien, chaque année, on repêche[82] de corps, rien que du canal Saint-Martin?...[83]

«Je ne crois pas qu'il ait cherché à me faire peur, ou à se débarrasser de moi. J'ai insisté. Je suis revenue plusieurs fois à charge,[84] mais il n'a jamais voulu m'emmener dans ce qu'il appelait ses expéditions.»

20 Maigret la regardait, surpris qu'elle gardât tant de fraîcheur sous un aspect volontairement sophistiqué.[85] Et, au fond, son frère semblait n'avoir été, comme elle, qu'un grand enfant.

Sous prétexte de recherches psychologiques, de chasse au document humain, il cherchait en quelque sorte à se faire peur.

25 —Conservait-il ses enregistrements?

—Il y a, dans sa chambre, des dizaines de cassettes soigneusement numérotées, qui correspondent à un catalogue qu'il tenait à jour.[86]

—Personne n'y a touché depuis... depuis sa mort?

—Non...

30 —Le corps est chez vous?

—On a transformé le petit salon, que nous appelons le salon de

---

[80] sans réflexion, sans suite
[81] gens ayant peu d'argent
[82] on fait sortir, on retire
[83] Voir le plan général de Paris.
[84] j'ai insisté plusieurs fois
[85] affecté, blasé
[86] régulièrement

maman, en chapelle ardente.[87] L'autre salon était trop grand. Il y a aussi des tentures noires au portail de l'immeuble. Tout cela est lugubre. Cela ne devrait plus exister à notre époque, vous ne trouvez pas?

—Que voulez-vous me dire d'autre? 5

—Rien... Qu'il courait des risques... Qu'il rencontrait toutes sortes de gens... Je ne sais pas s'il leur parlait, ni s'il entretenait des relations dans ce milieu-là...

—Il n'était jamais armé?

—C'est drôle que vous me demandiez ça. 10

—Pourquoi?

—Il a obtenu que papa lui donne un de ses revolvers. Il le gardait dans sa chambre. Et il n'y a pas longtemps qu'il m'a dit:

«—Je me réjouis d'avoir vingt et un ans accomplis... Je demanderai un port d'arme...[88] Étant donné le caractère des recherches auxquelles 15 je me livre...»

Cela donnait à la scène de la rue Popincourt un pathétique nouveau en même temps qu'un caractère presque irréel. Un grand gamin. Il était persuadé qu'il étudiait l'homme sur le vif[89] parce que, dans les cafés, dans les restaurants, il enregistrait des bribes de conversations. 20 Ces trouvailles, il les étiquetait[90] soigneusement, en dressait le catalogue.

—Il faudra que j'aille écouter ses enregistrements... Vous ne les avez jamais entendus?...

—Il ne les faisait entendre à personne... Un jour, seulement, j'ai 25 cru entendre une femme qui sanglotait dans sa chambre... Je suis allée voir... Il était seul et écoutait une de ses bandes... Vous n'avez plus de questions à me poser?...

—Pas pour le moment. Je passerai probablement chez vous demain pendant la journée. Je suppose que beaucoup de gens défilent?...[91] 30

—Cela n'arrête pas de la journée... Et bien, voilà... J'espérais vous être utile...

[87] salle tendue de noir et éclairée avec des cierges
[88] le droit de porter une arme
[89] dans sa vie réelle
[90] il leur donnait des titres
[91] passent devant le cercueil

—Peut-être l'êtes-vous plus qu'il n'y paraît... Merci d'être venue...

Il la reconduisit jusqu'à la porte et lui tendit la main. Elle en fut toute heureuse.

—Bonsoir, Monsieur Maigret... N'oubliez pas que vous m'avez promis que j'entendrais les enregistrements avec vous...

Il n'avait rien promis du tout, mais préféra ne pas discuter.

Où en était-il[92] quand il avait trouvé sa fiche dans son bureau? Il descendait de chez le juge d'instruction.

—Du cinéma...[93] pensait-il, grognon.[94]

Et il resta plus ou moins grognon toute la soirée et une bonne partie de la nuit. Car, pour du cinéma, ce fut vraiment du cinéma, comme ils savent en organiser rue des Saussaies.

A sept heures et demie, Lucas téléphonait que l'encadreur avait baissé son volet et accroché le panneau à la porte vitrée. Un peu plus tard, il se dirigeait vers son restaurant habituel pour y dîner. Il marchait ensuite autour du bloc de maisons, comme pour prendre l'air, allait jusqu'à la Bastille, où il achetait plusieurs magazines au kiosque,[95] puis rentrait chez lui.

—Qu'est-ce que nous faisons?

—Vous attendez.

Maigret et Janvier allèrent dîner, eux, à la brasserie Dauphine.[96] Il n'y avait presque personne. C'était surtout à midi et pour l'apéritif du soir que les deux petites salles étaient pleines.

Maigret téléphona à sa femme pour lui dire bonsoir.

—Je n'ai aucune idée de l'heure à laquelle je rentrerai... Ce sera sans doute tard dans la nuit... A moins que ça foire...[97] Ce n'est pas moi qui dirige les opérations...

Il les dirigeait dans Paris seulement et c'est pourquoi, à neuf heures, la voiture dans laquelle il se trouvait, avec Janvier au volant et le gros Lourtie derrière, prenait place juste en face, ou presque, de la boutique de l'encadreur.

....

[92] Que faisait-il? A qui pensait-il?
[93] C'est comme un film
[94] de mauvaise humeur
[95] marchand de journaux
[96] située près de son bureau
[97] à moins qu'on n'arrive à rien

C'était une voiture noire, sans signe distinctif, mais équipée d'un émetteur et récepteur de radio. Une autre voiture, toute pareille, équipée de même, stationnait à une cinquantaine de mètres. Le commissaire Grosjean et trois de ses inspecteurs y avaient pris place.

Enfin, dans une rue transversale, il y avait un car de police de la 5 rue des Saussaies,[98] avec une dizaine de policiers en civil à l'intérieur.

Lucas, lui, montait la garde,[99] en voiture aussi, non loin du meublé de Mila, rue Notre Dame-de-Lorette.

C'est lui qui bougea le premier.

—Allô... Le 287?... C'est vous, patron?...   10

—Ici, Maigret...

—Lucas... Mila vient de partir en taxi... Nous traversons le centre de la ville et il semble que nous allons passer sur la rive gauche...

Au même moment, la porte de la boutique s'ouvrait et l'encadreur, 15 qui portait un léger pardessus beige, la refermait à clef, se dirigeait à grands pas vers la place de la Bastille.

—Allô... Le 215... appela Maigret. C'est vous, Grosjean?... Vous m'entendez?... Allô... Le 215...

—Le 215 écoute...   20

—Nous allons nous diriger lentement vers la Bastille... Il est à pied...

—Terminé?

—Terminé...

Maigret haussa ses lourdes épaules.   25

—Dire[1] que je suis en train de jouer au petit soldat!...[2]

Place de la Bastille, Émile Branchu se dirigeait vers le boulevard Beaumarchais, ouvrait la portière d'une DS.[3] noire en stationnement qui s'écartait immédiatement du trottoir.

Maigret ne pouvait apercevoir l'homme qui conduisait, sans doute 30 le troisième homme du «Café des Amis», celui qui avait bu du rhum et dont le visage portait une cicatrice.

....

[98] La Sûreté Nationale
[99] surveillait
[1] Peut-on imaginer?
[2] ici: prendre part à tout ce mouvement (C'est cela qu'il appelle «du cinéma».)
[3] auto Citroën

Grosjean suivait à une certaine distance. De temps en temps, il appelait et un Maigret, qui s'en voulait lui-même de se montrer bourru,[4] répondait. Le car, lui aussi, restait en contact.

La circulation était fluide. La DS. roulait vite et son conducteur 5 ne paraissait pas s'apercevoir qu'il était suivi. A plus forte raison[5] ne se doutai -il pas qu'il était à la tête d'un petit cortège.

A la porte de Châtillon,[6] il marqua un temps d'arrêt et un homme grand, brun, qui se tenait au bord du trottoir, monta tout naturellement dans la voiture.

10 Maintenant, ils étaient réunis tous les trois. Eux aussi étaient organisés quasi militairement. Ils roulaient plus vite et Janvier s'arrangeait pour ne pas les perdre de vue sans cependant se faire remarquer.

Ils avaient pris la route de Versailles et ils traversèrent le Petit-15 Clamart[7] sans presque ralentir.

—Où êtes-vous? questionnait régulièrement Grosjean. Vous ne les perdez pas de vue?

—Nous quittons mon territoire,[8] grommela Maigret. Cela va être à vous de jouer...

20 —Quand nous serons arrivés à destination...

Ils tournèrent à gauche en direction de Châtenay-Malabry, puis à droite, vers Jouy-en-Josas.[9] Il y avait de gros nuages, certains assez bas, mais une bonne partie du ciel était claire et, de temps en temps, la lune se montrait.

25 La DS. ralentissait, tournait encore à gauche et on l'entendait bientôt freiner.[10]

—J'arrête ici? questionna Janvier. J'ai l'impression qu'ils s'arrêtent... Oui... Ils sont arrêtés...

Lourtie descendit de voiture pour aller voir. Quand il revint, il 30 annonça:

---

[4] qui était mécontant de se montrer peu aimable
[5] bien certainement
[6] Cette « porte » se trouve à l'extrémité sud de Paris, entre la Porte d'Orléans et la Porte de Versailles.
[7] petite commune au sud de Paris
[8] (La P.J. ne fonctionne, en principe, que dans Paris.)
[9] deux communes proches de Versailles
[10] s'arrêter (*using the brakes*)

—Ils ont retrouvé quelqu'un qui les attendait... Ils sont entrés dans un grand jardin ou un parc, je ne sais pas, où on aperçoit le toit d'une villa...

Grosjean, perdu dans la nature, demandait où on en était et Maigret le tenait au courant. 5

—Où dites-vous que vous êtes?

Et Lourtie de souffler:[11]

—Chemin des Acacias... Je l'ai vu sur la plaque...

—Chemin des Acacias...

Lourtie était allé reprendre son poste au coin du chemin où Mila 10 et ses compagnons étaient descendus de voiture. Ils avaient laissé la DS. au bord du trottoir. Le guetteur était toujours là, tandis que les trois autres semblaient avoir pénétré dans la maison.

L'auto de la rue des Saussaies vint se ranger derrière celle de Maigret puis, quelques instants plus tard, l'impressionnant car 15 bourré[12] de policiers.

—A vous,[13] maintenant, soupira Maigret en bourrant sa pipe.

—Où sont-ils?

—Vraisemblablement dans la villa dont, du coin, vous apercevez la grille... L'homme, sur le trottoir, est leur guetteur...[14] 20

—Vous ne m'accompagnez pas?

—Je reste ici...

Quelques instants plus tard, la voiture de Grosjean fonçait[15] dans le chemin à gauche, si impétueusement que le guetteur, surpris, n'eut pas le temps de donner l'alarme. Avant de savoir ce qui lui 25 arrivait, deux hommes lui tombaient dessus et on lui passait les menottes.[16]

Du car, les policiers se précipitaient dans le parc de la villa qu'ils se hâtaient d'entourer, contrôlant toutes les issues. C'était une construction moderne, assez vaste, et l'eau qu'on voyait miroiter[17] 30 derrière les arbres était celle de la piscine.

---

[11] lui dire tout bas
[12] plein
[13] c'est à vous d'agir
[14] l'homme qui surveille pour les voleurs
[15] entrait brusquement
[16] *handcuffs*
[17] briller

Toutes les fenêtres étaient obscures, les volets clos. On entendait pourtant des pas et quand, Grosjean en tête, les hommes de la rue des Saussaies ouvrirent la porte, ils se trouvèrent devant trois personnages gantés de caoutchouc qui, alertés par des bruits suspects,
5 cherchaient à s'enfuir.

Ils n'insistèrent pas, mirent les bras en l'air, sans un mot, et, quelques instants plus tard, ils avaient à leur tour les menottes au poignet.

—Emmenez-les dans le car. Je les interrogerai dès que je serai
10 de retour à mon bureau.

Maigret se dégourdissait les jambes[18] en faisant les cent pas. Il regarda de loin les hommes qu'on poussait dans le car, vit Grosjean qui se dirigeait vers lui.

—Vous ne venez pas avec moi jeter un coup d'œil à l'intérieur?
15 D'abord, ils aperçurent, à droite de la grille, une plaque de marbre rose qui portait en lettres dorées: «La Couronne d'Or». Une couronne, gravée dans la pierre, rappela quelque chose à Maigret. Quoi? Il n'arrivait pas à s'en souvenir.

Il n'y avait pas de corridor. On entrait de plain-pied[19] dans un
20 immense hall où, sur les murs de pierre blanche, alternaient les trophées de chasse et les tableaux. L'un d'eux était décroché et se trouvait, retourné, sur une table d'acajou.

—Un Cézanne... murmura Grosjean, qui l'avait remis du bon côté.
25 Dans un coin, il y avait un bureau[20] Louis-XV. Le sous-main[21] de cuir portait la même couronne que la plaque du portail. Dans un tiroir, du papier à lettres et des enveloppes portaient cette couronne-là aussi avec, en dessous, le nom: Philippe Lherbier.

—Venez voir, Grosjean...
30 Il lui montrait la couronne sur le sous-main, puis le papier à lettres.

---

[18] *shook off the numbness of his legs*
[19] directement du dehors
[20] *desk*
[21] *writing pad*

—Vous y êtes?[22] Le fameux maroquinier de la rue Royale...[23]

Un homme de soixante ans, à l'épaisse chevelure d'un blanc immaculé qui faisait paraître son visage plus frais et plus jeune.

Non seulement sa maison était la plus élégante maroquinerie de Paris, mais il possédait des succursales à Cannes, à Deauville, à 5 Londres, à New York et à Miami.

—Qu'est-ce que je fais? Je lui téléphone?

—C'est votre affaire, mon vieux...

Il décrocha l'appareil, forma le numéro inscrit sur le papier à lettres. 10

—Allô... Je suis bien chez M. Lherbier...? M. Philippe Lherbier, oui... Il n'est pas chez lui?... Vous ne savez pas où je pourrais le toucher?... Comment?... Chez Maître[24] Legendre, boulevard Saint-Germain...[25] Vous avez le numéro?...

Il sortit un crayon de sa poche, traça des chiffres sur le beau 15 papier à lettres marqué d'une couronne.

—Je vous remercie...

L'avocat Legendre, lui aussi, était une personnalité du Tout-Paris.

Maigret regardait les tableaux, deux autres Cézanne, un Derain, un Sisley.[26] Il poussait une porte et découvrait un salon plus petit, 20 plus féminin, aux murs tendus de soie bouton d'or.[27] Cela lui rappela le quai d'Anjou. Il retombait dans le même monde et, sans doute, les deux hommes se connaissaient-ils, ne fût-ce que pour se rencontrer dans les endroits qu'ils fréquentaient l'un et l'autre.

Philippe Lherbier faisait souvent l'objet d'échos dans les journaux, 25 en particulier par ses mariages et ses divorces. On l'appelait l'homme le plus divorcé de France. Cinq fois? Six fois?

Le plus curieux, c'est qu'après chaque divorce il n'attendait pas six mois pour se marier à nouveau. Toujours avec le même genre de femme! Toutes, sauf une, qui faisait du théâtre, étaient des modèles 30 au corps long et souple, au sourire plus ou moins figé.[28] On aurait

[22] Vous comprenez?
[23] Voir le plan général de Paris.
[24] titre qu'on donne aux avocats
[25] Voir le plan général de Paris.
[26] trois peintres célèbres
[27] or pâle
[28] sans expression

dit qu'il ne les épousait que pour les habiller somptueusement et
pour leur faire jouer un rôle purement décoratif.

—Oui... Je vous remercie de me le passer[29]... Allô!... Monsieur
Lherbier?... Ici, le commissaire Grosjean, de la Sûreté Nationa-
5 le... Je me trouve dans votre villa, à Jouy-en-Josas... Ce que j'y
fais?... Je viens d'arrêter trois cambrioleurs qui en voulaient à[30] vos
tableaux...

Grosjean, la main sur l'appareil, souffla à Maigret:

—Il rit...

10 Et, à voix haute:

—Qu'est-ce que vous dites? que vous êtes assuré? Très bien.
Vous ne venez pas ce soir? Quant à moi, je ne peux pas laisser la
porte ouverte et je n'ai pas le moyen de la fermer. Cela signifie qu'un
de mes hommes sera obligé de rester dans la villa jusqu'à ce que
15 vous envoyiez quelqu'un et, entre autres, un serrurier...Je vous...

Il resta un instant immobile, à écouter, le visage très rouge.

—Il a raccroché,[31] finit-il par murmurer.

Il était furieux, à en avoir le souffle coupé.[32]

—Voilà les gens pour lesquels... pour lesquels...

20 Il voulait sans doute ajouter:

—Pour lesquels on risque sa peau...[33]

Mais il se rendait compte qu'en l'occurrence cela paraîtrait tout
au moins redondant.[34]

—Je ne sais pas s'il était éméché,[35] mais il a eu l'air de considérer
25 cette histoire comme une joyeuse plaisanterie...

Il donna la consigne[36] à un de ses hommes de rester dans la villa
jusqu'à nouvel ordre.

Vous venez, Maigret?...

Il n'en revenait toujours pas.[37]

30 —Des Cézanne...Des... Peu importe... Pour des centaines de

---

[29] de me permettre de lui parler
[30] qui avaient de mauvaises intentions en ce qui concerne vos tableaux
[31] il a mis fin à la conversation
[32] au point de suffoquer
[33] sa vie
[34] ici: exagéré
[35] avait un peu trop bu
[36] l'ordre
[37] il ne pouvait pas arriver à comprendre

milliers de francs de tableaux dans une villa où on ne vient passer que les week-ends...

—Il possède une villa beaucoup plus importante au Cap d'Antibes.[38] Elle s'appelle aussi la «Couronne d'Or»... Si j'en crois les journaux, il fait marquer ses cigares et ses cigarettes de la même 5 couronne dorée... Son yacht s'appelle la «Couronne d'Or»...

—C'est vrai? soupirait Grosjean, incrédule.

—Il paraît que c'est vrai...

—Personne ne se moque de lui?

—C'est à qui obtiendra[39] une invitation à une de ses résidences... 10

Ils se retrouvaient dehors, s'arrêtaient un instant à regarder la piscine qui devait être chauffée, car il en montait une légère vapeur.

—Vous venez rue des Saussaies?

—Non... Le cambriolage ne me regarde pas, puisqu'il n'a pas eu lieu dans mon ressort...[40] J'aimerais seulement, demain si 15 possible, les questionner sur un autre sujet... Je crois que le juge Poiret voudra les entendre aussi...

—L'affaire de la rue Popincourt?

—C'est par elle que nous avons été mis sur leur trace...

—C'est vrai, pourtant... 20

Près des voitures, les deux hommes se serrèrent la main, à peu près aussi corpulents l'un que l'autre, avec derrière eux la même carrière, les mêmes expériences.

—Je vais y passer le reste de la nuit... Enfin...

Maigret s'installait à côté de Janvier. Lourtie, derrière, fumait sa 25 cigarette qui faisait un petit point rouge.

—Et voilà, mes enfants!... Jusqu'ici,[41] on n'a encore travaillé que pour la rue des Saussaies... Demain, on essayera de travailler pour nous...

Et Janvier questionnait, faisant allusion aux rapports peu cordiaux 30 qui existaient depuis toujours entre les deux maisons:[42]

—Vous croyez qu'ils nous les prêteront?[43]

---

[38] endroit élégant sur la Côte d'Azur
[39] Tout le monde veut obtenir,,,
[40] un endroit dont je suis responsable
[41] Jusqu'à maintenant,,,
[42] les deux services: P.J. et S.N.
[43] qu'ils nous permettront d'interroger les voleurs

Chapitre *IV*

La nuit dut être agitée rue des Saussaies, où les journalistes et les photographes, alertés par Dieu sait qui, comme toujours, ne tardèrent pas à accourir et à envahir les couloirs.

En se rasant, à sept heures et demie, Maigret tourna machinale-
5 ment le bouton de la radio. C'était le moment des nouvelles et, comme il s'y attendait,[1] on parla de la villa de Jouy-en-Josas et du fameux millionnaire Philippe Lherbier, l'homme aux six femmes et aux couronnes d'or.

---

[1] il en était presque sûr

«*Quatre hommes sont sous les verrous,*[2] *mais le commissaire Grosjean reste persuadé qu'aucun d'entre eux n'est le vrai chef de la bande, la tête pensante... D'autre part,*[3] *le bruit court que le commissaire Maigret pourrait intervenir, non dans l'affaire du vol des tableaux, mais à propos d'une autre activité des malfaiteurs. On garde la plus grande* 5 *discrétion à ce sujet...*»

C'est par la radio aussi qu'il apprit un détail : les trois bandits et le guetteur n'étaient pas armés.

Dès[4] neuf heures, il était à son bureau et, tout de suite après le rapport, il appela Grosjean rue des Saussaies.   10

—Vous avez pu dormir un peu ?

—Trois heures à peine... J'ai tenu à les interroger à chaud...[5] Aucun ne bronche...[6] Il y en a un, surtout, qui m'exaspère... C'est Julien Mila, le barman, le plus intelligent des trois... Lorsqu'on lui pose des questions, il vous regarde d'un air goguenard[7] et laisse 15 tomber[8] d'une voix douce :

«—Je n'ai malheureusement rien à dire... »

—Ils n'ont pas demandé à être assisté d'un avocat ?

—Bien sûr que si... Maître Huet, bien entendu[9]... Je l'attends ce matin...   20

—Quand pourrez-vous m'envoyer les gaillards ?[10] Le juge Poiret les attend aussi...

—Dans le courant de[11] l'après-midi, je l'espère... Je suppose qu'il faudra me les rendre, car je m'attends à en avoir pour longtemps avec eux... La liste des cambriolages du même genre commis depuis 25 deux ans autour de Paris est longue, douze au moins, et je suis persuadé qu'ils sont responsables de la plupart, sinon de tous... Et vous ?... La rue Popincourt ?...[12]

---

[2] en prison
[3] *on the other hand*
[4] pas plus tard que
[5] sans tarder
[6] ici : ne parle
[7] moqueur, railleur
[8] condescend à déclarer
[9] naturellement
[10] ici : ces malfaiteurs
[11] à un moment de ; au cours de
[12] à la P.J. (qui s'intéresse au meurtre de la rue Popincourt)

—Rien de nouveau…

—Vous croyez que mes zèbres[13] y sont pour quelque chose?[14]

—Je ne sais pas… Un des cambrioleurs, le petit aux larges épaules, avec une cicatrice[15] à la joue, portait un imperméable clair à ceinture, n'est-ce pas?… Et un chapeau brun…

—Demarle, oui… On est en train d'étudier son casier judiciaire…[16] Il semble que ce soit un dur et que la justice se soit plus d'une fois occupée de lui…

—Branchu, dit Mimile?… L'encadreur?…

—Pas de casier judiciaire… Il a vécu longtemps à Marseille mais il est originaire de Roubaix…

—A tout à l'heure…

Les journaux publiaient en première page des photos des malfaiteurs, menottes aux poings, ainsi qu'une[17] photographie du maroquinier, au pesage[18] de Longchamp,[19] en jaquette et haut-de-forme[20] gris clair.

Mila fixait l'appareil avec un sourire ironique. Demarle, le matelot à la cicatrice, paraissait tout surpris de ce qui lui arrivait tandis que l'encadreur tenait ses mains devant son visage. Le guetteur, lui, mal ficelé[21] dans un complet trop grand pour lui, avait l'air d'un comparse sans envergure.[22]

«*A la suite d'une enquête, que le commissaire divisionnaire Grosjean, de la Sûreté Nationale, mène patiemment depuis près de deux ans, un coup de filet…* »[23]

Maigret haussa les épaules. Ce n'était pas tant aux truands[24] qu'il pensait mais, malgré lui, à Antoine Batille. Presque toujours, avait-il souvent répété, c'est en apprenant à connaître la victime qu'on est conduit à son meurtrier.

---

[13] mes voleurs
[14] y sont compromis (y = dans l'affaire du meurtre, qui intéresse la P.J. et Maigret)
[15] la marque laissée par une blessure
[16] la liste de ses condamnations passées
[17] et aussi
[18] *clubhouse*
[19] célèbre champ de courses (*racecourse*) de Paris
[20] *top hat*
[21] ici: vêtu
[22] complice sans importance
[23] *a successful haul*
[24] vagabonds; malfaiteurs

Il y avait un soleil pâle. Le ciel était d'un bleu très clair. La température restait de deux ou trois degrés[25] et il gelait dans la plus grande partie de la France, sauf sur la Côte Ouest.

Il endossa son manteau, prit son chapeau, passa par le bureau des inspecteurs.

—Je sors pour une heure environ, mes enfants...[26]

Seul, pour une fois. Il avait envie de se rendre seul quai d'Anjou. Il y alla à pied, longeant les quais jusqu'au Pont-Marie qu'il traversa. Il fumait lentement sa pipe et tenait les mains enfoncées dans ses poches.

Il reprenait en pensée le périple[27] que le jeune homme au magnétophone avait accompli cette nuit-là, la nuit du 18 au 19 mars, qui devait être[28] sa dernière nuit.

Déjà de loin, il vit les tentures noires encadrant la porte cochère, avec un énorme «B», des franges et des larmes[29] d'argent. En passant devant la loge,[30] il aperçut la concierge qui surveillait les allées et venues.

Elle était encore jeune, appétissante. Sa robe noire était égayée[31] par un col et des parements[32] blancs qui lui donnaient l'air d'un uniforme. Il hésita à entrer dans la loge, sans raison, parce qu'il cherchait au petit bonheur.[33]

Il ne le fit pas, prit l'ascenseur. La porte des Batille était contre.[34] Il la poussa, se dirigea vers le petit salon transformé en chapelle ardente. Une vieille dame très digne se tenait près de la porte et le salua de la tête. Était-ce une parente? Une amie ou une gouvernante[35] qui représentait la famille?

Un homme, debout, tenant son chapeau devant lui, remuait les

lèvres, récitant une prière. Une femme, qui devait être une commer-
çante du quartier, était à genoux sur un prie-Dieu.

Antoine n'avait pas encore été mis dans son cercueil mais il
était étendu sur la couche mortuaire, ses mains jointes enroulées
5 d'un chapelet.[36]
A la lumière dansante des cierges, son visage paraissait très jeune.
On aurait pu aussi bien lui donner quinze ans que vingt et un. Non
seulement on l'avait rasé, mais on avait coupé ses cheveux longs,
sans doute pour que ceux qui défilaient ne le prennent pas pour
10 un hippie.

Machinalement, Maigret remua les lèvres, lui aussi, sans conviction,
puis regagna le hall d'entrée, chercha quelqu'un à qui s'adresser.
Il découvrit un valet de chambre en gilet rayé[37] qui passait
l'aspirateur dans le grand salon.

15 —J'aimerais voir Mlle Batille... dit-il. Commissaire Maigret...
Le valet de chambre hésita, finit par s'éloigner en grommelant:
—Si elle est levée!...
Elle l'était, mais sans doute n'était-elle pas prête car il dut attendre
dix bonnes minutes[38] et, quand elle parut, elle était en peignoir,
20 les pieds nus dans des mules.[39]
—Vous avez découvert quelque chose?
—Non... Je voudrais seulement visiter la chambre de votre
frère...
—Excusez-moi de vous recevoir comme ça mais j'ai très mal
25 dormi et, de toute façon,[40] je n'ai pas l'habitude de me lever de
bonne heure...
—Votre père est ici?
—Non... Il a été obligé de se rendre au bureau... Quant à maman,
elle est dans son appartement mais je ne l'ai pas encore vue ce matin...
30 Venez...
Ils longèrent[41] un couloir, puis un autre qui le coupait à angle

....

[36] *string of beads, rosary*
[37] *striped*
[38] au moins dix minutes
[39] espèce de sandales
[40] d'ailleurs
[41] marchèrent le long de

droit... En passant devant une porte ouverte, au-delà de[42] laquelle Maigret aperçut un lit défait et un plateau de petit déjeuner, elle expliqua :

—C'est ma chambre... Ne faites pas attention... Elle est en désordre...

Deux portes plus loin, c'était la chambre d'Antoine, qui donnait sur la cour et qui, à cette heure, recevait les rayons obliques du soleil. Les meubles scandinaves étaient simples, harmonieux. Des rayonnages[43] couvraient un pan de mur, pleins de livres, de disques et, sur deux rangs, de cassettes d'enregistrement.

Sur le bureau, des livres, des cahiers, des crayons de couleur et, dans un plat de verre, trois tortues minuscules qui nageaient dans deux centimètres d'eau...

—Votre frère aimait les animaux ?

—Cela lui a un peu passé...[44] Il fut un temps où il ramenait toutes sortes de bêtes, un corbeau à l'aile coupée, par exemple, des hamsters, des souris blanches, une couleuvre de plus d'un mètre... Il prétendait les apprivoiser[45] sans jamais y parvenir...

Il y avait aussi une énorme mappemonde[46] sur pied, une flûte sur un guéridon, des partitions musicales.

—Il jouait de la flûte ?

—Il a pris cinq ou six leçons... Il doit aussi y avoir une guitare électrique quelque part... Il a pris des leçons de piano...

Maigret sourit.

—Pas longtemps, je suppose ?

—Cela ne durait jamais longtemps...

—Sauf son magnétophone...

—C'est vrai... Il y a près d'un an que cette passion-là persiste...

—Il avait une idée de son avenir ?

—Non... Ou alors il n'en parlait à personne... Papa aurait aimé qu'il s'inscrive à la Faculté des Sciences et qu'il fasse sa chimie, afin de reprendre plus tard son affaire...

---

[42] plus loin de
[43] *shelves*
[44] cela l'intéressait un peu moins
[45] domestiquer
[46] globe terrestre

—Il n'a pas accepté?

—Il détestait le commerce... Je crois qu'il avait honte d'être le fils des parfums Mylène...

—Et vous?

5 —Cela m'est égal...

On se sentait bien, dans cette chambre, parmi des objets disparates,[47] certes, mais dont on sentait que c'étaient des objets familiers. Quelqu'un avait beaucoup vécu dans cette pièce et en avait fait son royaume.

10 Maigret prenait au hasard une des cassettes sur les rayons mais, sur l'étiquette, il n'y avait qu'un numéro.

—Son cahier, qui servait de catalogue, doit être ici... dit Minou... Attendez...

Elle ouvrait et refermait des tiroirs, pleins pour la plupart.[48]
15 Certains objets, certains papiers, devaient dater des premières années du lycée.

—Tenez... Je suppose qu'il est à jour,[49] car il s'en occupait avec un grand sérieux...

C'était un simple cahier écolier aux pages quadrillées. Sur la
20 couverture, Antoine avait écrit en lettres fantaisistes, à l'aide de crayons de plusieurs couleurs:

Mes Expériences.

Cela commençait par:
Cassette 1: Famille à table un dimanche.
25 —Pourquoi un dimanche? questionna-t-il.

—Parce que, les autres jours, mon père rentre rarement déjeuner. Et, le soir, ma mère et lui dînent souvent en ville, ou ont des invités...

Ainsi, il n'en avait pas moins consacré son premier enregistrement à la famille.
30 *Cassette 2: Autoroute du sud un samedi soir.*
Cassette 3: Forêt de Fontainebleau, la nuit.
Cassette 4: Métro 8 heures du soir.
Cassette 5: Midi place de l'Opéra.

....

[47] dissemblables
[48] presque tous
[49] *up to date*

Venaient ensuite un entracte[50] au théâtre du Gymnase, puis les sons d'un self-service de la rue de Ponthieu,[51] le drugstore des Champs-Élysées.

Cassette 10 : Un café à Puteaux...

Sa curiosité s'élargissait et il changeait insensiblement de couche 5
sociale: sortie d'usine, musettes de la rue de Lappe, bar de la rue des Gravilliers, environs du canal Saint-Martin, bal des Fleurs, à la Villette, un café à Saint-Denis...[52]

Ce n'était plus le centre de Paris qui l'intéressait, mais la périphérie,[53] et une des adresses était en bordure d'un bidonville.[54]   10

—C'est vrai que c'était dangereux?...

—Plus ou moins... Mettons[55] que ce n'était pas à recommander et il a eu raison de ne pas vous emmener... Les gens qui fréquentent ces endroits-là n'aiment pas qu'on vienne fourrer le nez dans leurs affaires, surtout avec un magnétophone...   15

—Vous pensez que c'est à cause de ça?...

—Je ne sais pas... J'en doute... Pour être affirmatif, il faudrait avoir entendu toutes ses bobines...[56] A ce que je vois, cela prendrait des heures, sinon plusieurs journées...

—Vous n'allez pas le faire?   20

—Si je pouvais les emporter provisoirement, je chargerais un de mes inspecteurs de...

—Je n'ose pas prendre cette responsabilité sur moi... Depuis qu'il est mort, mon frère est devenu quelqu'un de sacré et tout ce qui lui appartient prend une valeur nouvelle, vous comprenez?... 25
Avant, on le traitait un peu comme un grand gosse, ce qui le mettait en rage... C'était vrai que, par certains côtés, il était resté très jeune...

Le regard de Maigret glissa,[57] sur les murs, sur des photos de nus[58] découpées dans un magazine américain.   30

....

[50] intervalle entre deux actes
[51] Voir le plan général de Paris.
[52] endroits fréquentés par des ouvriers, à Paris et aux environs
[53] endroits extérieurs à une ville
[54] commune très pauvre, près de Paris
[55] Disons
[56] *reels (of tape)*
[57] se porta sans s'y arrêter
[58] femmes nues

—Ça aussi, intervint-elle, est très jeune... Je suis persuadée que mon frère n'a jamais couché avec une fille... Il a fait la cour à deux ou trois de mes amies, sans jamais aller jusqu'au bout...[59]

—Il avait une voiture?

5 —Pour ses vingt ans, mes parents lui ont offert une petite auto anglaise... Pendant deux mois, il a passé son temps libre à la campagne et a muni la voiture de tous les accessoires imaginables... Après, cela ne l'a plus intéressé et il ne la prenait que quand il en avait vraiment besoin...

10 —Pas pour ses expéditions nocturnes?

—Jamais... Je vais aller demander à maman si je peux vous confier les cassettes... J'espère qu'elle est levée...

Il était dix heures et demie. La jeune fille restait un bon moment absente.

15 —Elle vous fait confiance, vint-elle annoncer. Tout ce qu'elle demande, c'est que vous mettiez la main sur le meurtrier. Mon père, soit dit en passant,[60] est encore plus accablé qu'elle. C'était son seul fils. Depuis ce qui est arrivé, il ne nous adresse plus la parole et il part pour son bureau le matin de bonne heure...Comment

20 allons-nous emballer[61] ça?... Il faudrait une valise, ou un grand carton... Une valise vaudrait mieux... Attendez... Je crois que je sais où trouver ce dont nous avons besoin...

La valise qu'elle apporta un peu plus tard portait la couronne dorée du maroquinier de la rue Royale.

25 —Vous connaissez Philippe Lherbier?

—Mes parents le connaissent. Ils sont allés dîner chez lui deux ou trois fois, mais ce n'est pas ce qu'on peut appeler un ami... C'est l'homme qui passe son temps à divorcer, n'est-ce pas?

—Sa maison de campagne a failli[62] être cambriolée cette nuit...

30 Vous ne prenez pas[63] la radio?...

—Seulement sur la plage, quand elle diffuse de la musique...

Elle l'aidait à ranger les cassettes dans la valise, puis elle ajouta le cahier qui servait de catalogue.

---

[59] s'attacher sérieusement
[60] incidemment
[61] faire un paquet (*pack*)
[62] a été sur le point de
[63] vous n'écoutez pas

—Vous n'avez plus rien à me demander?... Vous pouvez toujours venir me questionner et je vous promets de vous répondre aussi franchement que je l'ai fait jusqu'ici...

Cela l'excitait visiblement d'aider la police.

—Je ne vous reconduis pas, car je ne suis pas en tenue pour 5 passer devant la chambre mortuaire... Des gens considéreraient ça comme un manque de respect... Pourquoi doit-on soudain respecter quelqu'un parce qu'il est mort, alors qu'on le traitait par-dessous la jambe[64] de son vivant?...

Maigret sortit, un peu gêné[65] de sa valise, surtout au moment de 10 passer devant la concierge. Il eut la chance de voir une femme descendre d'un taxi et payer le chauffeur, n'eut pas à attendre pour trouver une voiture.

—Quai des Orfèvres...

Il se demandait à qui confier les enregistrements d'Antoine 15 Batille. Il fallait quelqu'un qui connaisse bien les endroits où ces enregistrements avaient été faits et qui soit familier avec les gens qui les fréquentaient.

Il finit par aller trouver, au bout du couloir, son collègue de la Mondaine, euphémisme pour: police des mœurs.   20

Comme il avait la valise à la main, son collègue lui demanda, ironique:

—Vous venez me faire vos adieux avant de déménager?

—J'ai ici des enregistrements pris, surtout, dans la périphérie de Paris, dans les bals, les cafés, les bistrots...   25

—Cela devrait m'intéresser?

—Peut-être que non, mais cela m'intéresse, moi, et c'est peut-être lié à une affaire en cours[66]...

—Celle de la rue Popincourt?

—Confidentiellement, oui. Je préférerais que cela ne se sache pas. 30 Vous devez avoir, parmi vos hommes, quelqu'un qui connaît ces milieux-là et à qui ces enregistrements pourraient dire[67] quelque chose...

---

[64] sans aucun respect
[65] mal à l'aise (*feeling awkward*)
[66] dont nous nous occupons
[67] signifier

—Je comprends... Flairer[68] un individu dangereux, par exemple...
Un gars qui, par crainte d'être compromis...

—C'est exactement cela...

—Le vieux Mangeot... Il a près de quarante ans de métier...[69]
5 Il connaît la faune de ces endroits-là mieux que personne...

Ce n'était pas un inconnu pour Maigret.

—Il a du temps de libre?

—Je m'arrangerai pour qu'il en ait...

—Il sait se servir de ces machins[70]-là?... Je vais chercher le
10 magnétophone dans mon bureau...

Quand il revint, un homme triste, aux traits mous, à l'œil sans
éclat,[71] se tenait dans le bureau du chef de la Mondaine.

C'était un des gagne-petit[72] de la P.J., l'un de ceux qui, faute
d'une certaine instruction de base, restent des sans-grades[73] pendant
15 toute leur vie. Ceux-là, à force de marcher dans Paris, acquièrent
la démarche[74] des maîtres d'hôtel et des garçons de café qui restent
debout toute la journée. On dirait qu'ils deviennent de la même
couleur terne que les quartiers pauvres qu'ils arpentent.[75]

—Je connais ces appareils, dit-il tout de suite. Il y a beaucoup de
20 cassettes?

—Une cinquantaine... Peut-être un peu plus...

—A une demi-heure par cassette... C'est urgent?

—Assez...

—Je vais lui donner un bureau où il ne sera pas dérangé, intervint
25 le chef de l'ex-brigade des mœurs...

On expliqua minutieusement à Mangeot ce qu'on attendait de
lui et il hocha[76] la tête pour montrer qu'il avait compris, s'éloigna
avec la valise tandis que le collègue de Maigret déclarait à mi-voix:

—N'ayez pas peur... Il a l'air gâteux[77]... Il est certain qu'il n'a

---

[68] arriver à découvrir
[69] d'expérience (dans la police)
[70] choses; instruments
[71] terne
[72] subalterne mal payé
[73] sans promotion
[74] allure, façon de marcher
[75] qu'ils parcourent; où ils marchent constamment
[76] abaissa
[77] ici: stupide

plus d'illusions, mais il n'en reste pas moins un des plus précieux de mes collaborateurs... Une sorte de chien de chasse... On lui fait renifler[78] une piste et il s'en va, tête basse...

Maigret rentra dans son bureau et il n'y était pas depuis dix minutes que le juge d'instruction lui téléphonait.   5

—J'ai essayé plusieurs fois de vous atteindre depuis... Avant tout, je vous félicite pour le coup de filet de la nuit dernière...

—C'est la rue des Saussaies qui a tout fait...

—Je suis allé voir le procureur, qui est enchanté... On m'amène les quatre gaillards à trois heures, cet après-midi... J'aimerais que 10 vous vous trouviez dans mon cabinet, car vous connaissez mieux l'affaire que moi... Quand on en aura fini avec les cambriolages, vous pourrez, si vous le croyez utile, les faire descendre dans votre bureau... Je sais que vous avez une façon particulière de mener vos interrogatoires...   15

—Je vous remercie... Je serai dans votre bureau à trois heures...

Il poussa la porte des inspecteurs.

—Tu es libre à déjeuner, Janvier?

—Oui, patron... Je termine mon rapport et...

Toujours des rapports, des paperasses.   20

—Et toi, Lapointe?

—Vous savez bien que je suis toujours libre...

Car cela signifiait qu'ils allaient déjeuner tous les trois à la brasserie Dauphine.

—Rendez-vous à midi et demie...   25

Maigret n'oublia pas de téléphoner à sa femme et celle-ci ne manqua pas de demander comme d'habitude:

—Tu crois que tu rentreras dîner? Dommage pour le déjeuner[79]. J'avais des escargots...

Comme par hasard, chaque fois qu'il ne rentrait pas pour un 30 repas, il y avait un mets qu'il aimait particulièrement.

Après tout, il y avait peut-être des escargots à la brasserie Dauphine aussi...

*

....

[78] sentir
[79] c'est malheureux que tu ne sois pas là pour le déjeuner

Quand Maigret, à trois heures, s'engagea dans le long couloir où s'ouvraient, des deux côtés, les cabinets[80] des juges d'instruction, les flashes des photographes éclatèrent tandis qu'une dizaine de journalistes se précipitaient vers lui.

5 —Vous venez assister à l'interrogatoire des gangsters?

Il essayait de se faufiler,[81] ne répondant ni oui ni non.

—Pourquoi êtes-vous ici et pas le commissaire Grosjean?...

—Ma foi, je n'en sais rien. Posez la question au juge d'instruction...

—C'est vous qui vous occupez de l'affaire de la rue Popincourt,
10 n'est-ce pas?

Il n'avait aucune raison de le nier.

—Est-ce que, par hasard, il y aurait une connexion entre les deux affaires?

—Messieurs, je n'ai aucune déclaration à faire pour le moment.

15 —Vous ne répondez pas non?

—Vous auriez tort d'en tirer des conclusions...

—Vous étiez la nuit dernière à Jouy-en-Josas, n'est-il pas vrai?

—Je ne le nie pas.

—A quel titre?[82]

20 —Mon collègue Grosjean vous répondra avec plus d'autorité que moi...

—Ce sont vos services qui ont découvert, à Paris, la piste des voleurs?

Les quatre hommes arrêtés la nuit précédente étaient assis sur
25 deux bancs, d'un côté et de l'autre de la porte du juge, menottes aux poignets, entre des gendarmes, et ils assistaient, non sans un certain amusement, à cette scène.

On vit un avocat court sur pattes,[83] mais volumineux, arriver de tout au bout du couloir, en robe,[84] avec l'air de battre des ailes. En
30 apercevant le commissaire, il marcha vers lui et lui secoua la main.

—Comment va, Maigret?

....

[80] les bureaux
[81] se glisser (pour échapper)
[82] en quelle qualité
[83] très petit
[84] Les avocats, comme les magistrats, portent des robes (*gowns*) aux manches fort larges.

Un flash. La poignée de mains avait été photographiée, comme si toute cette scène avait été préparée d'avance.

—Au fait, pourquoi êtes-vous ici?

Cette question, Maître Huet la posait devant les journalistes, et ce n'était pas par hasard. C'était un homme habile, retors,[85] qui 5 avait l'habitude de défendre la pègre de haut vol.[86] Très cultivé, amateur de musique et de théâtre, il était de toutes les générales,[87] assistait à tous les grands concerts, ce qui lui avait valu de faire partie du Tout-Paris.

—Qu'est-ce que nous attendons pour entrer? 10

—Je ne sais pas... répondit Maigret non sans ironie.

Et le petit homme aux larges épaules frappa à la porte du juge, poussa celle-ci, fit signe au commissaire d'entrer avec lui.

—Bonjour, mon cher juge... Cela ne vous déçoit pas trop de me voir ici?... Mes clients... 15

Le magistrat lui serra la main, serra celle de Maigret.

—Asseyez-vous, Messieurs. Je vais faire entrer les prévenus...[88] Je suppose qu'ils ne vous font pas peur et que je peux laisser les gendarmes dehors?...

Il fit retirer les menottes. Le cabinet, peu spacieux, se trouva 20 plein. A un bout de la table qui servait de bureau se tenait le greffier.[89] Il fallut aller chercher une chaise supplémentaire dans un cagibi.[90] Les quatre hommes se tenaient des deux côtés de leur avocat et Maigret s'était assis un peu à l'écart,[91] en arrière-plan.[92]

—Je dois d'abord, Maître, comme vous le savez, procéder à 25 l'interrogatoire d'identité des prévenus... Vous répondrez chacun à l'appel de votre nom... Julien Mila...

—Présent...

Vos nom, prénoms, adresse actuelle, lieu et date de naissance, profession... 30

[85] rusé
[86] les voleurs importants
[87] répétition générale d'une pièce, la veille de la première représentation publique. Les critiques des journaux et le Tout Paris y sont invités.
[88] personnes accusées d'un crime
[89] secrétaire d'un tribunal
[90] petite pièce ou placard (*closet*)
[91] à une certaine distance
[92] derrière les autres

—Milat avec « t »? questionna le greffier qui écrivait.

—Avec un « a », tout simplement.

Cela dura un bon bout de temps. Demarle, l'homme à la cicatrice
et aux biceps de lutteur forain,[93] était né à Quimper.[94] Il avait été
5 matelot et, pour le moment, il était inscrit au chômage.[95]

—Votre adresse?

—Tantôt chez l'un, tantôt chez l'autre... Je trouve toujours un
ami pour m'héberger...[96]

—Autrement dit vous êtes sans domicile fixe?

10 —Avec ce que le chômage nous donne, vous savez...

Le quatrième, le guetteur, était un pauvre type mal portant[97]
qui se donnait comme commissionnaire[98] et habitait rue du Mont-
Cenis,[99] à Montmartre.

—Depuis quand faites-vous partie de la bande?

15 —Pardon, Monsieur le Juge, intervint Huet. Il faudrait d'abord
établir que bande il y a...

—J'allais justement vous poser une question, Maître. Lequel de
ces hommes représentez-vous?

—Les quatre.

20 —Vous ne croyez pas qu'en cours d'instruction il pourrait y
avoir conflit entre eux à la suite d'une divergence d'intérêts?

—J'en doute fort et, si cela arrivait, je ferais appel à des confrères...
Vous êtes d'accord, Messieurs?

Tous les quatre hochèrent la tête.

25 —Puisque nous en sommes aux questions préliminaires, j'allais dire
aux questions d'éthique, poursuivait Huet avec un sourire de
mauvais augure, vous devez savoir que cette affaire a soulevé depuis
ce matin beaucoup d'intérêt dans la presse... J'ai reçu un assez
grand nombre de coups de téléphone et j'ai recueilli ainsi des in-
30 formations qui m'ont surpris, pour ne pas dire choqué...

Il se renversait en arrière, allumait une cigarette. Le juge, devant

[93] de foire
[94] petit port de Bretagne
[95] ici: agence nationale pour aide aux gens sans travail
[96] me loger
[97] en mauvaise santé
[98] qui pretendait être représentant commercial
[99] Voir le plan général de Paris.

cette gloire du Barreau,[1] ne pouvait s'empêcher d'être nerveux.

—Je vous écoute.

—L'arrestation, en effet, ne s'est pas faite dans le style habituel aux arrestations de ce genre... Trois voitures-radio, dont[2] un car plein d'inspecteurs en civil, sont arrivées sur les lieux à peu près 5 en même temps que mes clients, comme si la police était au courant de ce qui allait se passer... Or, en tête de cette procession, se trouvait le commissaire Maigret, ici présent, et deux de ses collaborateurs... C'est exact, commissaire?

—C'est exact...   10

—Je vois que celui qui m'a renseigné ne s'est pas trompé.

Quelqu'un de la rue des Saussaies, probablement, peut-être un employé, une dactylo?

—Je croyais, j'ai toujours cru, que le territoire du quai des Orfèvres se limitait à Paris... Mettons[3] au grand Paris, dont ne 15 fait quand même pas partie Jouy-en-Josas...

Il avait obtenu ce qu'il voulait. Il avait pris la direction des opérations et le juge ne savait plus comment le réduire au silence.

—Ne serait-ce pas parce que les informations au sujet de... mettons de cette tentative de cambriolage, sont venues de la P.J.?... 20 Vous ne répondez pas, Maigret?

—Je n'ai rien à dire.

—Vous n'étiez pas là-bas?

—Je ne suis pas ici pour être interrogé.

—Je vais cependant vous poser une autre question, plus im- 25 portante. N'est-ce pas en vous occupant d'une affaire différente, récente aussi, que vous êtes tombé par hasard sur celle-ci?

Maigret continuait à se taire.

—Je vous prie, Maître, intervenait le juge.

—Un instant encore. Des inspecteurs de la P.J. m'ont été signalés 30 comme ayant monté la faction,[4] les deux derniers jours, en face du magasin d'Émile Branchu... Le commissaire Maigret en personne a été vu, à deux reprises, dans un café de la Bastille où mes clients

----

[1] de la confrérie des avocats
[2] parmi celles-ci
[3] Disons
[4] ayant surveillé

se sont réunis occasionnellement avant-hier, et il a interrogé les
garçons, cherché à tirer les vers du nez[5] du patron... Est-ce exact?...
Je m'excuse, Monsieur le Juge, mais je tiens à[6] placer cette affaire
dans sa vraie perspective, qui n'est peut-être pas celle que vous
5 connaissez.

—Vous avez terminé, Maître?

—Pour l'instant.

—Je puis interroger le premier prévenu?[7] Julien Mila, veuillez
me dire qui vous a indiqué la villa de Philippe Lherbier et qui vous
10 a parlé des tableaux de valeur qu'elle contient.

—Je conseille à mon client de ne pas répondre.

—Je ne réponds pas.

—Vous êtes soupçonné d'avoir participé aux vingt et un cambriolages de villas et de châteaux qui ont eu lieu pendant les deux
15 dernières années dans les mêmes conditions...

—Je n'ai rien à dire...

—D'autant plus, intervint l'avocat, que vous ne possédez aucune
preuve.

—Je répète, en la généralisant, ma première question. Qui vous
20 indiquait ces villas et ces châteaux?... Qui, ensuite, sans doute le
même personnage, se chargeait de la vente des toiles volées et des
objets d'art?...

—Je ne sais rien de tout cela.

Le juge, en soupirant, passa à l'encadreur et Mimile ne se montra
25 pas plus loquace. Quant à Demarle-le-Matelot, il s'amusa à jouer
les comiques.[8]

Le seul à avoir une attitude différente fut le guetteur, celui qui
s'appelait Gouvion et qui n'avait pas de domicile fixe.

—Je ne sais pas ce que je fais ici. Je ne connais pas ces messieurs.
30 Je me trouvais dans le quartier à la recherche d'un coin pas trop
froid pour roupiller...[9]

—C'est votre point de vue aussi, Maître?

....

[5] à obtenir des renseignements
[6] j'insiste pour
[7] accusé
[8] à faire le clown
[9] dormir (langage populaire)

—Je suis tout à fait d'accord avec lui et je vous fais remarquer que cet homme n'a pas de casier judiciaire...

—Personne n'a rien à ajouter?

—Je désire poser une question, quitte à me répéter. Quel rôle joue ici le commissaire Maigret? Et que va-t-il arriver lorsque nous ⁵ sortirons de ce cabinet?

—Je n'ai pas à vous répondre.

—Cela signifie-t-il qu'un autre interrogatoire va se dérouler, non plus au Palais de Justice, mais dans les bureaux de la P.J., où je n'ai pas accès?... Autrement dit[10] qu'il sera question, non du ¹⁰ cambriolage, mais d'une toute autre affaire?

—Je regrette, Maître, mais je n'ai rien à vous dire. Vous voudrez bien demander à vos clients de signer le procès-verbal[11] provisoire qui sera tapé, pour demain, en quatre exemplaires.

—Vous pouvez signer, Messieurs.   ¹⁵

—Je vous remercie, Maître.

Et se levant, le juge d'instruction se dirigea vers la porte,[12] suivi à contrecœur[13] par l'avocat.

—Je fais toutes mes réserves...

—Je les ai enregistrées...   ²⁰

Puis, aux gendarmes:

—Voulez-vous remettre les menottes aux prisonniers et les conduire à la P.J. Vous pourrez passer par la porte de communication. Vous restez un moment, commissaire...

Maigret se rassit.   ²⁵

—Qu'est-ce que vous en pensez?

—Je pense qu'à l'instant même Maître Huet est occupé à mettre la presse au courant et à monter cette affaire en épingle,[14] de sorte que, dès demain, peut-être dès ce soir dans les dernières éditions, elle s'étendra sur deux colonnes...   ³⁰

—Cela vous tracasse?[15]

....

[10] En d'autres termes
[11] le texte de cet interrogatoire
[12] (il ouvre la porte pour inviter l'avocat à sortir)
[13] contre son gré
[14] mettre en évidence; attirer l'attention (une épingle peut être un bijou)
[15] ennuie

—Je me le demande... Tout à l'heure, je vous aurais répondu oui... Mon intention était de garder les deux affaires bien distinctes l'une de l'autre et d'éviter que les journaux les confondent... Maintenant...

5 Il réfléchissait, pesait le pour et le contre.

—Peut-être est-ce mieux ainsi. En créant des remous,[16] il y a des chances pour que...

—Vous pensez qu'un de ces quatre hommes?...

—Je ne veux rien affirmer... Il paraît qu'on a trouvé dans la
10 poche du matelot un couteau suédois comme celui qui a été utilisé rue Popincourt... L'homme porte un imperméable clair à ceinture et un chapeau brun... A tout hasard,[17] ce soir sans doute, je le mettrai en présence des Pagliati, dans la même rue, dans le même éclairage, mais ce n'est guère concluant... La vieille dame du premier
15 étage sera appelée aussi à le reconnaître...

—Qu'est-ce que vous espérez?

—Je ne sais pas... Les cambriolages regardent la rue des Saussaies... Ce qui m'intéresse, moi, ce sont les sept coups de couteau qui ont coûté la vie à un jeune homme...

20 Quand il sortit du cabinet du juge, les journalistes avaient disparu, mais il les retrouva au grand complet, plus nombreux même, lui sembla-t-il, dans le couloir de la P.J. Les quatre suspects n'étaient pas en vue, car ils avaient été conduits dans un bureau où on les tenait à l'œil.[18]

25 —Que se passe-t-il, Commissaire?

—Rien que de très naturel...

—Vous vous occupez de l'affaire de Jouy-en-Josas?

—Vous savez fort bien que cela ne me regarde pas.

—Pourquoi ces quatre hommes sont-ils ici au lieu d'être reconduits
30 rue des Saussaies?...

—Et bien je vais vous le dire...

Il prenait soudain une décision. Huet leur avait certainement parlé d'une connexion entre les deux affaires. Plutôt que de voir

....

[16] agitation, complications
[17] quel que soit le résultat
[18] où on les surveillait

publier des informations plus ou moins exactes et tendancieuses,[19] ne valait-il pas mieux dire la vérité?

—Antoine Batille, Messieurs, avait une passion: enregistrer ce qu'il appelait des documents vivants. Un magnétophone en bandoulière, il se rendait dans des endroits publics, dans des cafés, des bars, des bals, des restaurants, voire[20] dans le métro, et mettait discrètement son appareil en marche...

«Mardi soir, vers neuf heures et demie, il se trouvait dans un café de la place de la Bastille et, comme d'habitude, il avait déclenché[21] son appareil. Ses voisins étaient...

—Les cambrioleurs?

—Trois d'entre eux... Le guetteur ne s'y trouvait pas... L'enregistrement n'est pas de premier ordre... On peut néanmoins comprendre qu'un rendez-vous était donné pour le surlendemain et qu'une certaine villa était d'ores et déjà[22] surveillée...

«Moins d'une heure plus tard, rue Popincourt, le jeune homme était assailli par-derrière et frappé de sept coups de couteau, dont un devait être mortel...»

—Vous croyez que c'est un de ces hommes?...

—Je ne crois rien, Messieurs... Mon métier n'est pas de croire, mais de découvrir des preuves ou d'obtenir des aveux...

—Quelqu'un a vu l'agresseur?

—Deux passants, à une certaine distance, et une dame habitant en face de l'endroit où le meurtre a été commis...

—Vous croyez que les cambrioleurs se sont rendu compte que leurs propos[23] avaient été enregistrés?

—Encore une fois, je ne crois rien... C'est une hypothèse plausible...

—Batille aurait donc été suivi par l'un d'eux jusqu'à ce qu'il se trouve dans un endroit assez désert et... Le meurtrier a-t-il récupéré[24] le magnétophone?

----

[19] ici: basées sur l'imagination
[20] même
[21] fait marcher
[22] était ou avait été
[23] leur conversation
[24] ici: pris; enlevé

—Non.

—Comment expliquez-vous ça?

—Je ne l'explique pas...

—Les passants dont vous avez parlé... Je suppose qu'il s'agit du
5 ménage Pagliati... Vous voyez que nous en savons plus qu'il n'y
paraît... Les Pagliati, donc, en se précipitant,[25] ont-ils empêché
l'homme de...

—Non. Il n'avait frappé que quatre coups... Après s'être éloigné,
il est revenu sur ses pas pour frapper de nouveau par trois fois... Il
10 aurait donc pu arracher le magnétophone du cou de la victime...

—De sorte que vous n'en êtes nulle part?[26]

—Je vais interroger ces messieurs...

—Ensemble?

—Un par un...

15 —En commençant par lequel?

—Par Yvon Demarle, le matelot...

—Dans combien de temps aurez-vous fini?

—Je l'ignore... Vous pouvez laisser l'un d'entre vous[27] ici...

—Et aller boire un demi! C'est une bonne idée! Merci, Com-
20 missaire...

Maigret, lui aussi, aurait volontiers bu un demi. Il entra dans son
bureau, y appela Lapointe, qui connaissait la sténographie.

—Assieds-toi là... Tu prendras note...

Puis, à Janvier:

25 —Veux-tu aller me chercher le nommé Demarle?

L'ex-marin se présenta les mains jointes devant lui.

—Enlève-lui les bracelets...[28] Et vous, Demarle, asseyez-vous...

—Qu'est-ce que vous allez me faire? La chansonnette?[29] Autant
vous dire[30] tout de suite que je suis coriace[31] et que je ne m'y laisserai
30 pas prendre...

—C'est tout?

---

[25] en se hâtant (vers l'endroit du crime)
[26] vous n'avez rien de précis
[27] lit.: *one from among you*
[28] les menottes
[29] ici: l'interrogatoire répété plusieurs fois
[30] ici: Je peux vous dire
[31] dur; tenace

—Je me demande pourquoi, là-haut, j'avais droit à la présence d'un avocat alors qu'ici je suis tout seul...

—Maître Huet vous l'expliquera quand il vous reverra. Parmi les objets qu'on a saisis sur vous se trouve un couteau suédois...

—C'est à cause de ça que vous m'avez fait venir? Il y a vingt ans 5 que je le traîne dans ma poche... C'est un cadeau de mon frangin,[32] quand j'étais encore pêcheur à Quimper, avant que j'entre à la Transat...[33]

—Il y a longtemps que vous ne vous en êtes pas servi?

—Je m'en sers tous les jours pour couper la viande, comme à la 10 campagne... Ce n'est peut-être pas élégant, mais...

—Mardi soir, vous étiez avec vos deux compagnons au «Café des Amis », place de la Bastille...

—C'est vous qui le dites... Vous savez, moi, je ne me souviens pas le lendemain de ce que j'ai fait la veille... Il paraît que je n'ai 15 pas beaucoup de tête...[34]

—Il y avait Mila, l'encadreur et vous. Vous avez parlé à mots plus ou moins couverts du cambriolage et vous étiez entre autres[35] chargé de vous procurer une voiture. Où l'avez-vous volée?

—Quoi?   20

—La voiture.

—Quelle voiture?...

—Je suppose que vous ne savez pas non plus où se trouve la rue Popincourt?

—Je ne suis pas de Paris...   25

—Aucun de vous trois ne s'est aperçu qu'un jeune homme, à la table voisine, mettait un magnétophone en marche?

—Un quoi?

—Vous n'avez pas suivi ce jeune homme?

—Pourquoi? Je vous prie de croire que ce n'est pas mon genre...[36] 30

---

[32] frère (langage populaire)
[33] la Compagnie Transatlantique
[34] mémoire
[35] entre autres choses
[36] je ne suis pas un homme de cette espèce

—Vous n'étiez pas chargé, par vos complices, de rentrer en possession de la cassette?...

—Bon! Une cassette, à présent... C'est tout?...

—C'est tout...

5   Et, à Janvier:

—Emmène-le dans un bureau disponible... Même chose...

Janvier allait répéter les questions, plus ou moins dans les mêmes termes et dans le même ordre. Quand il aurait fini, un troisième inspecteur prendrait la relève.[37]

10   Maigret n'avait pas trop confiance en l'occurrence,[38] mais cela n'en restait pas moins le procédé le plus efficace. Cela pouvait durer des heures. Un interrogatoire à la chansonnette[39] avait duré trente deux heures avant que l'intéressé,[40] entré comme témoin, n'avoue son crime. Or, trois ou quatre fois pendant l'interrogatoire, les policiers

15   avaient été sur le point de le relâcher, tant il jouait bien l'innocence.

—Vous allez me chercher Mila, alla-t-il dire à Lourtie, dans le bureau des inspecteurs.

Le barman se savait beau garçon, plus intelligent, plus averti[41] que ses complices. On aurait juré qu'il prenait plaisir à jouer son rôle.

20   —Tiens! le bavard[42] n'est pas ici?

Des yeux, il feignait de chercher son avocat.

—Vous croyez que c'est régulier de m'interroger en dehors de sa présence?

—Cela me regarde.

25   —Ce que j'en dis, c'est parce que je ne voudrais pas qu'à cause d'un détail toute la procédure soit déclarée irrégulière.

—Quel a été le motif de votre première condamnation?

—Je ne m'en souviens pas. D'ailleurs, c'est là-haut, aux Sommiers...[43] Il se fait que, si je n'ai jamais eu affaire à vous personnelle-

30   ment, je connais un peu la maison...

----

[37] le remplacerait
[38] dans ce cas-ci
[39] inlassablement répété
[40] l'homme qu'on interrogeait
[41] sur ses gardes
[42] celui qui parle tout le temps (l'avocat)
[43] dans vos archives

—Quand avez-vous remarqué qu'on enregistrait votre conversation?

—De quelle conversation parlez-vous, et de quel enregistrement?

Maigret eut la patience de poser ses questions jusqu'au bout, sachant pourtant que c'était inutile. Et Lourtie, comme le faisait 5 maintenant Janvier avec le matelot, allait les répéter inlassablement.

Ce fut ensuite le tour de l'encadreur. A première vue, il paraissait timide, mais il n'avait pas moins de sang-froid[44] que les autres.

—Il y a longtemps que vous cambriolez les villas inoccupées?

—Plaît-il?   10

—Je demande si...

Maigret avait chaud et la sueur lui collait au dos. Les quatre hommes s'étaient donné le mot.[45] Chacun jouait son rôle sans se laisser surprendre par des questions plus ou moins inattendues.

Le marin-clochard[46] s'en tint à son explication. D'abord, il n'était 15 pas au rendez-vous de la place de la Bastille. Ensuite, le mardi soir, il cherchait une «crèche»,[47] comme il disait.

—Dans une maison inoccupée?

—A condition que la porte soit ouverte... Dans la maison, ou dans le garage...   20

A six heures du soir, les quatre hommes s'en retournaient dans un car de police rue des Saussaies où ils passeraient la nuit.

—C'est vous, Grosjean?... Merci de me les avoir prêtés... Je n'en ai rien tiré, non... Ce ne sont pas des enfants de chœur...

—A qui le dites-vous!... Pour le cambriolage de mardi, cela ira, 25 parce qu'ils ont été pris en flagrant délit...[48] Mais pour les cambriolages précédents, si nous ne trouvons pas de preuves ou de témoins...

—Vous verrez que, quand les journaux mettront le paquet,[49] des témoins se présenteront...

—Vous croyez toujours que le coup de la rue Popincourt a été 30 fait par un des quatre...

---

[44] contrôle de soi
[45] étaient tombés d'accord
[46] le veilleur (ancien marin et vagabond)
[47] un endroit où dormir
[48] dans l'acte même de voler
[49] donneront tous les détails

—A vrai dire, non...

—Vous avez des soupçons?

—Non...

—Qu'est-ce que vous comptez faire?

5 —Attendre...

Et c'était vrai. Déjà les journaux du soir publiaient dans leur dernière édition le compte rendu[50] de ce qui s'était passé dans le couloir des juges d'instruction, puis les déclarations que Maigret avait faites à la P.J.

10 «*Est-ce le meurtrier de la rue Popincourt?*»

En dessous de cette question on voyait la photographie d'Yvon Demarle, menottes aux poignets, près de la porte du juge Poiret.

Maigret chercha dans l'annuaire[51] le numéro de téléphone de l'appartement du quai d'Anjou, le composa sur le cadran.

15 —Allô, qui est à l'appareil?

—Le valet de chambre de M. Batille...

—M. Batille est-il chez lui pour le moment?

—Il n'est pas encore rentré. Je crois qu'il avait rendez-vous avec son médecin...

20 —Ici, le commissaire Maigret... Quand ont lieu les obsèques?[52]

—Demain à dix heures...

—Je vous remercie...

Ouf![53] Pour Maigret, la journée était finie et il téléphona à sa femme qu'il rentrerait dîner.

25 —Après quoi nous irons au cinéma, ajouta-t-il.

Pour se changer les idées.

---

[50] le rapport
[51] *yearly directory*
[52] les funérailles
[53] ici: Enfin!

Chapitre V

A tout hasard, Maigret s'était fait accompagner du jeune Lapointe. Ils se tenaient tous les deux dans la foule, côté quai, non en face de la maison mortuaire, mais en face de la maison voisine, car les curieux étaient si nombreux qu'ils n'avaient pas trouvé une meilleure place.

Il y avait des autos, parmi lesquelles beaucoup de limousines avec chauffeur, tout le long des quais, du pont Louis-Philippe au pont Sully,[1] et d'autres stationnaient de l'autre côté de l'île, quai de Béthune et quai d'Orléans.[2]

[1] Voir la carte II.
[2] Voir la carte II.

C'était un matin froid, ce qu'on appelle un temps frisquet,[3] très clair, très gai, aux couleurs pastel.

On voyait les voitures s'arrêter devant la grande porte drapée de noir, les gens monter à l'intérieur où ils allaient s'incliner devant le
5 cercueil avant de réapparaître et d'attendre dehors la formation du convoi.

Un photographe aux cheveux roux, tête nue, allait et venait, braquant[4] son objectif sur les rangs de curieux. Il n'était pas toujours bien accueilli et certains ne manquaient pas de lui faire vertement[5]
10 part de leurs sentiments.

Il n'en continuait pas moins imperturbablement son travail. Le public, surtout ceux qui grognaient, aurait été bien surpris d'apprendre qu'il n'appartenait pas à un journal, à une agence ou à un magazine mais qu'il était là par ordre de Maigret.

15 Celui-ci était monté de bonne heure au laboratoire de l'Identité Judiciaire et, avec Moers, avait choisi Van Hamme, le meilleur et surtout le plus débrouillard[6] des photographes disponibles.

—Je voudrais des photographies de tous les curieux, d'abord en face de la maison mortuaire, ensuite en face de l'église, quand le
20 cercueil y sera transporté, puis quand il en sortira, enfin au cimetière.

«Une fois les photos développées, vous les étudierez à la loupe.[7] Il est possible qu'une ou plusieurs personnes se retrouvent aux trois endroits. Ce sont celles-là qui m'intéressent. Il faudra m'en tirer des agrandissements, sans leur entourage... »

25 Malgré lui, Maigret cherchait des yeux un imperméable clair à ceinture, un chapeau sombre. Il y avait peu de chance pour que le meurtrier ait gardé cette tenue,[8] car les journeaux du matin ne manquaient pas de la décrire. Les deux affaires, à présent, celle de la rue Popincourt et celle du cambriolage, étaient définitivement mêlées.

30 On parlait longuement du rôle de la P.J., des interrogatoires de la veille, et on publiait les photos des quatre hommes arrêtés.

....

[3] assez froid (*chilly*)
[4] *pointing ; aiming*
[5] très clairement
[6] *resourceful*
[7] verre grossissant
[8] façon d'être vêtu

Dans un des journaux, sous le portrait de Demarle-le-matelot, en imperméable et chapeau brun, on avait imprimé la mention:

«Est-ce le meurtrier?»

La foule était composite. Il y avait d'abord, près de la maison, ceux qui étaient allés rendre leurs derniers devoirs[9] au défunt et qui attendaient de prendre place dans le cortège. Au bord du trottoir, c'étaient surtout les habitants de l'île, les concierges, les commerçants de la rue Saint-Louis-en l'Ile.[10]

—Un garçon si gentil!... Et si timide!... Quand il entrait dans le magasin, il ne manquait jamais de soulever son chapeau...

—Si seulement il avait coupé ses cheveux un peu plus courts... Ses parents auraient dû le lui dire... Des gens élégants comme eux!... Cela lui donnait mauvais genre...

De temps en temps, Maigret et Lapointe échangeaient un regard et une idée saugrenue[11] vint à l'esprit du commissaire. Avec quelle frénésie[12] intérieure Antoine Batille n'aurait-il pas promené son micro dans cette foule s'il avait vécu! Bien sûr que, s'il avait vécu, il n'y aurait pas eu de foule...

Le corbillard[13] apparut et alla se ranger au bord du trottoir, suivi de trois autres voitures. Allait-on se rendre en auto à l'église Saint-Louis-en-l'Ile, qui était à deux cents mètres?

Les gens des Pompes Funèbres descendaient d'abord des couronnes, des gerbes. Non seulement le corbillard en fut couvert, mais les fleurs s'entassèrent dans les trois voitures.

Parmi les gens qui attendaient, il y en avait d'une troisième catégorie, par petits groupes: le personnel des parfums Mylène. Beaucoup des jeunes filles et des jeunes femmes étaient jolies, vêtues avec une élégance qui, dans le soleil du matin, avait quelque chose d'un peu agressif.

Il y eut un mouvement dans la foule, comme un courant qui passait d'un bout à l'autre des rangs, et on vit le cercueil porté par

---

[9] expressions de respect
[10] Voir la carte II.
[11] assez bizarre
[12] passion
[13] voiture où l'on met le cercueil

six hommes. Une fois qu'il fut glissé dans le char funèbre, la famille parut d'abord. En tête, Gérard Batille était encadré[14] de sa femme et de sa fille. Il avait les traits tirés, le teint brouillé.[15] Il ne regardait personne mais semblait surpris de découvrir tant de fleurs.

5 On sentait qu'il n'était pas dans la réalité, qu'il se rendait à peine compte de ce qui se passait autour de lui. Mme Batille montrait plus de sangfroid, même si elle se tamponnait parfois les yeux[16] à travers le léger voile noir qui couvrait son visage.

Minou, la sœur, que Maigret voyait pour la première fois en noir, 10 paraissait plus longue et plus mince, et c'était la seule à être attentive à tout ce qui l'entourait.

D'autres photographes, ceux-ci des photographes de presse, prirent quelques photos. Des tantes, des oncles, des parents plus ou moins lointains suivaient et aussi, sans doute, le haut personnel 15 des parfums et des produits de beauté.

Le corbillard s'ébranla,[17] les voitures de fleurs et la famille prirent place derrière, puis les amis, des étudiants, des professeurs et enfin les commerçants du quartier.

Un certain nombre de ceux qui stationnaient se dirigèrent vers 20 le Pont-Marie ou vers le Pont-Sully[18] pour retourner à leurs occupations, mais il y en eut d'autres pour se rendre à l'église.

Maigret et Lapointe furent de ceux-ci. Ils suivaient, sur le trottoir et, rue Saint-Louis-en-l'Ile, ils trouvaient one autre foule qui n'était pas présente auparavant quai d'Anjou. L'église était déjà 25 plus qu'à moitié pleine. De la rue, on entendait le grave murmure des orgues et le cercueil était porté jusqu'au catafalque qu'on recouvrait d'une partie seulement des fleurs.

Beaucoup étaient restés dehors. On n'avait pas refermé les portes et l'absoute commença alors que le soleil et la fraîcheur pénétraient 30 dans l'église.

—*Pater Noster...*[19]

---

[14] entouré
[15] grisâtre
[16] essuyait ses larmes
[17] se mit en mouvement
[18] Voir la carte II.
[19] prière dite autour du cercueil (*last prayer*)

Le prêtre, très âgé, faisait le tour du catafalque en maniant son goupillon,[20] puis en balançant l'encensoir.

—*Et ne nos inducat in tentationem...*

—*Amen...*

Dehors, Van Hamme travaillait toujours.   5

—Quel cimetière? demanda Lapointe à voix basse, penché sur l'épaule du commissaire.

—Montparnasse... Les Batille y ont un caveau de famille...

—Nous y allons?

—Je ne crois pas...   10

Heureusement que les agents[21] étaient venus nombreux pour régler la circulation. La famille directe prit place dans une première voiture. Les parents plus éloignés suivirent, puis vinrent les collaborateurs de Batille, des amis qui couraient chercher leur voiture et s'efforçaient de se faufiler.[22]   15

Van Hamme avait pris la précaution de se faire amener par une petite auto noire de la P.J. qui l'attendait à un point stratégique et qui l'embarqua[23] au dernier moment.

La foule se dispersait peu à peu. Quelques groupes conversaient encore sur les trottoirs.   20

—Nous pouvons rentrer... soupira Maigret.

Ils franchirent la passerelle derrière Notre-Dame, s'arrêtèrent dans un bar au coin du boulevard du Palais.

—Qu'est-ce que tu prends?

—Un vin blanc... Vouvray[24]...   25

Parce que le mot Vouvray était écrit à la craie sur les glaces.

—Moi aussi... Deux Vouvray...

Il était près de midi quand Van Hamme pénétra dans le bureau de Maigret, des épreuves[25] à la main.

—Je n'ai pas fini, mais je voulais, dès maintenant, vous montrer 30
quelque chose... Nous sommes trois à étudier les photos à l'aide d'une forte loupe... Celui-ci m'a frappé tout de suite...

---

[20] *holy water sprinkler*
[21] agents de police
[22] de trouver une place dans le cortège
[23] l'emmena
[24] vin célèbre de Touraine
[25] épreuves photographiques (*prints*)

La première épreuve, quai d'Anjou, ne montrait qu'une partie du corps et du visage, car il y avait une femme qui poussait de côté, s'efforçant de se faufiler[26] au premier rang.

L'homme portait incontestablement un imperméable beige clair
5 et un chapeau sombre. Il était assez jeune, une trentaine d'années. Son visage était quelconque[27] et il semblait froncer les sourcils[28] comme si quelque chose, autour de lui, lui déplaisait.

—Voici une photo un peu meilleure...

Le même visage, agrandi. La bouche était assez épaisse, comme
10 boudeuse,[29] et le regard celui d'un timide.

—C'est toujours quai d'Anjou. On va voir s'il se trouve dans les photos prises devant l'église qu'on est en train de développer. Je vous ai descendu celles-ci à cause de l'imperméable...

—Il n'y avait pas d'autres imperméables?

15 —Plusieurs, mais seulement trois à ceinture, un homme d'un certain âge, avec de la barbe, et un d'une quarantaine d'années, sans chapeau, qui fume la pipe...

—Descendez-moi après le déjeuner ce que vous aurez trouvé d'autre.

20 Au fond, l'imperméable ne signifiait pas grand-chose. Si le meurtrier de Batille avait lu les journaux du matin, il savait que ceux-ci avaient publié sa description. Pourquoi, dès lors,[30] porter le même vêtement que le soir de la rue Popincourt? Parce qu'il n'en avait pas d'autre? Par défi?

25 Maigret déjeuna encore à la brasserie Dauphine, avec Lapointe seulement, car Janvier et Lucas n'étaient pas dans la maison.

A deux heures et demie, Maigret reçut un téléphone qui le détendit.[31] On aurait dit que soudain une bonne partie de ses soucis s'évaporaient.

30 —Allô, le commissaire Maigret? Je vous passe M. Frémiet, notre rédacteur en chef... Ne quittez pas...

—Allô... Maigret?...

....

[26] se glisser
[27] ordinaire
[28] *to frown*
[29] maussade; exprimant la mauvaise humeur
[30] alors; dans ce cas
[31] le soulagea

Les deux hommes se connaissaient depuis longtemps. Frémiet était le rédacteur en chef d'un des plus grands journaux du matin.

—Je ne vous demande pas si votre enquête avance... Si je me permets de vous téléphoner, c'est que nous venons de recevoir un message assez curieux... En outre, il est arrivé par pneumatique,[32] ce qui est rare pour une communication anonyme...

—Je vous écoute...

—Vous savez que nous avons publié ce matin la photo des membres du gang de Jouy-en-Josas... Sous la photo du marin, mon rédacteur a tenu à faire imprimer la mention: «Est-ce le meurtrier?... »

—J'ai vu...

—C'est cette coupure qui vient de nous arriver avec, à l'encre verte, un seul mot en grands caractères: «*Non!...* »

C'est à ce moment-là que le visage de Maigret s'éclaira.

—Si vous permettez, je vais faire chercher ce message par un planton[33]... Vous savez à quel bureau de poste le pneumatique a été déposé?...

—Rue du Faubourg-Montmartre...[34] Puis-je vous demander, Commissaire, de ne pas passer le tuyau[35] à mes confrères?... Je ne peux publier ce document que demain matin... Il est déjà photographié et on va en faire un cliché... A moins que vous ne nous demandiez de le garder secret?...

—Non... Au contraire...J'aimerais même que vous le commentiez... Un instant... Le mieux serait d'émettre l'opinion que c'est une plaisanterie, en soulignant que le véritable meurtrier ne risquerait pas ainsi de se compromettre...

—Je crois que je comprends...

—Merci, Frémiet... Je vous envoie quelqu'un tout de suite...

Il passa dans le bureau des inspecteurs, en envoya un aux Champs-Élysées,[36] demanda à Lapointe de le suivre dans son bureau.

....

[32] message écrit, envoyé rapidement par un système d'air comprimé. Ce procédé est très employé à Paris. La correspondance arrive au destinataire quelques heures après l'envoi.
[33] un agent de liaison
[34] Voir le plan général de Paris.
[35] ce renseignement (*this tip*)
[36] la plus large et la plus belle avenue de Paris. Un grand journal parisien y a ses bureaux.

—Vous paraissez tout guilleret,[37] patron...

—Pas trop! Pas trop! Il y a encore des chances pour que je me trompe...

Il raconta l'histoire de la photo découpée dans le journal et du «Non» tracé à l'encre verte.

—Même cette encre verte ne me déplaît pas...

—Pourquoi?

—Parce que celui qui a frappé sept fois, en deux séries, si on peut dire, sous une pluie battante, alors qu'un couple marchait sur le trottoir et qu'une femme regardait par sa fenêtre, n'est pas tout à fait un homme comme un autre...

«Je me suis souvent rendu compte que les gens qui se servent d'encre verte, ou d'encre rouge, éprouvent un besoin profond de se distinguer. Ce n'est pour eux qu'un des moyens de le faire...»

—Vous voulez dire que c'est un fou?

—Je ne vais pas jusque-là... Beaucoup diraient: «Un original»... Il y en a à tous les degrés...

Van Hamme pénétrait dans le bureau et apportait, cette fois, une épaisse liasse de photos dont certaines étaient encore humides.

—Vous avez retrouvé ailleurs l'homme à l'imperméable?

—Il n'y a que trois personnes, en dehors de la famille et des intimes, que l'on retrouve aux trois endroits: quai d'Anjou, devant l'église et enfin non loin du caveau, au cimetière Montparnasse...

—Montrez...

—D'abord cette femme-ci...

Une femme jeune, de vingt-cinq ans environ, au visage pathétique.[38] On la sentait inquiète, tourmentée. Elle portait un manteau noir mal coupé et ses cheveux lui tombaient sans beaucoup d'ordre des deux côtés du visage.

—Vous m'aviez dit de ne m'occuper que des hommes mais j'ai pensé...

—Je comprends...

Maigret la regardait intensément, comme pour percer son secret. Elle avait l'air d'une fille du peuple qui n'accordait que peu d'attention à son aspect extérieur.

[37] gai
[38] émouvant

Pourquoi était-elle aussi émue que les membres de la famille, plus émue que Minou, par exemple?

Minou lui avait dit que son frère n'avait probablement jamais couché avec une femme. En était-elle si sûre? Ne pouvait-elle pas se tromper? Et Antoine ne pouvait-il pas avoir eu une petite amie? 5

Dans l'état d'esprit que révélait sa chasse aux voix humaines dans les quartiers les plus populaires, n'était-ce pas une fille de ce genre-là qui aurait eu des chances de l'intéresser?

—Tout à l'heure, Lapointe, quand nous aurons fini, tu retourneras dans l'île Saint-Louis. Je ne sais pas pourquoi, je la vois[39] fort bien 10 vendeuse dans une épicerie, dans une crémerie, que sais-je? Peut-être serveuse dans un café ou dans un restaurant…

—Deuxième personnage, annonçait Van Hamme en exhibant la photo agrandie d'un homme d'une cinquantaine d'années.

Avec un tout petit peu de désordre en plus dans sa tenue, on 15 aurait pu le prendre pour un clochard.[40] Il regardait droit devant lui, l'air résigné, et on se demandait ce qui pouvait l'intéresser dans cet enterrement.

On le voyait mal frappant un jeune homme de sept coups de couteau et s'enfuyant ensuite. Le meurtrier n'était pas venu dans le 20 quartier en voiture, c'était à peu près établi. Il était plus probable qu'il avait pris le métro à la station Voltaire, toute proche de l'endroit où l'agression avait été commise. Le préposé[41] n'avait que des souvenirs confus, car six ou sept personnes s'étaient présentées à l'entrée des quais en l'espace d'une ou deux minutes. Il poinçonnait[42] 25 les billets sans lever la tête. C'était machinal.

—Si je devais[43] regarder tous ceux qui défilent, j'en aurais la tête qui tourne… Des têtes, encore des têtes… Des visages presque toujours grognons…

Pourquoi cet homme aux vêtements fatigués était-il resté devant 30 la maison, puis devant l'église, et pourquoi s'était-il rendu ensuite au cimetière Montparnasse?

....

[39] je l'imagine
[40] un vagabond
[41] l'employé du métro
[42] *he punched*
[43] (C'est l'employé du métro qui parle.)

—Le troisième? questionnait Maigret.

—Vous le connaissez. C'est celui que je vous ai montré ce matin. Vous remarquerez qu'il ne se cache pas. Il a dû se rendre compte de ma présence aux trois endroits. Ici, dans l'allée du cimetière,
5 il me regarde curieusement, comme s'il se demandait pourquoi je photographie la foule et non le cercueil ou la famille...

—C'est vrai... Il ne paraît pas inquiet, ni préoccupé... Laissez-moi ces photos... Je vais les regarder à loisir... Merci, Van Hamme... Dites à Moers que je suis très content du travail que vous avez fait...

10 —Alors, questionna Lapointe une fois seul avec Maigret, je vais dans l'île montrer la photo de la fille?

—C'est sans doute inutile, mais cela vaut la peine d'essayer. Vois si Janvier est arrivé...

Celui-ci ne tarda pas à pénétrer dans le bureau et eut un regard
15 curieux vers la pile de photos.

—Voilà, mon petit Janvier. Je voudrais que tu ailles à la Sorbonne. Je crois qu'il te sera facile, au secrétariat, de te renseigner sur les cours qu'Antoine Batille suivait le plus assidûment...

—Je dois interroger ses camarades?

20 —Exactement... Il n'avait peut-être pas d'amis véritables, mais il devait bien lui arriver de bavarder avec d'autres étudiants...

«Voici une première photo, celle d'une fille qui, ce matin, à l'enterrement, paraissait émue et qui a fait tout le chemin pour se rendre au cimetière... Peut-être quelqu'un l'a-t-il rencontré avec
25 elle... Peut-être en ont-ils seulement entendu parler...

—Compris...

—Cette photographie-ci est celle d'un homme en imperméable qui se trouvait quai d'Anjou, puis en face de l'église et enfin au cimetière Montparnasse... A tout hasard, montre-la aussi... J'espère
30 qu'il y a un cours cet après-midi et que tu pourras attendre la sortie...

—Je ne questionne pas le professeur?

—Je ne pense pas qu'ils aient l'opportunité de connaître leurs élèves...[44] Mais tiens!... Encore une photo... Elle n'a probablement aucun rapport avec l'affaire, mais il ne faut rien négliger...

....

[44] (C'est malheureusement vrai, surtout à Paris où beaucoup de classes importantes ont souvent des centaines d'élèves.)

Un quart d'heure plus tard, on apportait à Maigret la coupure de journal surchargée du mot «Non» à l'encre verte. Le mot avait été tracé en caractères bâtonnets[45] de près de deux centimètres de haut et avait été souligné d'un trait ferme. Le point d'exclamation était plus grand d'un bon centimètre.

Cela ressemblait à une protestation véhémente. Celui qui avait tracé ces caractères devait être indigné qu'on puisse prendre un individu minable[46] comme l'ex-marin pour le meurtrier de la rue Popincourt.

Maigret resta plus d'un quart d'heure immobile devant la coupure de journal et les photos, à tirer doucement sur sa pipe, après quoi, comme machinalement, il décrocha le téléphone.

—Allô... Frémiet?... Je craignais que vous ne soyez plus là... Merci pour le document qui me paraît fort intéressant... J'ai d'abord pensé faire insérer une petite annonce dans le journal de demain matin, mais il est possible qu'il ne lise pas les petites annonces.[47]

«Il y aura certainement encore un article sur l'affaire...»

—Nos reporters sont en train d'étudier les cambriolages précédents... J'en ai qui travaillent dans un rayon de cinquante kilomètres de Paris, montrant les photos des gangsters à tous les voisins des villas visitées...

—Pourriez-vous, en dessous de l'article ou des articles, publier les lignes suivantes:

«*Le commissaire Maigret désirerait savoir sur quoi l'expéditeur du pneumatique au journal base son affirmation. Il le prie, s'il possède des renseignements intéressants, de bien vouloir se mettre en rapport avec lui, soit par lettre, soit par téléphone.*»

—Je comprends. Voulez-vous répéter, afin que je sois sûr de chaque mot?...

Maigret répéta patiemment.

—D'accord!... Non seulement je publierai cet avis en première page, mais je ferai un encadré...[48] Vous devez vous rendre compte

----

45 caractères d'impression en forme de bâtons; écriture enfantine
46 misérable
47 section des journaux où paraissent des annonces personnelles; demandes d'emploi, etc.
48 une annonce entourée d'un cadre linéaire

que vous allez recevoir des lettres ou des coups de téléphone de
fous...

Maigret sourit.

—J'en ai l'habitude... Vous aussi, d'ailleurs... La police et les
5 rédactions de journaux...

—Bon... Vous serez gentil de me tenir au courant...

Et le commissaire se plongea dans la lecture des journaux du
soir qu'on venait de lui apporter, grognant[49] chaque fois qu'il
découvrait une nouvelle inexactitude. Il y en avait en moyenne une,
10 ou tout au moins une exagération, par paragraphe, et les voleurs de
tableaux devenaient une des bandes les plus mystérieuses et les
mieux organisées de Paris.

Dernier titre:

«*A quand l'arrestation du Cerveau?*[50] »

15   Comme dans les feuilletons[51] télévisés!

*

Il avait envoyé l'article et la photographie du marin avec le
«Non» en lettres vertes au service anthropométrique pour y relever
éventuellement des empreintes digitales. La réponse ne se fit pas
attendre.

20   —Un pouce, sur la photographie, et une très bonne image d'index
au dos du papier. Ces empreintes ne correspondent à aucune empreinte du fichier...[52]

Cela signifiait, évidemment, que l'auteur anonyme de la protestation
n'avait jamais été arrêté et, à plus forte raison, qu'il n'avait pas
25 subi de condamnations.

Maigret n'en n'était pas surpris et il allait reprendre la lecture de
ses journaux quand Lapointe entra en coup de vent,[53] très excité.

---

[49] mécontent
[50] de celui qui dirige la bande
[51] romans publiés ou télévisés en série
[52] des archives
[53] brusquement

—Un coup de pot,[54] patron!... Pardon, un coup de chance... Et c'est vous qui aviez raison... En traversant la passerelle,[55] je m'aperçois que je n'ai plus de cigarettes...Je prends par la rue Saint-Louis-en-l'Ile... J'entre dans le café-tabac du coin et qui est-ce que je vois?...

—La jeune fille dont je t'ai remis la photo...

—C'est exact... Elle est fille de salle[56]... Robe noire et tablier blanc... Il y avait une table de joueurs de belote: le boucher, l'épicier, le patron et un type qui me tournait le dos... J'ai pris mes cigarettes et je suis allé m'asseoir...

«Quand elle m'a demandé ce que je voulais boire, j'ai commandé un café et elle est allée me faire un expresso[57] au comptoir.

«—A quelle heure fermez-vous, le soir?

«Elle m'a regardé d'un air surpris.

«—Cela doit dépendre des soirs. Moi, je finis à sept heures, parce que c'est moi qui ouvre le matin...

«Elle m'a rendu ma monnaie et s'est éloignée sans plus faire attention à moi... J'ai préféré ne pas lui parler devant le patron... Je me suis dit que vous préféreriez le faire vous-même... »

—Tu as eu raison.

—Elle semble sans cesse sur le point de pleurer. Elle va et vient comme dans un brouillard et elle a les narines rouges...

Janvier, lui, ne revint au Quai qu'à six heures.

—Il y avait un cours de sociologie et il paraît qu'il ne manquait jamais ce cours-là... J'ai attendu dans la cour... Je voyais les étudiants à leurs bancs et, le cours fini, ils se sont précipités à l'air libre.

«J'en ai interpellé[58] un, deux, trois, sans succès.

«—Antoine Batille?... Celui dont on parle dans les journaux?... Je vois, oui, mais nous ne nous fréquentions pas... Si vous trouvez par hasard un certain Harteau...

---

[54] chance (langage populaire)
[55] Voir la carte II.
[56] serveuse
[57] le meilleur café
[58] je me suis adressé à; j'ai interrogé

«Le troisième étudiant interpellé regardait autour de lui, appelait soudain, tourné vers un jeune homme qui s'éloignait:

«—Harteau!... Harteau!... C'est pour toi...

Et, à Janvier:

5 «—Je vous laisse... J'ai un train à prendre...

«D'autres partaient à moto, à vélomoteur.

«—Vous voulez me parler? demandait un long jeune homme au visage pâle, aux yeux gris clair.

«—Il paraît que vous étiez l'ami d'Atoine Batille...

10 «—Son ami, c'est beaucoup dire... Il ne se liait pas[59] facilement... Mettons que j'étais un camarade et qu'il nous arrivait de bavarder dans la cour et parfois d'aller boire un pot[60] ensemble... Une seule fois je suis allé chez lui et je ne m'y suis pas senti à mon aise... Il faut vous dire que je suis le fils d'une concierge de la place Denfert-15 Rochereau...[61] Je n'en rougis pas...[62] Là-bas, je ne savais comment me tenir...

«—Vous étiez à l'enterrement, ce matin?

«—Seulement à l'église... Après, j'avais un cours important...

«—Savez-vous si votre camarade avait des ennemis?

20 «—Il n'en avait certainement pas...

«—Il était aimé?

«—Il n'était pas aimé non plus... On ne s'en occupait pas plus qu'il ne s'occupait des autres...

«—Et vous? Qu'est-ce que vous en pensiez?

25 «—C'était un type bien... Il était beacoup plus sensible[63] qu'il ne voulait le laisser voir... Je crois qu'il était trop sensible et il se refermait[64] facilement...

«—Il vous a parlé de son magnétophone?

«—Il devait même un jour me demander de l'accompagner...

30 Cela le passionnait... Il prétendait que la voix des gens est plus révélatrice que leur image telle que la donne la photographie... Je me souviens d'une phrase:

---

[59] il n'acceptait pas de liens amicaux
[60] un verre de bière
[61] place située tout au bout de Boulevard Saint-Michel
[62] je n'en ai pas honte
[63] capable de profond sentiments, d'affection
[64] n'exprimait pas, cachait ses sentiments

«—*Il existe des quantités de chasseurs d'images... Je ne connais pas encore de chasseurs de son...*

«Il espérait, pour Noël, recevoir un des derniers magnétophones miniaturisés[65] fabriqués au Japon... Ceux-ci tiennent dans le creux de la main... Il n'y en a pas encore en France mais il paraît qu'on les 5 attend... Il ne les aura connus que par des articles dans les magazines...»

Janvier n'avait pas manqué de demander à Harteau si Batille avait des petites amies.

—Des petites amies, non... En tout cas, pas à ma connaissance... 10 Ce n'était pas son genre... En outre,[66] il était timide, réservé... Depuis quelques semaines, pourtant, il était amoureux...

«Il n'a pas pu se retenir de m'en parler... Il fallait qu'il se confie à quelqu'un et sa sœur avait l'habitude de se moquer de lui en prétendant que c'était lui la fille et elle le garçon de la maison... 15

«Je ne l'ai pas vue, mais elle travaille dans l'île Saint-Louis et il la voyait chaque matin à huit heures... C'était l'heure à laquelle elle était seule dans le café-tabac... Le patron dormait encore et la patronne faisait son ménage au premier...

«Ils étaient sans cesse interrompus par des clients mais ils avaient 20 quand même quelques instants de tête-à-tête...»

—C'était vraiment sérieux?

—Je crois...

—Quelles étaient ses intentions?

—A quel point de vue?[67]   25

—Comment voyait-il son avenir, par exemple?

—Il voulait, l'an prochain, suivre les cours d'anthropologie... Son rêve était de se faire nommer professeur en Asie, en Afrique, en Amérique du Sud, successivement, afin d'étudier les différentes races humaines... Il aurait voulu prouver qu'elles se ressemblent foncière- 30 ment,[68] que les différences s'effaceront en même temps que les conditions d'existence s'égaliseront sous toutes les latitudes...

....

[65] tout petits
[66] de plus
[67] À propos de quoi?
[68] au fond

—Il comptait se marier?

—Il n'en parlait pas encore... C'est trop récent... En tout cas, il ne voulait pas épouser une fille du même milieu que le sien...

—Il se dressait contre ses parents, contre sa famille?

5   —Même pas... Je me souviens qu'il m'a dit un jour:

«—Quand je rentre à la maison, je me crois en 1900...

—Je vous remercie... Excusez-moi de vous avoir pris de votre temps... »

Et Janvier concluait:

10   —Qu'est-ce que vous en dites, patron?... Si cette gamine a un frère?... S'ils sont allés plus loin que ne le pense le jeune Harteau?... Si le frère s'est mis en tête que le fils des parfums Mylène n'épousera jamais sa sœur?... Vous voyez ce que je veux dire...

—Ce n'est pas ton tour d'être un peu 1900, mon vieux Janvier?

15   —Cela arrive encore, non?

—Tu n'as pas lu les statistiques?... Les crimes dits passionnels ont diminué de plus de moitié, en attendant qu'[69]ils apparaissent comme un délicieux anachronisme... Au fait, Lapointe l'a retrouvée et elle travaille bien dans l'île Saint-Louis. Ce soir, je vais essayer

20   d'avoir un entretien avec elle...

—Qu'est-ce que je fais, maintenant?

—Rien. N'importe quoi. De la routine. Nous attendons.

A six heures et quart, Maigret prenait l'apéritif à la brasserie Dauphine où il retrouvait deux de ses collègues. Au Quai, il leur

25   arrivait de rester des semaines sans se voir, chacun restant comme enfermé dans son service. La brasserie Dauphine était le terrain neutre où tout le monde finissait par se retrouver.

—Alors, ce meurtre de la rue Popincourt? Vous vous mettez à travailler pour la rue des Saussaies, à présent?

30   A sept heures moins dix, Maigret faisait les cent pas[70] rue Saint-Louis-en-l'Ile et il pouvait voir la jeune fille, dans le café-tabac, qui servait les clients.

La patronne était à la caisse, le patron servait au comptoir. C'était le bref coup de feu[71] de l'apéritif du soir.

---

[69] jusqu'à ce que
[70] allait et venait
[71] moment très occupé

A sept heures cinq, la jeune fille franchit[72] une porte et réapparut quelques instants plus tard vêtue du manteau qu'on lui voyait sur la photographie. Elle disait quelques mots à la patronne et sortait. Elle se dirigea droit[73] vers le quai d'Anjou, sans regarder autour d'elle, et Maigret dut accélérer le pas pour la rejoindre. 5

—Pardon mademoiselle...

Elle se méprit[74] et fut sur le point de courir.

—Je suis le commissaire Maigret... Je voudrais vous parler d'Antoine...

Elle s'arrêta net, le regarda avec une sorte d'angoisse. 10

—Qu'est-ce que vous avez dit?

—Que je voudrais vous parler de...

—J'ai entendu. Mais je ne comprends pas. Je ne...

—Inutile de nier, mademoiselle...

—Qui vous a dit?... 15

—Votre photographie, ou plutôt vos photographies... Vous étiez ce matin devant la maison mortuaire, un mouchoir tordu entre vos doigts crispés...[75] Vous étiez à l'entrée et à la sortie du service funèbre et vous étiez ensuite au cimetière...

—Pourquoi m'a-t-on photographiée... 20

—Si vous voulez m'accorder un moment et marcher avec moi, je vous l'expliquerai... Nous recherchons le meurtrier d'Antoine Batille... Nous n'avons pour ainsi dire aucune piste sérieuse, aucune indication utile...

«Dans l'espoir que ce meurtrier serait attiré par l'enterrement de 25 sa victime, j'ai fait prendre des photographies des rangées de curieux... Le photographe a alors cherché quels personnages on retrouvait quai d'Anjou, devant l'église et au cimetière... »

Elle se mordit les lèvres. Ils marchaient tout naturellement le long du quai et ils passèrent devant l'immeuble où vivaient les Batille. 30 Les draperies noires à larmes d'argent avaient disparu. Il y avait de la lumière à tous les étages. La maison avait repris son rythme de vie habituel.

---

[72] passa; disparut derrière
[73] directement
[74] elle interprèta mal (les intentions de Maigret)
[75] serrant convulsivement votre mouchoir

—Qu'est-ce que vous voulez de moi?

—Que vous me disiez tout ce que vous savez d'Antoine... Vous êtes la personne la plus proche de lui...

Elle rougit brusquement.

5   —Qu'est-ce qui vous fait dire ça?

—C'est lui qui l'a dit, d'une autre façon... Il avait un camarade à la Sorbonne...

—Le fils de la concierge?

—Oui...

10   —C'était le seul... Avec les autres, il ne se sentait pas en confiance... Il avait toujours l'impression d'être différent...

—Et bien, il a laissé entendre à ce Harteau qu'il avait l'intention un jour, de vous épouser...

—Vous êtes sûr qu'il a dit ça?

15   —Il ne vous l'a pas dit à vous?

—Non... Je n'aurais pas accepté... Nous ne sommes pas du même monde[76]...

—Peut-être n'étail-il d'aucun monde, sinon du sien...

—D'ailleurs, ses parents...

20   —Depuis combien de temps vous connaissait-il?

—Depuis que je travaille au café-tabac... Cela fait quatre mois... C'était en hiver, je me souviens... Il neigeait le premier jour que je l'ai vu... Il achetait un paquet de Gitanes... Il venait tous les jours en chercher un...

25   —Combien de temps a-t-il fallu pour qu'il vous attende à la sortie?

—Plus d'un mois...

—Vous êtes devenue sa maîtresse?

—Il y a juste aujourd'hui une semaine...

30   —Vous avez un frère?

—J'en ai deux... Un dans l'armée, en Allemagne, l'autre qui travaille à Lyon...

—Vous êtes de Lyon?

—Mon père était de Lyon... Maintenant qu'il est mort, la famille

....

[76] de la même classe de la société

s'est dispersée et je suis seule à Paris avec ma mère... Nous habitons rue Saint-Paul...[77] J'ai travaillé dans un grand magasin, mais je ne tenais pas le coup...[78] C'était trop fatigant pour moi... Quand j'ai appris qu'on cherchait une serveuse rue Saint-Louis-en-l'Ile...

—Antoine n'avait pas d'ennemis ? 5

—Pourquoi aurait-il eu des ennemis ?

—Sa passion de promener son magnétophone dans certains endroits assez mal famés...[79]

—On ne s'occupait pas de lui... Il s'asseyait dans un coin ou s'accoudait au bar... Il m'a emmenée deux fois avec lui... 10

—Vous le rencontriez tous les soirs ?

—Il venait me chercher au tabac, me reconduisait chez moi. Une fois ou deux par semaine nous allions au cinéma...

—Puis-je savoir comment vous vous appelez ?

—Mauricette... 15

—Mauricette qui ?

—Mauricette Gallois...

Ils avaient rebroussé chemin,[80] lentement, franchi le Pont-Marie, et ils se trouvaient maintenant rue Saint-Paul.

—Je suis arrivée. Vous n'avez plus rien à me demander ? 20

—Pas pour le moment... Je vous remercie, Mauricette... Bon courage...

Maigret soupira et, au métro[81] Saint-Paul, prit un taxi qui le conduisit chez lui en quelques minutes. Il s'efforça de ne plus penser à son enquête et, après avoir tourné le bouton de la télévision, par 25 habitude, il la coupa par crainte qu'elle ne parle encore de la rue Popincourt et des voleurs de tableaux.

—A quoi penses-tu ?

—Que nous allons au cinéma et que, ce soir, il fait presque doux.[82] Nous pourrons marcher jusqu'aux Grands Boulevards...[83] 30

C'était un de ses plus sûrs plaisirs. Après quelques pas, Mme

---

[77] Voir la carte I.
[78] je ne pouvais pas supporter le travail
[79] de mauvaise réputation
[80] fait demi-tour
[81] en face de la station du métro
[82] agréable (ni trop chaud ni trop froid)
[83] Ces boulevards traversent une grande partie de Paris, du centre vers le nord-est.

Maigret s'accrochait à son bras[84] et ils avançaient lentement, en s'arrêtant parfois pour regarder un étalage. Ils n'avaient pas une conversation suivie,[85] parlaient de choses et d'autres, d'un visage qui passait, d'une robe, de la dernière lettre reçue de sa belle-sœur...

5 Ce soir-là, Maigret avait envie d'un western et ils durent aller jusqu'à la porte Saint Denis[86] pour en trouver un. A l'entracte il s'offrit un verre de calvados[87] et sa femme se contenta d'une verveine.[88]

A minuit, les lumières s'éteignaient dans leur appartement. Le 10 lendemain était un samedi, le 22 mars... La veille, Maigret n'avait pas pensé que c'était le premier jour du printemps. Celui-ci avait été au rendez-vous.[89] Il revoyait la lumière, quai d'Anjou, le matin, devant la maison mortuaire...

A neuf heures, il reçut un coup de téléphone du juge Poiret.

15 —Rien de nouveau, Maigret?

—Rien encore, Monsieur le Juge... En tout cas, rien de précis...

—Vous ne croyez pas que ce matelot... Comment s'appelle-t-il encore?... Yvon Demarle...

—Je suis persuadé que, s'il est jusqu'au bout[90] dans l'affaire des 20 tableaux, il n'est pour rien dans le meurtre de la rue Popincourt...

—Vous avez une idée?

—Cela commence peut-être à se dessiner... C'est trop vague pour que je vous en parle mais je m'attends, sous peu, à certains développements...

25 —Un crime passionnel?

—Je ne le pense pas...

—Crapuleux?[91]

Il avait horreur de ces classifications.

—Je ne sais pas encore...

30 Il n'allait pas attendre longtemps pour apprendre du nouveau.

---

[84] lui prenait le bras
[85] ayant un sujet spécial
[86] carrefour très commercial sur les Grands Boulevards
[87] liqueur faite avec du cidre
[88] infusion de verveine
[89] était vraiment venu ce jour-là
[90] complètement coupable
[91] dû à des crapules, à des bandits

Le téléphone sonnait une demi-heure plus tard. C'était le chef des informations d'un des journaux du soir.

—Le commissaire Maigret?... Ici, Jean Rolland... Je ne vous dérange pas?... Ne craignez rien... Je ne vous appelle pas pour vous demander des informations, encore que[92] si vous en avez elles sont   5 toujours les bienvenues...

Maigret était plus ou moins en froid[93] avec le directeur de ce journal-là, justement parce que celui-ci se plaignait de ne pas être toujours averti le premier des faits divers[94] importants.

—A nous seuls, nous tirons[95] autant que trois autres journaux... 10 Il serait naturel...

Ce n'était pas la guerre entre eux, mais une sorte de bouderie.[96] C'est pour cela sans doute que le chef des informations téléphonait à la place de son patron.

—Vous avez lu nos articles d'hier?   15

—Je les ai parcourus...[97]

—Nous avons essayé d'analyser la possiblité d'un rapport étroit entre les deux affaires... En fin de compte[98] nous avons trouvé autant d'éléments pour que d'éléments contre...

—Je sais...   20

—Or, cet article nous a valu[99] une lettre, trouvée dans le courrier du matin, que je vais vous lire...

—Un instant... L'adresse est écrite en caractères bâtonnets?...

—C'est exact... La lettre aussi...

—Je suppose qu'il s'agit d'un papier ordinaire comme on en vend 25 par pochettes de six[1] dans les bureaux de tabac et dans les épiceries...

—Exact encore... Vous avez reçu une autre lettre?...

—Non... Continuez...

—Je lis:

----

[92] bien que, quoique
[93] en mauvais termes
[94] des nouvelles policières
[95] nous imprimons (Il s'agit ici de ce que le directeur avait l'habitude de dire.)
[96] des relations peu cordiales
[97] lus rapidement
[98] finalement
[99] nous a fait obtenir
[1] enveloppes contenant six feuilles de papier

«Monsieur le directeur,

«J'ai lu avec attention les articles publiés ces derniers jours dans votre estimable journal au sujet de ce qu'on appelle l'Affaire de la rue Popincourt et l'Affaire des Tableaux. Votre rédacteur essaie, sans d'ailleurs y
5 *parvenir, d'établir un lien entre ces deux affaires.*

«Je trouve naïf, de la part de la presse, de penser que c'est à cause d'une bande magnétique que le jeune Batille a été attaqué rue Popincourt. D'ailleurs, son magnétophone a-t-il été emporté par le meurtrier?

«Quant au matelot Demarle, il n'a jamais tué personne avec son
10 *couteau suédois.*

«On vend ces couteaux-là dans toutes les bonnes quincailleries² et j'en possède un aussi.

«Seulement, le mien a réellement tué Antoine Batille... Je ne m'en vante pas, croyez-le. Je n'en suis pas fier. Au contraire. Mais tout ce
15 *battage³ me fatigue. Et surtout je ne voudrais pas qu'un innocent comme Demarle paie à ma place...*

«Vous pouvez publier cette lettre si bon vous semble. Je vous garantis que ce n'est que la vérité.

«Merci. Votre dévoué.»

20 Bien entendu, il n'y avait pas de signature.

—Vous croyez à une blague, Commissaire?

—Non.

—Ce serait sérieux?

—J'en suis persuadé... Évidemment, je peux me tromper, mais
25 il y a toutes les chances pour que cette lettre ait été écrite par le meurtrier... Voyez le cachet et dites-moi où elle a été postée...

—Boulevard Saint-Michel⁴...

—Vous pouvez la faire photographier pour le cas où vous auriez l'intention d'en publier un facsimilé, mais j'aimerais qu'elle passe
30 par le moins de mains possible...

—Vous espérez trouver des empreintes?

—Je suis à peu près certain d'en trouver...

—Il y en avait sur la coupure de journal sur laquelle quelqu'un a écrit le mot «Non» à l'encre verte?

---

² magasins où l'on vend divers objets en metal
³ ce bruit (fait autour de ce crime)
⁴ Voir le plan général de Paris.

—Oui...

—J'ai lu votre appel... Vous espérez que le meurtrier vous téléphonera?

—Si c'est le genre d'homme que je pense, il le fera...

—Inutile, je suppose, de vous demander de quel genre d'homme 5 il s'agit...

—Pour le moment, en effet, je suis obligé de me taire... Je vais vous envoyer quelqu'un pour prendre cette lettre et je vous la rendrai une fois l'affaire terminée...

—D'accord... Bonne chance... 10

Il se retourna vers la porte, étonné. Joseph, le vieil huissier,[5] se tenait dans l'encadrement et, derrière lui, il y avait un homme en uniforme beige, avec de larges bandes marron à son pantalon. Sa casquette était beige aussi et portait un écusson[6] à couronne dorée.

—Ce monsieur insiste pour vous remettre personnellement un 15 petit paquet et je ne suis pas parvenu à m'en débarrasser.

—Qu'est-ce que c'est? demanda le commissaire à l'intrus.[7]

—Une commission de la part de M. Lherbier...

—Le maroquinier?

—Oui... 20

—Vous attendez une réponse?

—On ne me l'a pas dit, mais on m'a recommandé de remettre ce paquet en main propre.[8] C'est M. Lherbier lui-même qui, hier en fin d'après-midi, m'a chargé de la commission...

Maigret avait déballé une boîte en carton beige, marquée de la 25 sempiternelle[9] couronne et, dans cette boîte, il découvrait un portefeuille en crocodile noir dont les quatre coins étaient renforcés d'or. La couronne, ici, était en or aussi.

Une carte de visite portait simplement les mots:

«En témoignage de gratitude» 30

Le commissaire remettait le portefeuille dans la boîte.

---

[5] garde à la porte d'un bureau important
[6] un insigne rond
[7] ce visiteur indésirable
[8] à la personne elle-même
[9] perpétuelle

—Un instant... disait-il au porteur. Vous serez sans doute plus habile que moi pour refaire le paquet...

L'homme le regardait, surpris.

—Il ne vous plaît pas?

5 —Vous direz à votre patron que je n'ai pas l'habitude de recevoir des cadeaux... Ajoutez, si vous voulez, que je suis néanmoins sensible à son geste...

—Vous ne lui écrivez pas?

—Non...

10 Le téléphone sonnait avec insistance.

—Tenez!... Allez terminer votre paquet dans l'antichambre... Je suis très occupé...

Et, une fois seul enfin, il décrocha.

Chapitre VI

—C'est quelqu'un qui ne veut pas dire son nom, Monsieur le Commissaire. Je vous le passe quand même? Il prétend que vous savez qui il est...

—Passez-le moi...

Il entendit le déclic,[1] prononça d'une voix qui n'était pas tout à 5
fait sa voix habituelle:

—Allô...

Et, après un moment de silence, un interlocuteur qui paraissait lointain répéta comme un écho:

—Allô... 10

Ils étaient aussi impressionnés l'un que l'autre et Maigret se promettait d'éviter tout ce qui pourrait effaroucher[2] son correspondant.

---

[1] le bruit ouvrant la communication
[2] faire peur à

—Vous savez qui est à l'appareil?

—Oui...

—Vous connaissez mon nom?

—Votre nom n'a pas d'importance...

5 —Vous n'allez pas essayer de découvrir d'où je vous téléphone?

Le ton était hésitant. L'homme manquait d'assurance et essayait de se donner du courage.

—Non...

—Pourquoi?

10 —Parce que cela ne m'intéresse pas...

—Vous ne me croyez pas?

—Si...

—Vous êtes persuadé que je suis l'homme de la rue Popincourt?

—Oui...

15 Il y eut, cette fois, un assez long silence, puis la voix demanda, timide, inquiète:

—Vous êtes toujours là?

—Oui...Je vous écoute...

—On vous a déjà fait parvenir[3] la lettre que j'ai envoyée au journal?

20 —Non, on me l'a lue au téléphone.

—Avez-vous reçu la coupure avec la photo?

—Oui...

—Vous me croyez? Vous ne me prenez pas pour un détraqué?[4]

—Je vous l'ai déjà dit...

25 —Qu'est-ce que vous pensez de moi?...

—D'abord, je sais que vous n'avez jamais subi de condamnations...

—A cause de mes empreintes?

—Exactement... Vous êtes habitué à une vie modeste, régulière...

—Comment le devinez-vous?

30 Maigret se tut et l'autre fut à nouveau pris de panique.

—Ne raccrochez pas...[5]

—Vous avez beacoup de choses à me dire?

—Je ne sais pas... Peut-être... Je n'ai personne à qui parler...

---

[3] envoyé
[4] un homme déséquilibré
[5] n'arrêtez pas la communication

—Vous n'êtes pas marié, n'est-ce pas?

—Non...

—Vous vivez seul... Aujourd'hui, vous avez pris congé,[6] peut-être en téléphonant à votre bureau que vous êtes malade...

—Vous essayez de me faire dire des choses qui vous aident à me repérer...[7] Vous êtes sûr que vos techniciens n'essayent pas de découvrir l'endroit d'où je vous parle?

—Je vous en donne ma parole...

—Vous n'avez donc pas hâte de m'arrêter?

—Je suis comme vous. Je me réjouis que cela soit fini...

—Comment le savez-vous?

—Vous avez écrit aux journaux...

—Je ne veux pas qu'on poursuive un innocent...

—Ce n'est pas la véritable raison...

—Vous vous imaginez que je cherche à me faire prendre?[8]

—Inconsciemment, oui...

—Qu'est-ce que vous pensez d'autre de moi?

—Vous vous sentez perdu...

—La vérité, c'est que j'ai peur...

—Peur de quoi? D'être arrêté?

—Non... Peu importe... J'en ai déjà trop dit... Je voulais vous parler, entendre votre voix... Vous me méprisez?

—Je ne méprise personne...

—Pas même un criminel?

—Pas même!

—Vous savez que vous m'aurez[9] un jour ou l'autre, n'est-ce pas?

—Oui...

—Vous possédez des indices?

Maigret faillit,[10] pour en finir, lui avouer qu'il possédait d'ores et déjà sa photographie, quai d'Anjou d'abord, devant l'église ensuite, enfin au cimetière Montparnasse.

Il lui suffirait de publier ces photos dans les journaux pour qu'un

----

[6] pris un jour de vacances
[7] à savoir où je suis
[8] à être arrêté
[9] vous m'arrêterez
[10] fut sur le point de

certain nombre de gens lui révèlent l'identité du meurtrier de
Batille.

S'il ne le faisait pas, c'est qu'il sentait confusément que, dans ce
cas-là, l'homme n'attendrait pas d'être arrêté et que c'est sans
5 doute un mort qu'on découvrirait à son domicile.

Il fallait qu'il y vienne[11] de lui-même, lentement.

—Il existe toujours des indices, mais il est difficile de juger de
leur valeur...

—Je vais bientôt raccrocher...

10 —Qu'est-ce que vous allez faire aujourd'hui ?

—Que voulez-vous dire ?

—Nous sommes samedi... Allez-vous passer le dimanche à la
campagne ?...

—Bien sûr que non.

15 —Vous n'avez pas de voiture ?

—Non...

—Vous êtes employé dans un bureau, n'est-il pas vrai ?

—C'est vrai... Comme il y a des dizaines de milliers de bureaux
à Paris, je peux vous donner ce renseignement-là...

20 —Vous avez des amis ?

—Non...

—Une amie ?

—Non... Quand c'est nécessaire, je me contente de ce que je
trouve... Vous voyez ce que je veux dire ?...

25 —Je suis persuadé que, demain, vous allez profiter du dimanche
pour écrire une longue lettre aux journaux...

—Comment se fait-il que vous deviniez tout ?

—Parce que vous n'êtes pas le premier à qui cela arrive...

—Et comment cela a-t-il fini pour les autres ?

30 —Il y a eu des fins différentes...

—Certains se sont détruits ?[12]

Il ne répondit pas et le silence régna à nouveau sur la ligne.

—Je n'ai pas de revolver et je sais qu'à présent il est à peu près
impossible de s'en procurer sans un permis spécial...

....

[11] qu'il se rende; qu'il accepte d'être arrêté
[12] se sont suicidés

—Vous ne vous suiciderez pas...

—Qu'est-ce qui vous le fait penser?

—Vous ne m'auriez pas téléphoné...

Maigret s'épongea[13] le front. Cet entretien, presque banal en apparence, ces répliques sans relief ne lui permettaient pas moins de cerner[14] de plus en plus le personnage.

—Je vais raccrocher, fit la voix au bout du fil.

—Vous pourrez me rappeler lundi...

—Pas demain?

—Demain, c'est dimanche et je ne serai pas au bureau...

—Vous ne serez pas chez vous?

—Je compte me rendre à la campagne avec ma femme...

Chaque phrase était intentionelle.

—Vous avez de la chance...

—Oui...

—Vous êtes un homme heureux?

—Relativement, comme la plupart des hommes.

—Moi, je n'ai jamais été heureux...

Il raccrocha brusquement. Ou bien[15] quelqu'un avait essayé d'entrer dans la cabine, s'impatientant de le voir parler si longtemps, ou bien cet entretien lui avait mis les nerfs à nu.[16]

Ce n'était pas un buveur. Peut-être, pour se remettre d'aplomb,[17] allait-il faire une exception? Il avait téléphoné d'un café ou d'un bar. Des gens le coudoyaient,[18] le regardaient sans se douter qu'il était un tueur.

Maigret appela sa femme.

—Que dirais-tu d'aller passer le week-end à Meung-sur-Loire?

Elle en fut si stupéfaite qu'elle resta un moment muette.

—Mais... tu... Et ton enquête?...

—Elle a besoin de mijoter...[19]

—Quand partirions-nous?

---

[13] essuya la sueur
[14] encercler, acculer
[15] ou bien...ou bien (*either...or*)
[16] l'avait trop énervé
[17] regagner le contrôle de lui-même
[18] le touchaient (du coude)
[19] se développer lentement (expression culinaire)

—Après le déjeuner...

—En voiture?

—Bien entendu...

Depuis un an qu'elle conduisait, elle n'était pas encore rassurée et
5 elle saisissait toujours le volant avec une insurmontable appréhension.

—Achète de quoi dîner ce soir, car nous arriverons peut-être
là-bas quand les magasins seront fermés... De quoi faire aussi,
demain matin, un copieux petit déjeuner... A midi, nous mangerons
à l'auberge...

10 Il ne trouva de disponible, parmi ses collaborateurs les plus proches,
que le brave Janvier, et il l'invita à prendre l'apéritif.

—Qu'est-ce que tu fais demain?

—Vous savez, patron, le dimanche est le jour de ma belle-mère,
des oncles et des tantes des enfants...

15 —Nous, nous allons à Meung...

Ils déjeunèrent rapidement, sa femme et lui, boulevard Richard-
Lenoir. Puis, la vaisselle[20] finie, Mme Maigret alla se changer.[21]

—Il fait froid?

—Frais...

20 —Je ne peux pas mettre ma robe à fleurs?

—Pourquoi pas? Tu emportes un manteau, n'est-ce pas?

Une heure plus tard, ils pénétraient dans le flot des dizaines de
milliers de Parisiens qui fonçaient[22] vers un carré de verdure.

Ils trouvèrent la maison aussi propre et aussi nette que s'ils
25 l'avaient quittée la veille, car une femme du pays venait deux fois
par semaine l'aérer, prendre les poussières et entretenir[23] les parquets.
Il était inutile de lui parler des nouveaux produits d'entretien. Tout
était passé à la cire, les meubles aussi, et il régnait une bonne odeur
d'encaustique.

30 Son mari, lui, entretenait le jardin et Maigret découvrit des crocus
dans la pelouse et, au pied de la murette[24] du fond, à l'endroit le plus
abrité, des jonquilles et des tulipes.

....

[20] le lavage des plats, assiettes, etc.
[21] changer de robe
[22] roulaient à toute allure
[23] prendre soin
[24] le petit mur

Son premier soin fut d'aller au premier étage passer un vieux
pantalon, une chemise de flanelle. Il avait toujours l'impression que
la maison, avec ses poutres[25] apparentes et ses recoins sombres, avec
la paix qui y régnait, ressemblait à une maison de curé. Cela ne lui
déplaisait pas, au contraire.   5

Mme Maigret s'affairait[26] dans la cuisine.

—Tu as très faim?

—Normalement faim...

Ici, ils n'avaient pas la télévision. Après le dîner, quand la saison
était un peu plus chaude, ils s'asseyaient dans le jardin et regardaient 10
le crépuscule descendre peu à peu et estomper[27] le paysage.

Ce soir-là, ils allèrent se promener à pas tranquilles, descendant
jusqu'à la Loire qui, après les pluies du début de la semaine, roulait
des eaux boueuses et charriait[28] des branches d'arbres.

—Tu es préoccupé?   15

Il était resté longtemps sans rien dire.

—Pas à proprement parler...[29] Le meurtrier d'Antoine Batille m'a
téléphoné ce matin...

—Pour te narguer?...[30] Par défi?...

—Non... Il avait besoin de réconfort...   20

—Et c'est à toi qu'il s'est adressé?

—Il n'avait personne d'autre à sa disposition...

—Tu es sûr que c'est l'assassin?

—J'ai dit le meurtrier... Un assassinat suppose la préméditation...

—Son geste n'était pas prémédité?   25

—Pas exactement, à moins que je ne me trompe...

—Pourquoi a-t-il écrit aux journaux?

—Tu as lu?

—Oui... J'ai d'abord cru que c'était une farce...[31] Tu sais qui il
est?   30

—Non, mais je pourrais le savoir en vingt-quatre heures...

....

[25] grosses pièces de bois de charpente
[26] était très occupée
[27] couvrir d'un voile
[28] emportait
[29] pas exactement
[30] se moquer insolemment
[31] une plaisanterie

—Cela ne t'intéresse pas de l'arrêter ?

—Il se rendra[32] de lui-même...

—Et s'il ne se rendait pas ?... S'il commettait un nouveau crime...

—Je ne crois pas que...

5 Mais le commissaire restait comme en suspens. Avait-il le droit d'être aussi sûr de lui ? Il pensait à Antoine Batille qui rêvait d'aller étudier les hommes des tropiques et qui voulait épouser la jeune Mauricette.

Il n'avait pas vingt et un ans et il s'était abattu[33] dans une mare 10 d'eau, rue Popincourt, pour ne plus jamais se relever...

Il dormit d'un sommeil agité. Deux fois, il ouvrit les yeux, croyant entendre la sonnerie du téléphone.

—Il ne tuera plus...

Il s'efforçait de se rassurer.

15 —Au fond, c'est de lui qu'il a peur...

Un vrai soleil des dimanches, un soleil de souvenirs d'enfance. Sous la rosée, le jardin sentait bon et la maison, elle, sentait les œufs au jambon.

La journée s'écoula sans heurts ; il y avait néanmoins comme un 20 voile sur le visage de Maigret. Il n'arrivait pas à se détendre[34] complètement et sa femme le sentait.

A l'auberge, ils furent accueillis à bras ouverts et il fallut trinquer avec tout le monde, car on les considérait un peu comme du pays.

—Une partie,[35] après-midi ?

25 Pourquoi pas ? Ils mangèrent des rillettes du pays, un coq au vin blanc et, après le fromage de chèvre, des babas[36] au rhum.

—Vers quatre heures ?

—D'accord...

Il chercha, pour son fauteuil d'osier, le coin le plus abrité du 30 jardin et, dans le soleil qui lui chauffait les paupières, il ne tarda pas à s'assoupir.

Quand il s'éveilla, Mme Maigret lui prépara une tasse de café.

---

[32] il acceptera qu'on l'arrête
[33] il était tombé lourdement
[34] se délivrer de sa nervosité
[35] une partie de cartes
[36] espèce de petit gâteau

—Tu dormais si bien que c'était plaisir à voir…

Il gardait comme un goût de campagne à la bouche et il croyait encore entendre autour de lui le bourdonnement des mouches.

—Cela ne t'a pas fait un drôle d'effet d'entendre sa voix au téléphone ?   5

Ils y pensaient l'un et l'autre, malgré eux, chacun de son côté.

—Après quarante ans de métier,[37] je suis toujours impressionné en face d'un homme qui a tué…

—Pourquoi ?

—Parce qu'il a franchi la barrière…   10

Il ne s'expliquait pas davantage. Il se comprenait. L'homme qui tue se coupe en quelque sorte de la communauté humaine. D'une minute à l'autre, il cesse d'être un individu comme les autres.

Il voudrait s'expliquer, dire que… Des flots de paroles sont prêts à lui monter aux lèvres mais il sait que c'est inutile, que personne ne 15
le comprendra.

Même les vrais tueurs, les professionnels. Ils se montrent agressifs, sarcastiques ; c'est parce qu'ils ont besoin de crâner,[38] de se faire croire qu'ils existent encore en tant qu'[39]hommes.

—Tu ne rentreras pas trop tard ?   20

—J'espère être de retour avant six heures et demie…

Il retrouva ses amis du crû,[40] de braves gens pour qui il n'était pas le fameux commissaire Maigret mais un voisin et, en outre, un excellent pêcheur à la ligne. Le tapis rouge était étalé devant eux. Les cartes, qui avaient vu des jours meilleurs, étaient un peu collantes. 25
Le vin blanc du pays était frais et pimpant.[41]

—A vous d'annoncer…[42]

—Carreau…

Son adversaire de gauche annonça une tierce, son partenaire un carré de dames.   30

—Atout…

....

[37] d'expérience
[38] montrer de l'audace
[39] en qualité d'
[40] du village
[41] ici: d'un goût délicieux
[42] les joueurs jouent à la belotte, jeu de cartes très populaire

L'après-midi se passa à donner les cartes, à les déployer en éventail, à annoncer des tierces ou des belotes. C'était comme un ronron reposant. De temps en temps, le patron venait jeter un coup d'œil sur le jeu de chacun et s'éloignait avec un sourire entendu.[43]

5   Le dimanche devait paraître long à l'homme qui avait abattu Antoine Batille. Maigret espérait qu'il n'était pas resté chez lui. Avait-il un petit appartement, avec ses propres meubles, ou bien occupait-il, dans un hôtel modeste, une chambre au mois ?

Il valait mieux pour lui qu'il ne reste pas entre quatre murs, qu'il
10   aille dehors se frotter à[44] la foule, ou encore qu'il pénètre dans un cinéma.

Rue Popincourt, le mardi soir, il pleuvait tellement que cela ressemblait à un cataclysme et, d'ailleurs, dans la Manche[45] et la mer du Nord, des bateaux de pêche avaient été perdus.

15   Cela n'avait-il pas son importance ? Et, peut-être aussi, le blouson d'Antoine, ses cheveux trop longs ?

Maigret essayait de ne pas y penser, d'être tout à[46] son jeu.

—Alors, commissaire, qu'est-ce que vous dites ?

—Je passe…

20   Le vin blanc lui tournait un peu la tête. Il n'y était plus habitué. Cela se buvait comme de l'eau fraîche et ce n'est qu'ensuite qu'on en ressentait les effets.

—Il va falloir que je rentre…

—On termine en cinq cents points, d'accord ?

25   —Va pour cinq cents points…

Il perdit et paya les tournées.[47]

—On sent que vous négligez la belote, à Paris… Vous êtes rouillé,[48] pas vrai ?

—Un peu, oui…

30   —Il faudra venir un peu plus longtemps à Pâques…

—Je l'espère… Je ne demande pas mieux… Ce sont les criminels qui…

----

[43] de connaisseur
[44] se mélanger à
[45] *English Channel*
[46] de s'occuper uniquement de
[47] ce qu'ils avaient tous bu
[48] *rusty*

Et voilà! Du coup,[49] il pensait à nouveau au téléphone.

—Bonsoir, Messieurs...

—A samedi prochain?

—Peut-être...

Il n'était pas déçu. Il avait eu le week-end qu'il avait décidé [5] d'avoir, mais il ne pouvait pas espérer que ses préoccupations et ses responsabilités ne le suivraient pas à la campagne.

—A quelle heure veux-tu partir?

—Dès que nous aurons mangé un morceau.[50] Qu'est-ce que tu as à dîner? [10]

—Le vieux Bambois est venu me proposer une tanche[51] et je l'ai cuite au four...

Il alla regarder avec gourmandise la peau gonflée, d'une belle couleur dorée.

Ils roulèrent lentement, car Mme Maigret était encore plus im- [15] pressionnée de nuit que de jour. Maigret tourna le bouton de la radio, écouta en souriant les avertissements aux automobilistes, puis les nouvelles de la journée.

On parla surtout de politique étrangère et le commissaire soupira d'aise en constatant qu'il n'était pas question de l'affaire de la rue [20] Popincourt.

Autrement dit, le meurtrier avait été sage.[52] Pas de crime. Pas de suicide. Seulement une petite fille enlevée dans les Bouches-du-Rhône.[53] On espérait encore la retrouver vivante.

Il dormit mieux que la nuit précédente et il faisait grand jour[54] [25] quand un camion, dont le pot d'échappement[55] avait l'air d'éclater, le réveilla. Sa femme n'était plus à côté de lui.

Elle venait sans doute de se lever, car sa place restait tiède, et elle était occupée, dans la cuisine, à préparer le café.

*

---

[49] tout de suite
[50] quelque chose
[51] poisson d'eau douce (*tench*)
[52] n'avait rien fait de mal
[53] departement du midi; ville principale: Marseille
[54] très clair
[55] *exhaust box*

Penchée sur la rampe d'escalier, Mme Maigret le regarda descendre d'un pas lourd, un peu comme elle aurait regardé un enfant allant passer un difficile examen. Elle n'en savait guère plus que les journaux mais, ce que les journaux ignoraient, c'est avec quelle énergie il
5 essayait de comprendre, quelle concentration était la sienne au cours de certaines enquêtes. On aurait dit qu'il s'identifiait à ceux qu'il traquait[56] et qu'il souffrait les mêmes affres[57] qu'eux.

Il trouva par chance un autobus à plate-forme et put ainsi continuer à fumer sa première pipe du matin.

10 Il était à peine arrivé dans son bureau que le commissaire Grosjean l'appelait au bout du fil.

—Comment cela va-t-il, Maigret?

—Très bien. Et vous? Vos lascars?[58]

—Contrairement à ce qu'on aurait pu croire c'est Gouvion, le
15 guetteur minable, qui nous est le plus utile et qui nous a permis de trouver des témoins pour deux des cambriolages, au château de l'Épine, près d'Arpajon, l'autre dans une villa de la forêt de Dreux.[59]

Gouvion restait souvent trois ou quatre jours sur place, à guetter les allées et venues. Il lui arrivait d'aller casser la croûte[60] ou boire
20 un coup dans le voisinage.

«Je crois qu'il ne tardera pas à craquer[61] et qu'il mangera le morceau.[62] Sa femme, qui a été jadis figurante au Châtelet,[63] le supplie de le faire.

«Ils sont tous les quatre à la Santé,[64] dans des cellules différentes...
25 «Je tenais à vous mettre au courant et à vous dire encore merci...

«Et votre affaire?»

—Cela avance tout doucement...

Une demi-heure plus tard, comme il s'y attendait, c'était le directeur du journal du matin qui voulait lui parler.

....

[56] qu'il poursuivait
[57] angoisse, anxiété
[58] vos gangsters
[59] deux petites villes au sud de Paris
[60] manger quelque chose
[61] abandonner toute résistance
[62] qu'il avouera
[63] grand théâtre parisien
[64] la prison de la Santé

—Un nouveau message?

—Oui. A la différence que celui-ci n'est pas venu par la poste, mais a été déposé dans notre boîte aux lettres...

—Long?

—Assez... L'enveloppe porte la mention: «A remettre[65] au ré- ⁵ dacteur de l'article de samedi sur le crime de la rue Popincourt.»

—Toujours des caractères bâtonnets?

—Il a l'air d'écrire très couramment de cette façon-là... Je vous lis?...

—Si vous le voulez bien... ¹⁰

«*Monsieur le rédacteur,*

«*J'ai lu vos derniers articles, en particulier celui de samedi, et, si je ne suis pas capable de juger de leur valeur littéraire, j'ai l'impression que vous cherchez vraiment la vérité. Certains de vos confrères ne sont pas dans le même cas et, en quête de sensationnel, impriment n'importe* ¹⁵ *quoi, quitte à*[66] *se contredire le lendemain.*

«*J'ai cependant un reproche à vous adresser. Dans le cours de votre dernier article, vous parlez du «forcené*[67] *de la rue Popincourt». Pour- quoi ce mot, qui est blessant d'abord, et qui ensuite comporte un jugement? Parce qu'il y a eu sept coups de couteau? Sans doute, car vous dites plus* ²⁰ *loin que le meurtrier a frappé comme un fou.*

«*Savez-vous qu'avec des mots de ce genre, vous pouvez faire beaucoup de mal? Certaines situations sont assez pénibles par elles-mêmes pour ne pas être jugées d'une façon superficielle.*

«*Cela me rappelle ce ministre de l'intérieur, il n'y a pas si longtemps,* ²⁵ *parlant d'un garçon de quinze ans et employant le mot monstre que, bien entendu, toute la presse a repris.*

«*Je ne demande pas à être ménagé.*[68] *Je sais qu'aux yeux des hommes je ne suis qu'un tueur. Mais j'aimerais ne pas être troublé par surcroît*[69] *par des mots qui dépassent sans doute la pensée de ceux qui les utilisent.* ³⁰

«*Pour le reste, je vous remercie de votre objectivité.*

«*Je peux vous dire que j'ai téléphoné au commissaire Maigret. Il m'a*

---

[65] donner, livrer
[66] même s'ils doivent
[67] ce gangster furieux
[68] traité avec précaution
[69] en plus

*paru compréhensif et on a envie de se confier à lui. Mais jusqu'à quel
point son métier ne l'oblige-t-il pas à jouer un rôle, sinon à tendre des
pièges?*[70]

«*Je crois que je lui téléphonerai encore. Je me sens très fatigué.*
5 *Demain, pourtant, je vais reprendre mon travail au bureau. Je suis un
simple gratte-papier.*[71]

«*J'ai assisté samedi aux obsèques d'Antoine Batille. J'ai vu son
père, sa mère et sa sœur. Je voudrais qu'ils sachent que je n'avais rien à
reprocher à leur fils. Je ne le connaissais pas. Je ne l'avais jamais vu.*
10 *Je suis sincèrement repentant du mal que je leur ai fait.*

«*Croyez, monsieur le rédacteur, à mes sentiments dévoués.* »

—Je publie?

—Je n'y vois aucun inconvénient. Au contraire. Cela l'encouragera
à écrire à nouveau et, dans chaque lettre, il nous en apprend un peu
15 plus. Quand vous aurez fait photostater la lettre, soyez gentil de me
l'envoyer. C'est inutile de le faire par porteur...

Le coup de téléphone n'arriva qu'à midi douze, alors que Maigret
hésitait à aller déjeuner.

—Je suppose que vous m'appelez d'un café ou d'un bar dans les
20 environs de votre bureau?

—C'est vrai. Vous vous impatientiez?

—J'allais partir pour déjeuner.

—Vous ne saviez pas que je téléphonerais?

—Si.

25 —Vous avez lu ma lettre? Je me doute qu'ils vous les téléphonent.
C'est pourquoi je ne vous en envoie pas une copie...

—Vous avez besoin que le public vous lise, n'est-ce pas?

—J'aimerais qu'il ne se fasse pas d'idées fausses... Parce que
quelqu'un a tué, on se fait des idées fausses à son sujet... Vous aussi,
30 probablement...

—Vous savez, j'en ai vu beaucoup...

—Je sais...

—Du temps du bagne, certains m'écrivaient régulièrement de la

....

[70] *set a snare*
[71] copiste

Guyanne...[72] D'autres, leur peine finie, viennent parfois me voir...

—C'est vrai?

—Vous vous sentez un peu mieux?

—Je ne sais pas... En tout cas, ce matin, j'ai pu travailler à peu près normalement... Cela me fait un drôle d'effet de penser que ces mêmes gens qui sont tout naturels avec moi deviendraient complètement différents si je prononçais seulement une petite phrase...

—Vous avez envie de la prononcer?

—Il y a des moments où je dois me retenir...[73] Avec mon chef de bureau, par exemple, qui me regarde de très haut...[74]

—Vous êtes né à Paris?

—Non. Dans une petite ville de province, je ne vous dirai pas laquelle, car cela vous aiderait à m'identifier...

—Que faisait votre père?

—Il est chef-comptable dans une... mettons dans une entreprise assez importante... L'homme de confiance, vous savez... L'imbécile que les patrons peuvent retenir jusqu'à dix heures du soir et faire venir le samedi après-midi quand ce n'est pas le dimanche...

—Et votre mère?

—Elle a une mauvaise santé... Aussi loin que vont mes souvenirs, je la revois toujours souffrante...[75] Il paraît que c'est à la suite de ma naissance...

—Vous n'avez pas de frères, ni de sœurs?

—Non... Justement à cause de cela... Elle tient quand même la maison, qui est très propre... Quand j'allais à l'école, j'étais un des élèves les plus propres aussi...

«Mes parents sont des gens fiers... Ils auraient voulu que je devienne avocat, ou médecin... Moi, j'en avais assez des études... Alors, ils ont pensé que j'entrerais dans l'affaire où travaille mon père, qui est la plus grosse affaire de la ville... Je n'avais pas envie de rester là... J'avais l'impression d'étouffer... Je suis venu à Paris... »

---

[72] Département français en Amérique du Sud. On y envoyait autrefois les prisonniers condamnés aux travaux forcés.

[73] faire un effort pour résister à cette impulsion

[74] avec condescendance, avec hauteur

[75] malade

—Où vous étouffez dans un bureau, n'est-ce pas?

—Seulement, dès que j'en sors, personne ne me connaît. Je suis libre...

Il parlait avec plus d'aisance, plus de naturel que la fois précédente.
5 Il avait moins peur. Les silences étaient plus rares.

—Qu'est-ce que vous pensez de moi?

—Ne me l'avez-vous pas demandé?

—Je parle de moi en général... Sans tenir compte de la rue Popincourt...

10 —Je pense que vous êtes des dizaines, des centaines de milliers dans le même cas...

—La plupart sont mariés et ont des enfants...

—Pourquoi ne vous êtes-vous pas marié? A cause de votre... infirmité?

15 —Vous pensez vraiment ce que vous dites?

—Oui.

—Tous les mots?

—Oui...

—Je n'arrive pas à vous comprendre... Vous n'êtes pas comme
20 j'imaginais que doit être un commissaire de la P.J....

—Il en est comme de tous les hommes... Même au Quai des Orfèvres, nous sommes différents les uns des autres...

—Ce que je ne comprends surtout pas, c'est ce que vous m'avez dit la dernière fois... Vous avez affirmé qu'en vingt-quatre heures il
25 vous était possible de m'identifier...

—C'est vrai...

—Comment?

—Je vous le dirai quand nous serons face à face...

—Quelle raison avez-vous de ne pas le faire et de ne pas m'arrêter
30 tout de suite?

—Et si je vous demandais, moi, quelle raison vous avez eue de tuer?

Il y eut un silence plus impressionnant que les autres et le commissaire se demanda s'il n'était pas allé trop loin.

35 —Allô... appela-t-il.

—Oui...

—Je m'excuse d'avoir été brutal. Il faut regarder les choses en face...[76]

—Je sais... C'est ce que j'essaie de faire, croyez-le... Vous vous imaginez peut-être que j'écris aux journaux et que je vous téléphone parce que j'ai besoin de parler de moi... Au fond, c'est parce que 5 tout est tellement faux!...

—Qu'est-ce qui est faux?

—Ce que les gens pensent... Les questions qu'on me posera en cour d'assises,[77] si j'y passe un jour... Le réquisitoire de l'avocat général...[78] Et même, peut-être surtout, la plaidoirie de mon avo- 10 cat...

—Vous pensez déjà si loin?

—Il le faut bien...

—Vous comptez vous constituer prisonnier?

—Vous êtes persuadé que je le ferai bientôt, n'est-ce pas?   15

—Oui...

—Vous pensez que j'en serai soulagé?[79]

—J'en suis convaincu...

—Je serai enfermé dans une cellule et traité comme...

Il n'acheva pas sa phrase et Maigret évita d'intervenir.   20

—Je ne veux pas vous retenir plus longtemps. Votre femme vous attend...

—Elle ne s'impatiente certainement pas. Elle a l'habitude.

Un nouveau silence. On aurait dit qu'il ne se résignait pas à couper ce fil[80] qui l'unissait à un autre homme.   25

—Vous êtes heureux? demanda-t-il timidement, comme si cette question l'obsédait.

—Relativement heureux... C'est à dire heureux comme un homme peut l'être...

—Moi, depuis l'âge de quatorze ans, je n'ai jamais été heureux, 30 pas un jour, pas une heure, pas une minute...

Brusquement il changea de ton.

---

[76] courageusement
[77] tribunal qui juge les crimes importants
[78] le discours du procureur de la République (*state attorney in the highest court*)
[79] que cela m'apaisera
[80] deux significations: communication et lien

—Merci.

Et il raccrocha.

Le commissaire dut monter, l'après-midi, au cabinet du juge Poiret.

5 —Votre enquête avance? demanda celui-ci avec la pointe[81] d'impatience de tous les juges d'instruction.

—Elle est pratiquement terminée.

—C'est-à-dire que vous connaissez le meurtrier?

—Il m'a encore téléphoné ce matin.

10 —Qui est-ce?

Maigret tira de sa poche l'agrandissement d'une tête prise dans la foule, dans le soleil du quai d'Anjou.

—C'est ce jeune homme?

—Il n'est pas si jeune que ça. Il a une trentaine d'années.

15 —Vous l'avez arrêté?

—Pas encore.

—Où habite-t-il?

—Je ne connais ni son nom, ni son adresse... Si je publiais cette photo, des gens qui le voient tous les jours, ses collègues, sa concierge,

20 que sais-je? le reconnaîtraient et ne manqueraient pas de me renseigner...

—Pourquoi ne le faites-vous pas?

—C'est la question qui le tracasse[82] aussi et qu'il m'a posée ce matin pour la seconde fois...

25 —Il vous avait déjà téléphoné?

—Samedi, oui...

—Vous rendez-vous compte, Commissaire, de la responsabilité que vous prenez?... Une responsabilité, d'ailleurs, que je partage indirectement, maintenant que j'ai vu cette photographie... Je n'aime

30 pas ça...

—Moi non plus... Seulement, si j'allais trop vite, il ne se laisserait probablement pas arrêter et il préférerait en finir...[83]

—Vous craignez qu'il se suicide?

....

[81] la petite quantité (rare dans ce sens)
[82] qui l'embarrasse
[83] mettre fin à sa vie

—Il n'a plus grand-chose à perdre, ne pensez-vous pas?

—Des centaines de criminels ont été appréhendés[84] et on compte ceux qui ont attenté à leurs jours...[85]

—Et s'il appartenait justement à ce type-là?

—Il a encore écrit aux journaux?　　　　　　　　　　　5

—Une lettre a été déposée dans la boîte d'un journal hier soir ou cette nuit...

—Cette manie est assez connue, me semble-t-il. Si je me souviens bien de mes cours de criminologie, c'est généralement le fait des paranoïaques...[86]　　　　　　　　　　　10

—Selon les psychiatres, oui.

—Vous n'êtes pas d'accord avec eux?

—Je n'ai pas les connaissances voulues[87] pour les contredire. La seule différence entre eux et moi, c'est que je ne divise pas les gens en catégories...　　　　　　　　　　　15

—Il est cependant nécessaire...

—Nécessaire pourquoi?

—Pour juger, par exemple...

—Ce n'est pas mon rôle de juger...

—On m'avait bien prévenu que vous êtes difficile à manier...　　20

Le magistrat disait cela avec un léger sourire, mais il n'en pensait pas moins.

—Voulez-vous que nous concluions un marché?...[88] Nous sommes lundi... Mettons que si, mercredi à la même heure...

—Je vous écoute...　　　　　　　　　　　25

—Si votre homme n'est pas sous les verrous,[89] vous enverrez sa photographie aux journaux...

—Vous y tenez[90] vraiment?

—Je vous accorde un délai que je considère comme suffisant...

—Je vous en remercie...　　　　　　　　　　　30

---

[84] arrêtés
[85] qui se sont tués
[86] gens chez qui on observe la surestimation de soi (*of the ego*), la méfiance et l'inadaptabilité sociale
[87] suffisantes, exigées
[88] ici: un accord
[89] arrêté, en prison
[90] vous désirez beaucoup cela

Maigret redescendit à son étage, ouvrit la porte du bureau des inspecteurs. Il n'avait pas spécialement besoin d'eux.

—Tu viens, Janvier?

Dans son bureau, il alla ouvrir la fenêtre, car il avait chaud, et les
5 bruits du dehors envahirent brutalement la pièce. Il s'assit à sa place, choisit une pipe courbe qu'il fumait moins souvent que les autres.

—Rien de nouveau?

—Rien de neuf, patron...

10 —Assieds-toi...

Le juge n'avait rien compris. Pour lui, les criminels se définissaient par tel ou tel article du code pénal.[91]

Maigret aussi avait parfois besoin de penser à voix haute.[92]

—Il m'a encore téléphoné...

15 Il n'est pas décidé à se constituer prisonnier?

—Il en a envie... Il hésite encore, comme on hésite à sauter dans l'eau glacée...

—Je suppose qu'il a confiance en vous?

—Je le crois. Mais il sait que je ne suis pas seul. Je reviens de
20 là-haut... Quand le juge d'instruction commencera à l'interroger, il se rendra malheureusement compte de certaines réalités...

«J'en sais un peu plus à son sujet... Il est originaire d'une petite ville de province, il a préféré ne pas me dire laquelle... Cela signifie que c'est une très petite ville, où nous aurions facilement retrouvé
25 sa trace... Son père est chef-comptable, homme de confiance, comme il dit non sans amertume... »

—Je connais ça...

—On voulait faire de lui un avocat ou un médecin... Il n'a pas eu le courage de continuer ses études... Il n'a pas voulu non plus
30 entrer dans la même entreprise que son père... Rien d'original là-dedans, comme je le lui ai dit...

«Il est employé dans un bureau... Il vit seul... Il a une raison pour ne pas se marier... »

....

[91] Depuis 1804 la justice française est basée sur des codes (recueils de lois ou décisions): code pénal (criminel), code civil, etc. Ces codes, naturellement, subissent des changements d'une époque à l'autre.
[92] en parlant, en discutant

—Il vous a dit laquelle?

—Non, mais je crois comprendre...

Maigret évita cependant d'en dire plus à ce sujet.

—Je ne peux rien faire d'autre qu'attendre. Il me rappellera sans doute demain... Mercredi après-midi, je devrai envoyer sa photographie aux journaux... 5

—Pourquoi?

—Ultimatum du juge d'instruction... Il ne veut pas prendre plus longtemps, dit-il, la responsabilité d'attendre...

—Vous espérez que...? 10

La sonnerie du téléphone retentit.

—C'est votre correspondant anonyme, Monsieur le Commissaire.

—Allô... Monsieur Maigret?... Je vous demande pardon d'avoir raccroché, ce matin... Il y a des moments où je me dis que tout cela ne rime à rien...[93] Je suis comme une mouche[94] qui se heurte à la 15 vitre en essayant d'echapper aux quatre murs de la pièce...

—Vous n'êtes pas au bureau?

—J'y suis allé... J'étais plein de bonne volonté... On m'a donné un dossier[95] urgent... Quand je l'ai ouvert et que j'ai lu les premières lignes, je me suis demandé ce que je faisais là... 20

«J'ai été pris d'une sorte de panique et, sous prétexte de me rendre aux toilettes, j'ai franchi le couloir... J'ai tout juste pris le temps de décrocher en passant mon imperméable et mon chapeau... J'avais peur qu'on ne me rattrape, comme si je me sentais poursuivi...» 25

Dès le début, Maigret avait fait signe à Janvier de prendre le second écouteur.[96]

—Dans quel quartier êtes-vous?

—Sur les Grands Boulevards... Il y a plus d'une heure que je marche dans la foule... Il y a des moments où je vous en veux,[97] 30 où je vous soupçonne de le faire exprès de m'affoler,[98] de me mettre

---

[93] n'a pas de sens
[94] *a fly*
[95] cahier de pièces relatives à une affaire
[96] *receiver*
[97] je suis irrité (à votre égard)
[98] de me faire perdre la tête

petit à petit dans un état d'esprit tel qu'il ne me restera plus qu'à me constituer prisonnier...

—Vous avez bu?

—Comment le savez-vous?

5 Il parlait avec plus de véhémence.

—J'ai bu deux ou trois cognacs...

—Vous n'avez pas l'habitude de boire?

—Juste un verre de vin aux repas, rarement un apéritif...

—Vous fumez?

10 —Non...

—Qu'est-ce que vous allez faire à présent?

—Je ne sais pas... Rien... Marcher... Peut-être m'asseoir dans un café pour lire les journaux de l'après-midi?...

—Vous n'avez pas envoyé d'autres messages?

15 —Non... J'en écrirai peut-être un, mais il ne me reste plus beaucoup à dire...

—Vous vivez en meublé?[99]

—J'ai mes propres meubles et je dispose d'une cuisinette, d'une salle de bains...

20 —Vous préparez vous-même vos repas?

—Je préparais mon repas du soir...

—Et vous ne le faites plus depuis quelques jours?

—C'est exact... Je rentre chez moi le plus tard possible... Pourquoi me posez-vous des questions aussi banales?...

25 —Parce qu'elles m'aident à vous comprendre...

—Vous faites la même chose avec tous vos clients?

—Cela dépend des cas...

—Ils sont tellement différents les uns des autres?

—Les hommes sont tous différents... Pourquoi ne venez-vous pas

30 me voir?...

Il y eut un petit rire nerveux.

—Vous me laisseriez repartir?

—Je ne peux pas vous le promettre...

—Vous voyez... Quand j'irai vous voir, comme vous dites, c'est

35 quand j'aurai pris une décision définitive...

....

[99] dans une chambre meublée

Maigret faillit lui parler de l'ultimatum du juge d'instruction, puis il pesa le pour et le contre et décida de se taire.

—Au revoir, Monsieur le Commissaire...

—Au revoir... Bon courage...

Maigret et Janvier se regardèrent.   5

—Pauvre type! murmura Janvier.

—Il se débat[1] encore. Il est lucide. Il ne se berce pas d'illusions. Je me demande s'il viendra avant mercredi...

—Vous n'avez pas eu l'impression qu'il hésite déjà?

—Dès samedi, il hésitait... Pour le moment, il est dehors, dans le 10 soleil, dans la foule où personne ne le montre du doigt... Il peut entrer dans un café, commander un cognac et on le lui sert sans faire attention à lui... Il peut aller dîner dans un restaurant, s'asseoir dans l'obscurité d'un cinéma...

—Je comprends...   15

—Je me mets à sa place... D'une heure à l'autre...

—S'il se suicidait, comme vous le craignez, ce serait encore plus définitif...

—Je sais... Mais c'est lui qui doit le savoir... J'espère seulement qu'il ne va pas continuer à boire...   20

De petits remous[2] d'air frais passaient dans la pièce et Maigret regarda la fenêtre ouverte.

—Au fait, si nous allions prendre un verre?

Et, quelques minutes plus tard, ils étaient installés tous les deux au comptoir de la brasserie Dauphine.   25

—Un cognac, commanda le commissaire, tandis que Janvier souriait.

---

[1] il lutte, il hésite
[2] petits courants (*draughts*)

Chapitre *VII*

La journée de mardi fut pénible. Pourtant Maigret arriva
à son bureau tout guilleret.[1] C'était tellement bien le printemps qu'il
avait fait tout le chemin à pied depuis le boulevard Richard-Lenoir,
reniflant[2] l'air, l'odeur des boutiques, se retournant parfois sur[3] les
5 robes claires et gaies des femmes.

—Rien pour moi?

Il était neuf heures.

—Rien, patron...

Dans quelques minutes, dans une demi-heure, un des directeurs
10 ou des rédacteurs en chef allait l'appeler pour lui annoncer une
nouvelle lettre en caractères bâtonnets.

---

[1] gai, de bonne humeur
[2] *sniffing*
[3] pour regarder

145

Il comptait sur une journée décisive. Il s'y était préparé et il arrangeait ses pipes sur son bureau, en choisissait une avec soin, allait l'allumer devant la fenêtre tout en regardant la Seine qui scintillait dans le soleil matinal.

Quand il dut se rendre au rapport, il installa Janvier dans son bureau.

—S'il téléphone, fais le attendre et viens me chercher tout de suite...

—Oui, patron...

Il n'y eut pas de coup de téléphone pendant qu'il se trouvait dans le bureau du directeur. Il n'y en eut pas à dix heures. A onze heures, il n'y en avait toujours pas.

Maigret dépouilla du courrier,[4] remplit des formulaires, l'esprit absent, et, parfois, comme pour tromper le temps,[5] il allait passer quelques minutes dans le bureau des inspecteurs en ayant soin de laisser sa porte ouverte. Tout le monde le sentait inquiet, nerveux.

Ce téléphone qui ne sonnait pas créait une sorte de vide[6] qui le rendait mal à l'aise. Quelque chose lui manquait.

—Vous êtes sûre qu'il n'y a pas eu d'appel pour moi, Mademoiselle? C'est lui qui finit par téléphoner aux journaux.

—Vous n'avez rien reçu ce matin?

—Pas ce matin, non...

La veille, le premier coup de téléphone de l'homme de la rue Popincourt avait eu lieu à midi dix. A midi, Maigret ne descendit pas avec les autres. Il attendit midi et demie et, une fois de plus, demanda à Janvier, qui était le mieux au courant de l'affaire, de monter la faction[7] à sa place.

Sa femme ne lui posa pas de question; la réponse n'était que trop évidente.

Est-ce qu'il avait perdu la partie? Avait-il eu tort de se fier à son instinct? Demain, à la même heure, il serait obligé d'aller voir le juge d'instruction et de lui avouer qu'il était vaincu. On diffuserait le portrait dans les journaux.

----

[4] ouvrit ses lettres
[5] échapper au temps; ne pas faire attention au temps (qui passait)
[6] *vacuum*
[7] rester au poste

Que diable[8] pouvait bien faire cet idiot? Il lui venait des bouffées de colère.

—Il n'a cherché qu'à se rendre intéressant et, maintenant, il me laisse tomber.[9] Peut-être se moque-t-il de ma naïveté?...

5   Il retourna au Quai plus tôt que de coutume.

—Rien? demanda-t-il machinalement à Janvier.

Celui-ci aurait donné cher[10] pour avoir une bonne nouvelle à lui apprendre, car il lui était pénible de voir le patron dans cet état.

—Pas encore...

10   L'après-midi fut encore plus long que la matinée. Maigret essayait en vain de s'intéresser à des travaux de routine, en profitant pour liquider[11] des paperasses qui traînaient. Son esprit n'y était pas.

Il envisageait toutes les hypothèses imaginables, les rejetait une à une. Il lui arriva même de téléphoner à Police-Secours.

15   —On ne vous a pas appelé au sujet de suicides?

—Un instant... Il y en a eu un pendant la nuit, une vieille femme qui s'est suicidée au gaz, à la porte d'Orléans... Un homme s'est jeté dans la Seine ce matin à huit heures... On a pu le sauver...

—Quel âge?

20   —Quarante-deux ans... Neurasthénique...

Pourquoi se tracassait-il[12] autant? Il avait fait ce qu'il avait pu. Il était temps de regarder la réalité en face. Il ne souffrait pas d'avoir été berné,[13] mais de voir que son intuition l'avait trompé. Parce qu'alors c'était grave. Cela signifiait qu'il n'était plus capable d'établir

25   le contact et, dans ce cas...

—Zut, zut et zut!...[14]

Il avait lancé[15] ça à pleine voix, dans la solitude de son bureau, et il prit son chapeau, se dirigea, sans pardessus, tout seul, vers la brasserie Dauphine où il but coup sur coup[16] deux grands demis au

30   comptoir.

....

[8] (interjection qui renforce l'idée exprimée)
[9] il m'abandonne
[10] aurait tant désiré (lit. aurait fait des sacrifices, payé beaucoup)
[11] terminer
[12] s'inquiétait-il; se tourmentait-il
[13] dupé, trompé
[14] (interjection qui indique la déception)
[15] crié
[16] l'un après l'autre

—Pas de téléphone? s'informa-t-il en rentrant.

A sept heures, il n'y avait eu aucun appel et il se résigna à rentrer chez lui. Il se sentait lourd et n'était pas en paix avec lui-même. Il prit un taxi. Il ne savourait pas[17] le soleil, ni le grouillement[18] coloré des rues. Il ne savait même pas quel temps il faisait.   5

Il s'engagea pesamment dans l'escalier et s'arrêta deux fois parce qu'il était un peu essoufflé. A quelques marches de son palier,[19] il aperçut sa femme qui le regardait monter.

Elle l'attendait comme on attend un enfant qui revient de l'école et il fut sur le point de lui en vouloir.[20] Quand il fut à son niveau,   10
elle se contenta de lui dire à voix basse:

—Il est là...

—Tu es sûre que c'est lui?

—Lui-même me l'a dit...

—Il y a longtemps?   15

—Près d'une heure...

—Tu n'as pas eu peur?

Maigret avait soudain, pour sa femme, une peur rétrospective.

—Je savais que je ne courais aucun danger...

Ils chuchotaient devant la porte qui était contre.[21]   20

—Nous avons bavardé...

—De quoi?

—De tout... Du printemps... De Paris... Des petits restaurants de chauffeurs qui disparaissent...

Maigret entra enfin et, dans le living-room, qui servait à la fois   25
de salle à manger et de salon, il vit un homme encore jeune qui se levait. Mme Maigret lui avait fait retirer son imperméable et il avait déposé son chapeau sur une chaise. Il portait un complet bleu marine et paraissait moins que son âge.

Il s'efforçait de sourire.   30

—Excusez-moi si je suis venu ici, dit-il... Là-bas, à votre bureau, je craignais qu'on ne me laisse pas vous voir tout de suite... On raconte tant de choses ..

....
[17] ne prenait pas plaisir au
[18] mouvement intense
[19] *landing*
[20] d'en être mécontent
[21] contre le chambranle, presque fermée (*ajar*)

Il devait avoir eu peur de recevoir des coups. Il était embarrassé, cherchait des mots pour rompre le silence. Il ne se rendait pas compte que le commissaire était aussi embarrassé que lui. Quant à Mme Maigret, elle était retournée dans sa cuisine.

5 —Vous êtes bien comme je vous imaginais...

—Asseyez-vous...

—Votre femme a été très patiente avec moi...

Et, comme s'il avait oublié de le faire jusqu'alors, il tira de sa poche un couteau suédois et le tendit à Maigret.

10 —Vous pourrez faire analyser le sang... Je ne l'ai pas nettoyé...

Maigret le posa négligemment sur un guéridon, s'assit dans un fauteuil face à son visiteur.

—Je ne sais pas par quoi commencer... C'est très difficile...

—Je vais d'abord vous poser quelques questions... Comment vous

15 appelez-vous?...

—Robert Bureau... Bureau comme un bureau... On dirait que c'est symbolique, puisque mon père et moi...

—Où habitez-vous?

—J'ai un petit logement, rue de l'École-de-Médecine,[22] dans un

20 bâtiment très ancien qui se trouve au fond de la cour... Je travaille rue Laffitte,[23] dans une compagnie d'assurances... Où plutôt je travaillais... Tout cela est fini, n'est-ce pas?

Il prononçait cette phrase avec une résignation mélancolique. Il était apaisé, regardait le décor[24] calme, autour de lui, comme s'il

25 essayait de s'y intégrer.

—De quelle ville êtes-vous originaire?

—Saint-Amand-Montrond, au bord du Cher...[25] Il y a là une grande imprimerie, l'Imprimerie Mamin et Delvoye, qui travaille pour plusieurs éditeurs de Paris... C'est là que mon père est employé

30 et, dans sa bouche, les noms Mamin et Dolvoye sont presque sacrés... Nous vivions—mes parents y vivent encore—dans une petite maison, près du canal du Berry...

---

[22] Voir le plan général de Paris.
[23] Voir le plan général de Paris.
[24] la disposition des meubles
[25] ville du centre de la France—Le Cher est une rivière.

Maigret ne voulait pas le brusquer, en arriver trop vite aux questions essentielles.

—Vous n'aimiez pas votre ville?

—Non.

—Pourquoi?

—J'avais l'impression d'y étouffer… Tout le monde s'y connaît…[26] Quand on passe dans les rues, on voit des rideaux qui bougent aux fenêtres… J'ai toujours entendu mes parents murmurer:

«—Qu'est-ce que les gens diraient…»

—Vous étiez bon élève?

—Jusqu'à l'âge de quatorze ans et demi, j'étais premier de ma classe…Mes parents s'y étaient si bien habitués qu'ils me grondaient quand il y avait un point de moins à mon carnet…[27]

—Quand avez-vous commencé à avoir peur?

Maigret eut l'impression que son interlocuteur devenait plus pâle, que deux petits creux se formaient près de ses narines et que ses lèvres devenaient sèches.

—Je ne sais pas comment j'ai pu garder le secret jusqu'à présent…

—Que s'est-il passé quand vous aviez quatorze ans et demi?

—Vous connaissez la région?

—Je l'ai traversée…

—Le Cher coule parallèlement au canal… Par endroits,[28] il s'en approche d'une dizaine de mètres… Il est large, peu profond, avec des pierres er des roches qui permettent de le traverser à gué…[29]

«Les rives sont couvertes d'osiers, de saules, d'arbustes de toutes sortes… Surtout du côté de Drevant, un village à trois kilomètres environ de Saint-Amand…

«C'est là que les enfants du pays ont l'habitude d'aller jouer… Je ne jouais pas avec eux…»

—Pour quelle raison?

—Ma mère les appelait des petits voyous… Il y en avait qui se baignaient tout nus dans la rivière… Presque tous étaient des fils

---

[26] tous les habitants se connaissent
[27] carnet scolaire où sont indiquées les notes (*grades*) de l'élève
[28] en certains endroits
[29] à pied

d'ouvriers de l'imprimerie et mes parents faisaient une grande différence entre les ouvriers et les employés...

«Ils étaient une quinzaine, peut-être une vingtaine à jouer... Il y
avait deux filles avec eux... L'une d'elles, Renée, qui devait avoir
5 treize ans, était très formée[30] pour son âge et j'en étais amoureux...

«J'ai beaucoup réfléchi à tout cela, Monsieur le Commissaire, et je
me demande si cela se serait quand même passé autrement... Je
suppose que oui... Je n'essaie pas de me trouver des excuses...

«Un garçon, le fils du charcutier,[31] l'a embrassée, dans les taillis...
10 Je les ai surpris... Ils sont allés se baigner avec les autres... Le
garçon s'appelait Raymond Pomel et il était roux, comme son père,
chez qui nous nous servions...

«A certain moment, il s'est éloigné pour faire ses besoins...[32] Il
s'était rapproché de moi sans le savoir et j'ai sorti mon couteau de ma
15 poche, j'en ai fait jaillir[33] la lame...

«Je vous jure que je ne savais pas ce que je faisais... J'ai frappé
un certain nombre de fois, avec la sensation de me libérer de quelque
chose... Pour moi, à ce moment-là, c'était indispensable... Je n'étais
pas en train de commettre un crime, de tuer un garçon... Je frappais...
20 J'ai continué à frapper quand il était à terre, puis je me suis éloigné
tranquillement...»

Il s'était animé et ses yeux brillaient.

—Ils ne l'ont découvert que deux heures plus tard... Ils ne
s'étaient pas rendu compte qu'il n'était plus avec la bande d'une
25 vingtaine de gamins... Je suis rentré chez moi après avoir lavé le
couteau dans le canal...»

—Comment se fait-il que, si jeune, vous possédiez ce couteau?

—Je l'avais volé quelques mois plus tôt à un de mes oncles...
J'avais la manie[34] des canifs... Dès que j'avais un peu d'argent, j'en
30 achetais un que j'avais toujours en poche... Chez mon oncle, un
dimanche, j'ai aperçu ce couteau suédois et je l'ai pris... Mon oncle
l'a cherché partout sans penser un instant à moi...

----

[30] développée
[31] boucher qui ne vend que du porc
[32] nécessités naturelles (aller au W.C.)
[33] sortir brusquement
[34] un désir extrême de posséder

—Comment votre mère, par exemple, ne l'a-t-elle pas découvert?

—Le mur de notre maison, côté jardin, était couvert de vigne-vierge dont le feuillage sombre encadrait ma fenêtre... Quand je n'avais pas mon couteau en poche, je le cachais au plus épais[35] de la vigne...

—Personne n'a pensé à vous? 5

—C'est ce qui m'a surpris... On a arrêté un marinier,[36] qu'on a été obligé de relâcher... On a pensé à tous les suspects possibles, sauf à un enfant...

—Quel était votre état d'esprit?

—Pour vous dire la vérité, je n'éprouvais pas de remords... 10 J'écoutais ce que les bonnes femmes racontaient dans la rue, je lisais le journal de Montluçon[37] qui parlait du crime, sans me sentir concerné.

«J'ai regardé passer l'enterrement sans émotion... Pour moi, à ce moment-là, c'était déjà du passé... De l'inévitable... Je n'y étais 15 pour rien... Je ne sais pas si vous comprenez?... Je pense que c'est impossible, si on n'a pas passé par là...

«Je continuais à aller au collège, où j'étais devenu distrait et où mes notes s'en ressentaient...[38] Il paraît que j'étais pâlichon et ma mère m'a emmené chez notre docteur qui m'a examiné sans con- 20 viction.

«—C'est l'âge, Madame Bureau... Ce garçon fait un peu d'anémie...

«Je crois que je ne me sentais pas tout à fait dans la réalité... J'avais envie de fuir... Non pas de fuir une punition possible, mais fuir mes parents, la ville, aller très loin, n'importe où... » 25

—Vous n'avez pas soif? demanda Maigret qui, lui-même, avait très soif.

Il servit deux cognacs à l'eau et en tendit un à son visiteur. Celui-ci but avidement, vida son verre d'une haleine.

—Quand avez-vous pris conscience de ce qui vous était arrivé? 30

—Vous me croyez, n'est-ce pas?

—Je vous crois...

—J'ai toujours été persuadé que personne ne me croirait... C'est

....

[35] dans l'endroit le plus épais
[36] homme qui conduit un bateau sur un canal ou une rivière
[37] ville du centre, assez proche de Saint-Amand-Montrond
[38] en montraient les conséquences

venu insensiblement... A mesure que le temps passait, je me sentais
plus différent des autres... En caressant mon couteau dans ma poche,
je me disais:

«—Moi, j'ai tué... Personne ne le sait...

5 «J'avais presque envie de le leur dire, de le dire à mes condisciples,
à mes professeurs, à mes parents, comme on se vante d'un exploit...
Puis, un jour, je me suis surpris[39] à suivre une fille le long du canal...
C'était une fille de mariniers qui rejoignait sa péniche...[40] On
était en hiver et la nuit était déjà tombée...

10 «Je me suis dit qu'il me suffisait de faire quelques pas rapidement, de sortir mon couteau de ma poche...

«Brusquement, je me suis mis à trembler. J'ai fait demi-tour,[41]
sans réfléchir, et j'ai regagné en courant les premières maisons de la
ville, comme si je m'y sentirais plus en sûreté... »

15 —Cela vous est arrivé souvent, depuis?

—Étant enfant?

—A n'importe quelle période...

—Une vingtaine de fois... La plupart du temps, je n'avais pas en
tête une victime déterminée... J'étais dehors et tout à coup je
20 pensais:

«—Je le tuerai...

«Il m'arrivait de murmurer ces mots à mi-voix... Ils ne visaient
pas[42] telle ou telle personne... C'était n'importe qui...

«—Je le tuerai...

25 «Je me suis souvenu, plus tard, qu'étant enfant, lorsque mon
père me donnait une gifle[43] et m'envoyait dans ma chambre pour
me punir, je grommelais la même chose:

«—Je le tuerai...

«Je ne pensais pas nécessairement à mon père... L'ennemi,
30 c'était l'humanité entière, c'était l'homme...

«—Je le tuerai...

«Vous ne voulez pas me donner un second verre? »

---

[39] j'ai été surpris de me trouver
[40] bateau de rivière
[41] je suis revenu sur mes pas
[42] ils ne concernaient pas
[43] *a slap in the face*

Maigret le lui servit, s'en servit un par la même occasion.

—A quel âge avez-vous quitté Saint-Amand?

—A dix-sept ans... Je savais que je ne passerais pas mon bac...[44]
Mon père n'y comprenait rien et me regardait avec inquiétude...
Il voulait me faire entrer à l'imprimerie... Une nuit, je suis parti 5
sans rien dire, en emportant une valise et mes modestes économies...

—Et votre couteau!

—Oui... J'ai eu l'intention, cent fois, de m'en débarrasser, sans
m'y résigner... J'ignore pourquoi... voyez-vous.»

Il cherchait ses mots. On sentait qu'il aurait voulu être aussi vrai 10
et aussi précis que possible, ce qui lui était difficile.

—A Paris, au début, j'ai eu faim, et il m'est arrivé, comme à
tant d'autres, de décharger des légumes aux Halles...[45] Je lisais les
petites annonces et me précipitais partout où il y avait une place à
prendre... C'est comme cela que je suis entré dans une compagnie 15
d'assurances...

—Vous avez eu des bonnes amies?

—Non... Je me contentais, de temps en temps, de ramasser une
femme dans la rue... L'une d'entre elles a essayé de prendre un
billet supplémentaire dans mon portefeuille et j'ai failli sortir mon 20
couteau... J'avais le front en sueur... Je suis parti en titubant...[46]

«Je me rendais compte que je n'avais pas le droit de me marier...»

—Vous en étiez tenté?

—Avez-vous vécu seul dans Paris, sans parents, sans amis, et
êtes-vous rentré le soir, tout seul, dans votre logement? 25

—Oui...

—Alors, vous devez comprendre... Des amis, je n'en voulais pas
non plus, car je ne pouvais pas être sincère avec eux sans risquer la
prison pour le restant de mes jours...

«Je suis allé à la bibliothèque Sainte-Geneviève... J'ai dévoré 30
des traités de psychiatrie, espérant toujours découvrir une explication... Sans doute que je manquais de base...[47] Quand je pensais

----

[44] examen du baccalauréat, donné à la fin des études du lycée
[45] grand marché central, qui, aujourd'hui, n'est plus dans Paris même
[46] *staggering*
[47] je n'avais pas une préparation suffisante

que mon cas correspondait à une maladie mentale déterminée, je me rendais compte ensuite que je n'avais pas tel ou tel symptôme...

«Je devenais de plus en plus angoissé...

5   «—*Je le tuerai*...

«Je finissais par guetter ces mots-là sur mes lèvres et alors je courais chez moi, m'enfermais, me jetais sur mon lit... Il paraît que je gémissais...[48]

«Un soir, un voisin, un homme d'un certain âge, est venu frapper
10   à ma porte. J'ai machinalement sorti mon couteau de ma poche.

«—Qu'est-ce que c'est? ai-je demandé à travers la porte.

«—Tout va bien?... Vous n'êtes pas malade?... Il me semblait entendre des gémissements... Excusez-moi...

«Il s'est éloigné... »

....

[48] je me lamentais

Chapitre *VIII*

Mme Maigret parut dans l'encadrement de la porte, fit un signe qu'il ne comprit pas, tant il était loin de cette atmosphère,[1] puis elle murmura :

—Tu veux venir un instant ?

Dans la cuisine, elle chuchota : 5

—Le dîner est prêt... Il est passé huit heures... Qu'est-ce que nous faisons ?...

—Que veux-tu dire ?

—Il faut bien qu'on mange...

—Ce n'est pas fini... 10

—Peut-être pourrait-il manger avec nous ?

Il la regarda avec stupeur. Un instant même, cette proposition lui parut toute naturelle.

---

[1] tant ses pensées étaient loin de son intérieur, de l'atmosphère de son appartement

—Non... Il ne faut pas de table dressée, de dîner en famille...
Cela le mettrait horriblement mal à l'aise... Tu as des viandes
froides, du fromage?...

—Oui...

5 —Dans ce cas, fais quelques sandwiches que tu nous serviras
avec une bouteille de vin blanc...

—Comment est-il?

—Plus calme et plus lucide que je ne le craignais... Je commence à
comprendre pourquoi il ne m'a pas fait signe de toute la journée...

10 Il avait besoin de prendre du recul...[2]

—Avec quoi?

—Avec lui-même... Tu as entendu?...

—Non...

—A quatorze ans et demi, il a tué un enfant...

15 Quand Maigret rentra dans le living-room, Robert Bureau,
gêné, murmura:

—Je vous empêche de dîner, n'est-ce pas?

—Si nous étions au Quai des Orfèvres, je ferais monter des
sandwiches et de la bière... Il n'y a aucune raison de ne pas faire la

20 même chose ici... Ma femme nous prépare les sandwiches et va nous
les servir avec une bouteille de vin blanc...

—Si j'avais su...

—Si vous aviez su quoi?

—Que quelqu'un pourrait me comprendre... Vous êtes sans doute

25 une exception... Le juge d'instruction n'aura pas la même attitude,
les jurés non plus... J'ai passé ma vie à avoir peur, peur de frapper à
nouveau, sans le vouloir...

«Je m'observais pour ainsi dire à tous les instants, me demandant
si je ne commençais pas une crise... Au moindre mal de tête, par

30 exemple...

«J'ai vu je ne sais combien de médecins... Je ne leur avouais pas
la vérité, bien entendu, mais je me plaignais de violents maux de
tête qui s'accompagnaient de sueur froide... La plupart ne prenaient
pas ça au sérieux et me conseillaient l'aspirine...

---

[2] de penser à sa vie passée

«Un neurologue du boulevard Saint-Germain m'a fait un électro-encéphalogramme... D'après lui, je n'ai rien au cerveau...»

—C'était récent?

—Il y a deux ans... J'avais presque envie de lui souffler[3] que je n'étais pas normal, que j'étais un malade... Puisqu'il ne le découvrait 5 pas de lui-même...

«Il m'arrivait, en passant devant un commissariat de police, d'avoir envie d'y entrer et de dire:

«—J'ai tué un gamin quand j'avais quatorze ans... Je sens que je risque de tuer encore... Cela doit se guérir...[4] Enfermez-moi... 10 Faites-moi soigner...

—Pourquoi ne l'avez-vous pas fait?

—Parce que je lis tous les faits divers...[5] Presque à chaque procès, les psychiatres viennent déposer et souvent on se moque d'eux... Quand ils parlent de responsabilité atténuée, ou de débilité mentale, 15 le jury n'en tient pas compte...[6] Au mieux, il diminue la peine à quinze ou à vingt ans...

«Je m'efforçais de me débrouiller[7] seul, de sentir venir les crises, de courir m'enfermer chez moi... Cela a réussi pendant longtemps...»

Mme Maigret leur apportait un plateau de sandwiches, une 20 bouteille de Pouilly-Fuissé[8] et deux verres.

—Bon appétit...

Elle se retirait discrètement pour aller manger seule dans la cuisine.

—Servez-vous...

Le vin était frais et sec. 25

—Je ne sais pas si j'ai faim... Il y a des jours où je ne touche presque pas à la nourriture, d'autres, au contraire, où je suis pris de fringale...[9] Cela est peut-être un signe aussi... Je cherche des signes partout... J'analyse tous mes réflexes... J'attache de l'importance à mes moindres pensées... 30

«Essayez de vous mettre à ma place... A tout moment, je peux...»

....

[3] lui suggérer
[4] doit pouvoir se guérir
[5] rapports des crimes ordinaires dans les journaux
[6] n'y attache aucune importance
[7] de trouver une solution
[8] vin blanc de Bourgogne
[9] désir soudain de manger beaucoup

Il mordit dans son sandwich et fut le premier étonné de se voir manger naturellement.

—Et moi qui avais peur de me tromper sur votre compte...[10] J'avais lu dans les journaux que vous étiez humain et que cela vous
5 mettait parfois en conflit avec le Parquet...[11] D'un autre côté, on parlait de vos interrogatoires à la chansonnette... On traite le prévenu[12] avec douceur et bonhomie pour le mettre en confiance et il ne se rend pas compte qu'on lui tire peu à peu les vers du nez...[13]

Maigret ne put s'empêcher de sourire.

10 —Tous les cas ne sont pas les mêmes...

—Quand je vous téléphonais, je pesais chacune de vos paroles, chacun de vos silences...

—Vous avez fini par venir...

—Je n'avais plus le choix... Je sentais que tout craquait...[14]
15 Tenez![15] je vais vous faire un aveu... Hier, à un moment donné, sur les Grands Boulevards, l'idée m'est venue de m'attaquer à n'importe qui, en pleine foule, de frapper autour de moi, sauvagement, dans l'espoir de me faire abattre...[16]

«Je peux me resservir à boire?»

20 Il ajouta, avec une résignation un peu triste:

—Je ne boirai plus de vin comme celui-ci pendant le restant de mes jours...

Un instant, Maigret essaya d'imaginer la tête du juge Poiret s'il avait pu assister à cet entretien.[17]

25 Bureau reprenait:

—Il y a eu trois jours de pluie diluvienne...[18] On parle souvent de la lune, en ce qui concerne les personnes dans mon genre... Je me suis observé... Je n'ai pas remarqué que les impulsions étaient plus fréquentes ou plus fortes au moment de la pleine lune...

....

[10] à votre sujet
[11] les magistrats (juges d'instruction, procureurs) qui étudient chaque cas avant de l'envoyer au tribunal compétent
[12] l'accusé
[13] qu'on arrive ainsi à le faire confesser son crime
[14] que tout s'écroulait; que je n'étais plus capable de résister
[15] Écoutez bien!
[16] qu'on me tuerait
[17] conversation
[18] torrentielle, semblable au déluge

«C'est plutôt une certaine intensité qui compte... Au mois de juillet, quand il fait très chaud, par exemple... L'hiver quand il neige à gros flocons...

«On dirait que la nature passe par une crise et...

«Vous comprenez? 5

«Cette pluie qui n'arrêtait pas de tomber, les bourrasques, le bruit du vent qui secouait les volets de ma chambre, tout cela a fini par me mettre les nerfs à bout...[19]

«Le soir, je suis sorti de chez moi et me suis mis à marcher dans la tempête... Après quelques minutes j'étais détrempé et je le faisais 10 exprès de lever la tête pour recevoir les paquets d'eau en plein visage...

«Je n'ai pas entendu le signal ou, si je l'ai entendu, je n'y ai pas obéi... J'aurais dû rentrer chez moi au lieu de m'obstiner... Je ne regardais pas où j'allais... Je marchais, je marchais... A un moment 15 donné, ma main a serré le couteau dans ma poche...

«J'ai vu les lumières d'un petit bar, dans une rue assez obscure... J'entendais des pas, au loin, mais cela ne m'inquiétait pas...

«Un jeune homme en blouson clair est sorti, ses cheveux longs plaqués à la nuque, et le déclic s'est produit...[20] 20

«Je ne le connaissais pas... Je ne l'avais jamais vu... Je n'ai pas aperçu son visage... J'ai frappé plusieurs fois... Puis, alors que je m'éloignais, je me suis rendu compte que la détente[21] ne venait pas et je suis retourné sur mes pas pour frapper à nouveau et pour lui soulever la tête... 25

«C'est pour cela qu'on a parlé d'un forcené... On a parlé aussi d'un fou...»

Il se tut, regarda autour de lui, comme surpris du cadre dans lequel il se trouvait.

—Je suis sans doute fou, n'est-ce pas?... Il n'est pas possible que 30 je ne sois pas malade... Si on me soignait... C'est cela que j'ai espéré pendant si longtemps... Mais vous verrez qu'ils se contenteront de m'envoyer en prison pour le restant de mes jours...

....

[19] m'énerver terriblement
[20] *the trigger was released (in me)*
[21] l'apaisement, le calme

Maigret n'osait pas répondre.

—Vous ne dites rien?

—Je souhaite qu'on vous soigne...

—Vous n'y comptez pas trop, n'est-ce pas?

5　Maigret vida son verre.

—Buvez... Tout à l'heure, nous allons nous rendre au quai des Orfèvres...

—Merci de m'avoir écouté...

Il vida son verre d'un trait et Maigret lui en servit un autre.

*

10　Bureau ne s'était pas trompé de beaucoup. Aux assises,[22] deux psychiatres vinrent déclarer que l'accusé n'était pas aliéné[23] dans le sens légal du mot mais que sa responsabilité était largement atténuée car il résistait difficilement à ses impulsions.

L'avocat supplia les jurés d'envoyer son client dans un hôpital
15　psychiatrique où on pourrait le surveiller.

Le jury accepta les circonstances atténuantes, mais n'en condamna pas moins Robert Bureau à quinze ans de détention.

Après quoi le président prononça, après avoir toussoté:

—Nous nous rendons compte que ce verdict ne correspond pas
20　tout à fait à la réalité.[24] Actuellement, hélas, nous ne disposons pas d'établissements où un homme comme Bureau pourrait être soigné efficacement tout en restant sous une stricte surveillance...

Dans son box, Bureau cherchait Maigret des yeux et lui adressait un sourire résigné. Il semblait dire:

25　—Je l'avais prévu, n'est-ce pas?

Quand Maigret sortit, il avait les épaules un peu plus lourdes.

Épalinges,
21 avril 1969

FIN

....

[22] au tribunal
[23] fou
[24] aux circonstances particulières de ce cas

Questions

CHAPITRE I

1. Où le commissaire Maigret et sa femme devaient-ils aller dîner?
2. Devaient-ils aller loin? (Consultez la carte I.)
3. Décrivez le temps qu'il faisait ce soir-là.
4. De quoi avait-on parlé en dînant?
5. Pourquoi le docteur Pardon était-il si fatigué?
6. De quoi se plaignait-il particulièrement?
7. Ses clients étaient-ils riches?
8. Qui s'est présenté à dix heures et demie?
9. Qu'est-ce qu'il venait annoncer?
10. Quels détails l'auteur donne-t-il sur Gino et son commerce?
11. Décrivez la rue Popincourt lorsque Maigret et le docteur Pardon y sont arrivés.

12. Décrivez l'homme qu'ils ont trouvé étendu au milieu de la rue.
13. Était-il mort?
14. Où Maigret a-t-il téléphoné?
15. Qui a-t-il vu dans le café?
16. Qu'a-t-il appris?
17. Quel appareil a-t-on remarqué en examinant le blessé?
18. Où a-t-on transporté le blessé?
19. De quoi est-il mort?
20. Qu'a-t-on trouvé dans ses poches?
21. Qu'est-ce que Maigret a décidé de faire?
22. Où habitait le jeune homme?
23. Décrivez l'immeuble où habitent les Batille.
24. Qu'est-ce qui a surpris et embarrassé la femme de chambre?
25. Décrivez le salon des Batille.
26. Décrivez le bureau où Batille emmène Maigret.
27. Qu'est-ce que Batille dit de son fils et de sa fille?
28. Quel a été sur les Batille l'effet de la terrible nouvelle qu'ils ont apprise?
29. Quelles questions Batille a-t-il naturellement posées à Maigret?
30. Quels détails donne-t-il sur la vie de son fils?
31. Que dit-il à propos du magnétophone?
32. Quel épisode alarmant mentionne-t-il?
33. Pourquoi Batille met-il fin à la conversation?
34. Quand Maigret est rentré chez lui, quels détails sa femme lui a-t-elle donnés sur les Batille?
35. A quel contraste Maigret pense-t-il en buvant son grog?
36. Pourquoi Maigret téléphone-t-il à l'hôpital, dès le lendemain matin?
37. Pourquoi Maigret téléphone-t-il au commissariat de XIᵉ arrondissement?
38. De quoi se plaint-il, comme le docteur Pardon?
39. Pourquoi les journalistes s'intéressent-ils particulièrement à ce crime?
40. Maigret donne-t-il des renseignements aux journalistes?
41. Que dit-on de la sœur du jeune Batille?
42. Où Maigret va-t-il avec l'inspecteur Janvier?

Question générale
Après avoir lu le premier chapitre, quels sont, selon vous, les détails les plus importants?

CHAPITRE II

1. Comment les journaux auraient-ils normalement annoncé et interprété le crime de la rue Popincourt?
2. Pourquoi vont-ils s'intéresser davantage à ce crime-là?
3. Les Maigret connaissent-ils bien le quartier de la rue Popincourt? (Consultez la carte I.)
4. Quels détails Gino donne-t-il sur sa présence dans la rue Popincourt au moment du crime et sur ce qu'il a vu?
5. Pourquoi n'a-t-il pas poursuivi le criminel?
6. La femme de Gino pouvait-elle ajouter des détails importants?
7. Décrivez le petit café «Chez Jules».
8. Avec qui le patron jouait-il aux cartes?
9. Quels détails peut-il donner sur le jeune homme?
10. Qu'est-ce que François Lebon avait remarqué?
11. Quand le patron du petit café est-il surtout très occupé?
12. Après ses deux interviews, Maigret a-t-il obtenu des détails supplémentaires?
13. Pourquoi désire-t-il savoir si le criminel portait un chapeau?
14. Pourquoi Maigret veut-il écouter les enregistrements trouvés dans le magnétophone?
15. Quelle espèce de conversation entend-on en écoutant l'enregistrement pris à la Brasserie Lorraine?
16. Qu'y a-t-il de bizarre dans l'enregistrement qu'Antoine Batille avait pris au Café des Amis?
17. Quel est le sujet du dernier enregistrement trouvé dans le magnétophone?
18. Quel enregistrement particulier intéresse Maigret, et pourquoi?
19. Où Maigret est-il allé et qu'a-t-il remarqué tout d'abord?
20. Le patron du Café des Amis désire-t-il aider la police?
21. Où Maigret a-t-il trouvé un garçon disposé à lui répondre?
22. Quels détails Maigret a-t-il obtenus sur les hommes dont il avait entendu la conversation en écoutant l'enregistrement pris au Café des Amis?
23. Qui va-t-il faire prendre en filature (*shadowing*) et pourquoi?
24. Quelles sont les attributions d'un juge d'instruction?
25. Après avoir été mis au courant par Maigret, à quelle conclusion le jeune juge arrive-t-il immédiatement?
26. Pourquoi Maigret est-il moins optimiste?

27. Est-il arrivé à une théorie quelconque ?
28. Qu'avait-il appris après la visite de Janvier à la veuve Esparbès ?
29. Quels details lui semblent maintenant avérés (*authenticated*)?

Question générale
Quelle piste Maigret va-t-il suivre d'abord ? Est-il certain que c'est la bonne ?

CHAPITRE III

1. Quels renseignements l'inspecteur Lucas peut-il donner sur l'encadreur Émile Branchu ?
2. Qu'est-ce que Janvier a apporté à Maigret ?
3. Quelles questions Maigret se pose-t-il ?
4. Pourquoi retourne-t-il au Café des Amis ?
5. Le garçon reconnaît-il un de ses clients parmi les photos que Maigret lui a montrées ? Est-il sincère ?
6. Comment les journaux appellent-ils le criminel ? Pourquoi ?
7. Quel rapport les inspecteurs Neveu et Lourtie font-ils sur Émile Branchu, avant et après le dîner ?
8. Pourquoi Neveu s'est-il intéressé particulièrement au barman du «Lapin Rose»?
9. Qu'est-ce que Maigret découvre ?
10. Décrivez le barman.
11. Qu'est-ce que les archives (*records*) de la P.J. ont révélé au sujet du barman ?
12. Maigret croit-il avoir trouvé le meurtrier d'Antoine Batille ?
13. Quelle complication présente le cambriolage qui va probablement avoir lieu dans les environs de Paris ?
14. Maigret et le commissaire Grosjean arrivent-ils à s'entendre ?
15. Qui est venu voir Maigret ?
16. Quelle impression fait-elle tout d'abord ?
17. Que veut-elle dire à Maigret à propos de son frère ?
18. Décrivez les dispositions prises par Maigret et son collègue Grosjean.
19. Dans quelle direction se dirige la voiture des voleurs ?
20. Qui prend la direction des opérations à la porte de Paris ?
21. Où les voleurs se sont-ils arrêtés ?
22. Qui les policiers ont-ils arrêté tout d'abord ?
23. Ont-ils eu des difficultés à arrêter les trois cambrioleurs ?

24. Décrivez l'intérieur de la villa.
25. Qu'est-ce que la couronne d'or a révélé ?
26. Qu'est-ce qu'on disait de Philippe Lherbier ?
27. Qu'est-ce que Lherbier a fait en apprenant l'arrestation des cambrioleurs de sa villa ?
28. Quelle complication persiste en ce qui concerne les gens qu'on a arrêtés ?

Question générale

En suivant la piste qui a mené à l'arrestation des cambrioleurs, l'enquête sur le meurtre a-t-elle fait des progrès ?

CHAPITRE IV

1. Quel détail important Maigret a-t-il appris par la radio ?
2. Le commissaire Grosjean a-t-il obtenu des renseignements utiles en intérrogeant les cambrioleurs ?
3. Pourquoi pourrait-on soupçonner Demarle du meurtre de la rue Popincourt ?
4. Pourquoi Maigret retourne-t-il chez les Batille ?
5. Décrivez la maison mortuaire.
6. A qui Maigret voulait-il parler ?
7. Décrivez la chambre d'Antoine.
8. Qu'est-ce que la liste des cassettes a révélé ?
9. Pourquoi Maigret désire-t-il emporter toutes les cassettes ?
10. Qui va écouter tous les enregistrements ? Décrivez le policier.
11. A quoi Maigret a-t-il été invité par le juge d'instruction ?
12. Que peut-on dire de Maître Huet ?
13. Qu'est-ce qui a surpris l'avocat ?
14. Qu'est-ce qu'il avait appris ?
15. Qu'est-ce que les clients de Maître Huet répondent aux questions du juge ?
16. Le juge, lui, accepte-t-il de répondre aux questions de l'avocat ?
17. Quelle sera sans doute la conséquence de l'entrée en scène de Maître Huet ?
18. Pourquoi les soupçons se portent-ils particulièrement sur Demarle ?

19. Qu'est-ce que Maigret décide de dire aux journalistes?
20. Leur dit-il qu'il croit avoir trouvé le meurtrier?
21. Comment se passe l'interrogatoire de Demarle?
22. Qu'est-ce que c'est qu'un interrogatoire à la chansonnette?
23. Maigret a-t-il obtenu des renseignements utiles des autres cambrioleurs?
24. Maigret croit-il vraiment qu'il a découvert l'auteur du meurtre?

Question générale

Pourquoi Maigret reste-t-il perplexe?

CHAPITRE V

1. Quelle mission Maigret a-t-il donnée au photographe Van Hamme, de la P.J.?
2. Dans quel espoir Maigret exigera-t-il plus tard des agrandissements?
3. Décrivez la foule composite qui attendait devant la maison mortuaire.
4. Décrivez la famille Batille.
5. Qu'est-ce que le photographe a voulu montrer à Maigret dans une photo prise au Quai d'Anjou?
6. Qui a téléphoné à Maigret au début de l'après-midi?
7. Qu'est-ce que le journaliste avait reçu?
8. Comment Maigret demande-t-il au rédacteur de présenter cette nouvelle dans son journal?
9. Pourquoi l'emploi de l'encre verte intéresse-t-il aussi Maigret?
10. Quelle nouvelle intéressante le photographe a-t-il pu lui apporter après avoir développé tous ses clichés?
11. Qui étaient les trois personnes?
12. Maigret s'intéresse-t-il à la jeune fille? Où envoie-t-il Lapointe?
13. Pourquoi ne s'intéresse-t-il pas spécialement au clochard?
14. Pourquoi Maigret envoie-t-il Janvier à la Sorbonne?
15. Qu'est-ce que Maigret demande au rédacteur du journal d'insérer à la suite de l'article qu'il va publier?
16. Qu'est-ce que les empreintes digitales, qu'on avait trouvées sur la coupure de journal avec le « non » à l'encre verte, avaient révélé?
17. Qu'est-ce que Lapointe avait découvert?
18. Qu'est-ce que Harteau a dit à Janvier de son camarade Antoine Batille?

19. Que pensait Harteau des rapports d'Antoine avec la jeune fille de l'Île Saint-Louis?
20. A quelle supposition Janvier arrive-t-il un peu vite?
21. Qu'en pense Maigret?
22. L'entrevue que Maigret a eue avec Mauricette Gallois lui a-t-elle été utile?
23. Qu'est-ce qu'une lettre, reçue par un autre journal, déclare?
24. Quel cadeau Maigret a-t-il reçu?
25. Pourquoi ne l'a-t-il pas accepté?

Questions générales
Si l'homme à imperméable et chapeau foncé est le meurtrier:
   1) Qu'est-ce qui a pu le pousser à assister aux funérailles d'Antoine Batille dans tous ses détails?
   2) Quel effet ces cérémonies ont-elles pu avoir sur son esprit?

CHAPITRE VI

1. Qui a téléphoné à Maigret?
2. Maigret s'y attendait-il?
3. Qu'est-ce que le meurtrier voudrait savoir? (Réponses diverses)
4. Pourquoi Maigret ne voulait-il pas donner aux journaux la photographie du criminel?
5. Au téléphone, quelle sorte de questions pose-t-il au criminel?
6. Pourquoi Maigret est-il convaincu que le criminel ne se suicidera pas?
7. Maigret et sa femme sont-ils de bons automobilistes?
8. Décrivez la villa où les Maigret vont passer le week-end.
9. Quelle distinction Maigret fait-il entre un meurtre et un assassinat?
10. Pourquoi Maigret a-t-il mal dormi?
11. Qu'est-ce que Maigret veut dire lorsqu'il dit qu'un meurtrier est un homme «qui a franchi la barrière»?
12. A la partie de belote, pourquoi Maigret joue-t-il mal?
13. Pourquoi a-t-il mieux dormi après son retour à Paris?
14. De quoi Mme Maigret se rend-elle compte?
15. Pourquoi l'enquête sur le cambriolage fait-elle des progrès?
16. Pourquoi le meurtrier a-t-il envoyé une nouvelle lettre à un journal du matin?
17. Dans cette lettre, que dit-il de ses sentiments envers Antoine Batille?

18. Au téléphone, qu'est-ce que Maigret dit des rapports qu'il a eus avec d'autres criminels?
19. Qu'est-ce que le criminel dit de ses parents?
20. Après cette conversation au téléphone, pourquoi Maigret peut-il croire qu'il va arriver à son but?
21. Qu'est-ce que le juge voudrait que Maigret fasse?
22. Quel est le marché qu'il a conclu avec Maigret?
23. Dans la conversation téléphonique suivante, qu'est-ce qui indique que le criminel est sur le point de se rendre?

Questions générales
1) Pourquoi l'auteur nous décrit-il, en details, le week-end de Maigret et de sa femme à Meung?
2) Analysez la différence qui existe entre l'attitude de Maigret envers les criminels et celle du juge.

CHAPITRE VII

1. Pourquoi Maigret était-il « guilleret » le matin suivant?
2. Que fait-il en attendant le coup de téléphone qu'il espère avoir?
3. Quelle crainte s'élève en lui?
4. Comment manifeste-t-il son mécontentement?
5. Quelle surprise l'attend chez lui?
6. Pourquoi le criminel n'était-il pas allé au Quai des Orfèvres?
7. Quels détails le criminel donne-t-il sur sa ville natale, ses parents, ses études jusqu'à l'âge de quatorze ans?
8. Pourquoi ne jouait-il pas avec les autres enfants de son âge?
9. De qui était-il tombé amoureux?
10. Qu'est-il arrivé? (Ce qu'il a découvert et ce qu'il a fait.)
11. Comment se fait-il qu'il avait un couteau suédois (*switch-blade knife*)?
12. Quels sentiments a-t-il éprouvés après son crime?
13. Le désir de tuer lui est-il venu encore plus tard?
14. Quand et comment a-t-il quitté sa ville natale?
15. A-t-il essayé de comprendre sa nature particulière?

Question générale
Comment peut-on établir des rapports étroits entre le crime de la rue Popincourt et ce que Bureau dit de sa jeunesse?

CHAPITRE VIII

1. Expliquez ce que Maigret veut dire lorsqu'il déclare à sa femme: «Il avait besoin de prendre du recul».
2. Pourquoi Bureau hésite-t-il toujours à dire toute la vérité aux médecins, aux neurologues, à la police?
3. Pourquoi Bureau, chez Maigret, arrive-t-il à boire et à manger normalement?
4. Comment décrit-il le temps qu'il avait fait et qu'il faisait encore le soir du crime?
5. Que veut-il dire par « le déclic s'est produit »?
6. Que veut-il dire plus tard par « la détente ne venait pas »?
7. Les deux hommes, Maigret et Bureau, sont-ils satisfaits d'eux-mêmes et l'un de l'autre?
8. Qu'est-il arrivé aux assises?
9. Le président du tribunal est-il complètement satisfait du verdict?
10. Qu'est-ce qui indique que Maigret ne l'est pas?

Questions générales sur le roman

1) Tracez rapidement l'évolution psychologique de Bureau.
2) Étude du caractère de Maigret: considérez particulièrement son attitude envers sa femme, ses subordonnés, les Batille (père, fille), Mauricette Gallois, M. Lherbier, les habitants de Meung, les cambrioleurs, le juge d'instruction, et surtout Bureau.

Vocabulaire

This vocabulary aims to be complete. It includes all words and most proper names from the captions and commentaries, as well as the text and notes, including irregular and unfamiliar verb forms. The following abbreviations have been used:

adj. adjective, *adv.* adverb, *art.* article, *cond.* conditional, *conj.* conjunction, *def.* definite, *f.* feminine, *fut.* future, *imper.* imperative. *imperf.* imperfect, *ind.* indicative, *m.* masculine, *n.* noun, *part.* participle, *perf.* perfect, *pl.* plural, *pos.* possessive, *pres.* present, *pron.* pronoun, *sing.* singular, *subj.* subjunctive.

Le Vocabulaire a été préparé par le Docteur J. Camus de Hunter College.

A

à at, to, in, by, on, upon, for, from
abaisser to lower; to diminish
abattre to put down; to fell; s'abattre to throw oneself down; to fall; to crash
abattu, -e *ici*: killed
abîmer to spoil, to damage
abord: d'abord at first
l'abri *m.* shelter
abrité, -e sheltered, protected
l'absence *f.* absence
absent, -e absent
absorber to absorb
l'absoute *f.* absolution
l'acajou *m.* mahogany
accablé, -e crushed, overcome
accélérer to accelerate, to hasten
l'accent *m.* accent
accepter to accept; to be willing
l'accès *m.* access, approach, admittance
l'accessoire *m.* accessory
l'accident *m.* accident
accompagner to accompany
accompli, -e accomplished; complete
l'accord *m.* agreement; d'accord agreed, O.K.
accorder to grant, to give
accoudé, -e leaning on one's elbow
accourir to run up to, to hasten
accrocher to hook on, to fasten
accroupi crouching
l'accueil *m.* reception, welcome
accueillir to receive, to welcome
acculé, -e cornered
accumuler to accumulate, to pile up
accusé, -e accused
acharner (s') to be intent
acheter to buy

achever to achieve; to finish
acquérir to acquire
l'acteur *m.* actor
actif *m.*, active *f.* active, working
l'action *f.* action
l'activité *f.* activity, life, pursuit
l'actrice *f.* actress
actuel *m.* actuelle *f.* present; actual
actuellement currently
adéquat, -e adequate
l'adieu *m.* farewell
l'administrateur *m.* administrator
l'adolescence *f.* adolescence
adolescent, -e adolescent
l'adresse *f.* address; skill
adresser to address; s'adresser (à) to speak, to appeal
l'adversaire *m.* adversary, opponent
aérer to air, to ventilate
affable affable, courteous
l'affaire *f.* business, transaction, concern
affairé, -e busy
affairer (s') to busy oneself
les affaires *fem. pl.* business; hommes d'affaires businessmen
affecté, -e affected
l'affection *f.* affection
l'affirmation *f.* affirmation, assertion
affirmer to affirm, to assert
affoler to distract; to disturb
les affres *f. pl.* dread, horror, agony
afin de in order to
l'âge *m.* age; d'un certain âge middle aged; en bas âge very young
âgé, -e aged, old
l'agence *f.* agency; agence de voyage travel bureau
l'agent *m.* agent; agent de police policeman

agir to act; **s'agir de** to be a
question of
agissait: il s'agissait *imperf. of*
s'agir it was a question of
l'**agitation** *f.* disturbance
agité, -e agitated, shaken
agrandir: s'agrandir to
enlarge, to become larger
l'**agrandissement** *m.*
enlargement
l'**agresseur** *m.* aggressor
agressif *m.*, **agressive** *f.*
aggressive
l'**agression** *f.* aggression
l'**agressivité** *f.* aggressiveness
aider to help
aigu *m.*, **aiguë** *f.* sharp, acute
l'**aile** *f.* wing
aille *pres. subj. of* **aller** go
ailleurs elsewhere; **d'ailleurs**
besides
aimable amiable, nice
aimer to like, to love
ainsi thus
l'**air** *m.* air, tune; **à l'air libre**
outside, outdoors; **prendre
l'air** to go out for a breath of
air
l'**aisance** *f.* ease; satisfaction
l'**aise** *m.* ease, comfort; **à l'aise**
at ease, comfortable; **mal à
l'aise** ill at ease
ait *pres. subj. of* **avoir** have
ajouter to add
alarmant, -e alarming
l'**alarme** *f.* alarm, sudden fear;
donner l'alarme to sound
the alarm
l'**alcool** *m.* alcohol
alerté, -e alerted
aliéné, -e lunatic, mad
aligner to align
l'**allée** *f.* alley, path; **allées et
venues** comings and goings
aller to go; **s'en aller** to go
away; **ça ira** it will be all
right; **va pour** agreed

allô hello
allumer to light
l'**allumette** *f.* match
l'**allure** *f.* carriage, demeanor
l'**allusion** *f.* allusion
alors then, at that time; **alors
que** while, at the time when; in
that case
l'**amabilité** *f.* affability, kindness
l'**amateur** *m.* amateur, patron
l'**ambulance** *f.* ambulance
amène agreeable, pleasant
l'**Américain** *m.* American
l'**amertume** *f.* bitterness
l'**ami** *m.* friend
amical, -e (*m. pl.* **amicaux**)
amicable, friendly
l'**amie** *f.* girl friend
l'**amour** *m.* love; **l'amour-
propre** *m.* pride
amoureux *m.*, **amoureuse** *f.*
in love
l'**amusement** *m.* amusement
amuser to amuse; **s'amuser** to
enjoy oneself
l'**an** *m.* year
l'**anachronisme** *m.* anachronism
analyser to analyze
ancien *m.*, **ancienne** *f.*,
ancient, old; former
l'**andouillette** *f.* small pork
sausage
l'**anémie** *f.* anemia
anglais, -e English
l'**anglais** *m.* English language
l'**angle** *m.* angle; **angle droit**
right angle
l'**angoisse** *f.* anguish
l'**animal** *m.* (*m. pl.* **animaux**)
animal
l'**animation** *f.* animation
animer to animate; **s'animer**
to become lively or animated
l'**animosité** *f.* animosity
l'**année** *f.* year
l'**anniversaire** *m.* anniversary;
birthday

l'**annonce** *f.* announcement, notification; advertisement
annoncer to announce
l'**annuaire** *m.* telephone book
anonyme anonymous
l'**anthropologie** *f.* anthropology
anthropométrique anthropometric; **le service anthropométrique** the branch of the Criminal Investigation Department dealing with measurements of individuals
l'**antichambre** *f.* anteroom
l'**antipathie** *f.* antipathy
l'**anxiété** *f.* anxiety
apaisé, -e pacified, calmed
l'**apaisement** *m.* appeasement
apercevoir to see
aperçu *past part. of* **apercevoir** seen
aperçut *past def. of* **apercevoir** saw
l'**apéritif** *m.* before dinner drink
l'**aplomb** *m.* equilibrium; assurance; **se remettre d'aplomb** to regain one's assurance
apostropher to address; to insult
apparaître to appear
l'**appareil** *m.* appliance, apparatus; instrument; telephone; **à l'appareil** telephoning; **appareil photographique** camera
apparemment apparently
l'**apparence** *f.* appearance, look; **en apparence** seemingly
apparent visible
l'**appartement** *m.* apartment
appartenir to belong
l'**appel** *m.* appeal; call; **faire appel** to appeal, call (upon)
appeler to call; **s'appeler** to be called
appétissant, -e appetizing

l'**appétit** *m.* appetite
appliquer to apply, enforce; **s'appliquer** to apply oneself
apporter to bring
appréhender to arrest; to apprehend
l'**appréhension** *f.* apprehension, fear, dread
apprendre to learn; to tell
appris *past part. of* **apprendre** learned
apprivoiser to tame
l'**approche** *f.* approach, proximity; advance
approcher to approach; **s'approcher** to draw near
l'**approximation** *f.* rough estimate
après after; **d'après** according to
l'**après-midi** *m.* afternoon
l'**arbre** *m.* tree
l'**arbuste** *m.* small tree
l'**archive** *f.* archive
ardent, -e burning, hot; **chapelle ardente** mortuary chapel
l'**argent** *m.* silver; money
armé, -e armed; **à main armée** by force of arms
l'**armée** *f.* army
arpenter to walk with long steps
arracher to pull or tear away, up or out; to extract
arranger to arrange, to put in order; **s'arranger (pour)** to prepare oneself, to make arrangements; **s'arranger** to make sure; to get along
l'**arrestation** *f.* arrest, apprehension
l'**arrêt** *m.* stop
arrêter to arrest; to decide; **s'arrêter** to stop
l'**arrière** *m.* behind; backward; l'**arrière-plan** background

l'**arrivée** *f.* arrival
arriver to arrive, come; to happen; **arriver à** to succeed, manage
l'**arrondissement** *m.* district
l'**art** *m.* art
l'**artère** *f.* artery; highway
l'**article** *m.* article
l'**artisan** *m.* artisan, craftsman
l'**as** *m.* ace; expert
l'**ascenseur** *m.* elevator
l'**aspect** *m.* aspect, appearance
l'**aspirateur** *m.* vacuum-cleaner
l'**aspirine** *f.* aspirin
l'**assaillant** *m.* assailant, aggressor
assailli, -e assaulted
l'**assassin** *m.* murderer
l'**assassinat** *m.* murder
asseoir (s') to sit down
assez enough; rather
assidûment constantly, steadily, punctually
l'**assiette** *f.* plate
assis, -e seated, sitting
l'**assistant** *m.* assistant
assister to attend; to witness
assoupir to make drowsy; **s'assoupir** to grow sleepy
l'**assurance** *f.* insurance, confidence, security
assurer to assure, to ensure; to insure
asticoter to tease
l'**atelier** *m.* studio; shop
l'**athlète** *m.* athlete
l'**atmosphère** *f.* atmosphere
l'**atout** *m.* trump; trump-card
attablé, -e sitting at the table
attachant, -e engaging, attractive
attacher to attach; **s'attacher** to pay exclusive attention
l'**attaque** *f.* attack, assault, aggression
attaquer to attack
attarder to delay; **s'attarder** to linger behind

atteindre to reach
atteint, -e hit, struck; affected
attendre to wait for; **s'attendre à** to expect
attendu *past part. of* **attendre** waited
l'**attente** *f.* waiting; **salon d'attente** waiting room
attentif *m.*, **attentive** *f.* attentive
l'**attention** *f.* attention
atténuant, -e attenuating
atténué, -e attenuated
attirer to attract
l'**attitude** *f.* attitude
l'**attribution** *f.* (*usually in pl.*) department, jurisdiction
au (à + le) at the, to the, in the
l'**auberge** *f.* inn
aucun, -e no; **aucun . . . ne** not one, not any
l'**audace** *f.* audacity
au-delà beyond
au-dessous below, beneath
au-dessus above
l'**augure** *m.* omen, sign
aujourd'hui today
auparavant before, earlier, previously
l'**auréole** *f.* halo, nimbus
aussi also; therefore, consequently
autant as much, as many; **autant que** as much as; **d'autant mieux** so much the better
l'**auteur** *m.* author
authentique real
l'**autobus** *m.* bus
l'**automobile** *f.* auto, car
l'**automobiliste** *m. and f.* motorist
l'**autopsie** *f.* autopsy
autoritaire commanding
l'**autorité** *f.* authority
l'**autoroute** *m.* highway
autour around

autre other; else
autrefois formerly, in the past
autrement otherwise
aux (à + **les**) to the, at the;
  during; with
avait *imperf. of* **avoir** was
  having
l'**avance** *f.* advance, start;
  d'avance beforehand
avancer to advance, to move
  forward; to be fast (of a clock)
avant before; **en avant** on his
  face; forward
avant-hier day before yesterday
avec with
l'**avenir** *m.* future
l'**avenue** *f.* avenue
averti, -e informed; warned
avertir to inform, to give
  notice; to warn
l'**avertissement** *m.* warning,
  caution
l'**aveu** *m.* acknowledgment;
  admission, confession
avidement eagerly; greedily
l'**avis** *m.* advice; opinion; notice
l'**avocat** *m.* lawyer
avoir to have; **il y en a** there
  are some
avouer to confess

B

le **baba au rhum** a rum cake
le **bac** *short for* **baccalauréat**
  baccalaureate examination
le **bagne** prison
la **bagnole** car; hard labor jail
  (*slang*)
baigner to bathe; **se baigner**
  to bathe
baisser to diminish; to lower;
  se baisser to bend down
le **bal** ball, dance
balançant *pres. part. of*
  balancer swinging

ballant, -e dangling
banal, -e common
le **banc** bench
la **bande** band, strip; **la bande**
  magnétique tape
le **bandit** bandit
la **bandoulière** shoulder strap; **en**
  bandoulière slung over the
  shoulder
la **banlieue** outskirts
la **banquette** bench
le **bar** bar
la **barbe** beard
le **barreau** bar
la **barrière** barrier
bas *m.*, **basse** *f.* low; **au bas** at
  the bottom; **en bas**
  downstairs
la **base** basis
baser to base, to found
la **bataille** battle
le **bateau** boat
bâti, -e built
le **bâtiment** building
le **bâtonnet** little stick; childish
  print
le **battage** exaggerated publicity
battant, -e beating, pelting,
  falling heavily (of rain, etc).
battre to strike upon; to beat;
  battre des ailes to flutter
bavard, -e talkative
bavarder to chat
beau *m.* (before a vowel or a
  silent *h* **bel**) (*m. pl.* **beaux**)
belle *f.* beautiful
beaucoup much, many, a lot
  (of); **de beaucoup** much, by
  much
le **beau-frère** brother in law
le **beaujolais** a red wine
la **beauté** beauty
le **bébé** baby
le **bec de gaz** street lamp
beige beige, tan
la **belle-mère** mother in law
la **belle-sœur** sister in law

la **belote** a card game
bercer to rock; to lull, to soothe
berner to ridicule, to make a
  fool of
le **besoin** need; **avoir besoin** to
  need
la **bête** beast, animal
le **bibelot** trinket, knick-knack
la **bibliothèque** library; bookcase
le **bicarbonate** bicarbonate
le **biceps** biceps
le **bidon** large can
le **bidonville** slum
bien well, good; many; really;
  bien que although
bientôt soon
bienvenu, -e welcome
la **bière** beer
le **billet** ticket; bill
la **biographie** biography
le **bistrot** bistro, bar
bizarre whimsical; strange,
  singular
la **blague** tobacco pouch; joke
blanc *m.* **blanche** *f.* white
blessant, -e offensive, mortifying
le **blessé** wounded person
la **blessure** wound
bleu, -e blue; **bleu clair** light
  blue; **bleu marine** navy blue
le **bloc** block
le **blouson** sport-jacket
la **bobine** bobbin, spool, reel
le **bœuf** ox, beef; **le bœuf gros
  sel** boiled beef
boire to drink
le **bois** wood; woods
la **boîte** box; place of work; night
  club; **la boîte aux lettres**
  mail box
bon *m.*, **bonne** *f.* good, kind;
  de bonne heure early
le **bonheur** happiness; **au petit
  bonheur** haphazardly
la **bonhomie** good nature
le **bonhomme** simple,
  good-natured man; fellow

la **bonne** maid
le **bord** edge; bank (of a river)
la **bordure** edge
borné, -e limited
la **bouche** mouth
le **boucher** butcher
boucher to stop, to shut up
les **Bouches du Rhône** a
  "département" in Southern
  France
le **bouclier** shield
la **bouderie** sulkiness
boudeur *m.*, **boudeuse** *f.* sulky,
  sullen
la **boue** mud
boueux *m.*, **boueuse** *f.* muddy
la **bouffée** blast, whiff
bouger to stir, to budge, to
  move
la **bouillabaisse** fish stew
bouillant, -e boiling
bouilli, -e boiled
le **boulevard** boulevard
le **boulot** (*coll.*) work
le **bourdonnement** buzz,
  buzzing; humming
bourguignon *m.*,
  bourguignonne *f.* of
  Burgundy; **bœuf
  bourguignon** beef in wine
  sauce
la **bourrasque** squall, gust
bourrer to stuff
bourru, -e surly; rough, rude
le **bout** end; space; **de bout en
  bout** from beginning to end
la **bouteille** bottle
la **boutique** boutique, shop
le **bouton** button; **le bouton d'or**
  buttercup
le **box** stall where the accused
  stands
la **branche** branch
branché, -e connected
braquer to aim, to point
le **bras** arm; **bras dessus bras
  dessous** arm in arm

le **brasero** brazier, charcoal stove
la **brasserie** café-restaurant
brave brave, honest, good
bref *m.*, **brève** *f.* brief, short
la **bribe** hunch; (*pl.*) scraps, bits
bricoler to do odds and ends
la **brigade** brigade, squad
brillant, -e brilliant, sparkling, glittering
briller to shine
le **brise-bise** short curtain for lower part of window
briser (se) to break
brodé, -e embroidered
broncher to budge, to move
le **bronze** bronze
la **brosse** brush; **les cheveux en brosse** crew cut
brosser to brush
le **brouhaha** hubbub; hum
le **brouillard** fog
brouillé, -e confused, puzzled; scrambled
le **bruit** noise; rumbling; rumor
la **brume** fog, haze, mist
brun, -e brown
brusquement abruptly
brusquer to be sharp with; to hasten, to precipitate
brutal, -e brutal
bu *past part. of* **boire** drunk
le **bureau** office; desk
le **but** goal, objective
buvait *imperf. of* **boire** was drinking
buvant *pres. part. of* **boire** drinking
le **buveur** drinker.

C

ça *colloquial form of* **cela** that
la **cabine** telephone booth
le **cabinet** study; office
cacher to hide; **se cacher** to hide

le **cachet** seal, stamp
le **cadeau** gift
le **cadran** dial
le **cadre** frame; organization; milieu, surrounding
le **café** coffee; coffee house
le **cafetier** owner of a café
la **cage** cage
le **cagibi** very small room
le **cahier** notebook
la **caisse** cash register; cashier's place
le **calendrier** calendar
le **calepin** notebook
calme calm
le **calvados** apple brandy
la **calvitie** baldness
le **camarade** friend
le **cambriolage** burglary
cambrioler to burglarize
le **camion** truck
la **campagne** country
camper to live in camp; **se camper** to stand
le **canal** (*pl.* **les canaux**) canal
le **candélabre** candelabrum
le **canif** pocket-knife
le **caniveau** gutter
le **caoutchouc** rubber
capable capable
car for, because
le **car** bus, car
le **caractère** character, characteristic, type; hand writing; **les caractères bâtonnets** childish print
caractériser to characterize
caressant, -e caressing, fondling
le **carnet** notebook
le **carré** square; spot; **carré de dames** four queens
le **carreau** (in cards) diamond
le **carrefour** crossroad
la **carrière** career
la **carte** card; **la carte postale** the postcard

le **carton** cardboard box
le **cas** case; **en tout cas** in any
    case
le **casier** set of pigeonholes; **le**
    casier judiciaire police
    record
la **casquette** cap
    casser to break; **casser la**
    croûte to have a snack
la **cassette** cassette, box
le **cassoulet** beanstew with goose
    or duck
le **cataclysme** cataclysm; disaster
le **catafalque** catafalque
le **catalogue** list, enumeration
la **catégorie** category, kind, sort
la **cause** cause; **à cause de**
    because of
    causer to cause; to talk
le **caveau** sepulchral vault
la **cavité** cavity
    ce *adj.* this, that
    ce *pron.* it, he, that
la **ceci** this
la **ceinture** belt
    cela that
    célèbre famous
la **célébrité** celebrity
le **célibataire** bachelor
    celle *f.* the one; **celle-ci** *f.*
    this one; the latter
    celles *f. pl.* those
la **cellule** cell
    celui *m.* the one
    cent one hundred
la **centaine** about one hundred
le **centimètre** centimeter (.39371
    inch)
le **centre** center
    cependant however;
    nevertheless; meanwhile
le **cercueil** coffin
    cerner to surround; to encircle
    certain, -e certain
le **cerveau** brain
    ces *m. or f. pl. of* **ce** these,
    those

    cesser to stop, to cease
    cet *form of* **ce** *before a vowel or*
    a mute h that, this
    cette *f. of* **ce** that, this
    ceux *m. pl.* those
    Cézanne, Paul (1839–1906)
    famous French painter
    chacun, -e each
la **chaîne** chain; channel
    (television)
la **chaise** chair
la **chaleur** heat
le **chambranle** door-frame
la **chambre** room
le **champagne** Champagne wine
la **chance** luck; **avoir de la**
    chance to be lucky
    changer to change, to vary
la **chansonnette** little song
le **chanteur** singer
la **chanteuse** singer
le **chantier** timber-yard
le **chapeau** hat
le **chapelet** rosary
la **chapelle** chapel; **chapelle**
    ardente mortuary chapel
le **chapitre** chapter
    chaque each
le **char** car, vehicle; **char funèbre**
    hearse
le **charcutier** pork-butcher
la **charge** charge, indictment
    charger to entrust; **se charger**
    to attend to
    charmant, -e charming
la **charpente** framework
    charrier to cart; to carry along
la **chasse** hunt; **à la chasse**
    hunting, looking for
    chasser to chase; to hunt
le **château** castle
    chaud, -e hot, warm
    chauffé, -e heated
le **chauffeur** chauffeur, driver
la **chaussette** sock
la **chaussure** shoe
    chauve bald

le **chef** head; chief
le **chemin** road, path; **le chemin de fer** railroad; **faire tout le chemin** to walk all the way
la **cheminée** fireplace, mantelpiece
la **chemise** shirt
le **Cher** a river of Central France
cher *m.*, **chère** *f.* dear; expensive
chercher to look for, to seek
la **chevelure** hair
le **cheveu** (*m. pl.* **les cheveux**) hair
la **chèvre** goat
chez at the home of, at
le **chien** dog; **le chien de chasse** hunting dog
le **chiffre** amount
chiffonner to rumple, to crumple; to ruffle, to tease, to vex
la **chimie** chemistry
le **chœur** choir; **l'enfant de chœur** choir boy
choisi *past part. of* **choisir** chosen
choisir to choose
choisissant *pres. part. of* **choisir** choosing
le **choix** choice
le **chômage** unemployment
choqué, -e shocked
la **chose** thing
chuchoter to whisper
la **cicatrice** scar
le **cidre** cider
le **ciel** sky
le **cierge** church candle
le **cigare** cigar
la **cigarette** cigaret
le **cimetière** cemetery
le **cinéma** movie house
cinq five
la **cinquantaine** about fifty
cinquante fifty
la **circonstance** circumstance

la **circulation** traffic
la **cire** wax
ciselé, -e chiseled
le **citron** lemon
le **citronnier** lemon tree
la **civière** stretcher
civil, -e civil; private; **en civil** in civilian clothes
clair, -e clear, light
clairement clearly
le **classement** classification
la **classification** classification
la **clef** key; **fermer à clef** to lock
le **cliché** cliche; (phot.) negative; plate
le **client** client
le **clochard** hobo
la **cloison** partition, division
clos, -e shut
le **clown** clown
le **code** code
le **cœur** heart; center, core
le **cognac** cognac, brandy
le **coin** corner
la **coïncidence** coincidence
le **col** collar
la **colère** anger
le **collaborateur** collaborator
collant, -e sticky
le **collège** college
le **collègue** colleague
coller to glue, to paste; (*slang*) to agree with
la **colonne** column
coloré, -e colored; colorful
combien how much, how many
le **comique** comedian
la **commande** order
commander to order
comme as; like
commencer to start, to begin
comment how
commenter to comment on, to explain
le **commerçant** businessman, shopkeeper
le **commerce** commerce, trade

commettre to commit
commis *past part. of*
commettre committed
le **commis** clerk
le **commissaire** commissary; le
commissaire de police
police captain
le **commissariat** police precinct
la **commission** errand
le **commissionnaire** messenger,
porter
la **communauté** community,
society
la **commune** township,
community
la **communication**
communication
communiquer to communicate
la **compagnie** company
le **compagnon** companion
le **comparse** accomplice
compétent, -e competent
complet *m.* **complète** *f.*
complete; **au grand complet**
with no one missing
le **complet** man's suit
complètement completely
la **complication** complication
le **complice** accomplice
compliquer to complicate
comporter to comply; to contain
composer to compose; to form
composite composite
compréhensible conceivable
compréhensif *m.*,
compréhensive *f.*
comprehensive, understanding
comprendre to understand
comprennent *pres. ind. of*
comprendre include
compris, -e understood
comprit *past def. of*
comprendre understood
compromettant, -e
incriminating
compromettre to expose, to
commit, to endanger; **se**

compromettre to
compromise onself; to commit
a blunder
le **comptable** accountant
le **compte** account; **à mon**
compte at my expense; **en**
fin de compte finally; le
compte-rendu report; **se**
rendre compte to realize;
n'avait pas eu son compte
had not done enough
compter to count; to expect
le **comptoir** counter
la **concentration** concentration
concerner to concern
le **concierge, la concierge**
doorkeeper
concluant, -e conclusive
conclure to conclude
la **conclusion** conclusion, inference
la **condamnation** sentence;
penalty
condamné, -e sentenced
la **condescendance**
condescension
condescendre to condescend
le **condisciple** schoolfellow
la **condition** condition
conduire to lead; to take; to
drive
conduisait *imperf. of*
conduire was driving
confesser to confess
la **confiance** confidence; **en**
toute confiance with full
confidence; **faire confiance**
to trust; **mettre en confiance**
to inspire confidence
confidentiel *m.*, **confidentielle**
f. confidential
confier to entrust; to tell in
confidence; **se confier** to
confide
confirmer to confirm
le **conflit** conflict
confondre to confound, to
confuse

confortable comfortable
confortablement comfortably
le **confrère** colleague
la **confrérie** brotherhood
confus, -e indistinct
confusément confusedly,
  vaguely
le **congé** leave; leave of absence;
  holiday
la **connaissance** knowledge;
  acquaintance; **faire la
  connaissance** to make the
  acquaintance; **perdre
  connaissance** to lose
  consciousness; **reprendre
  connaissance** to regain
  consciousness
le **connaisseur** connoisseur, good
  judge
connaître to know, to
  experience; **se connaître
  (en)** to be an expert (in)
la **connexion** connexion,
  affinity
connu *past part. of*
  connaître known
consacré, -e consecrated;
  devoted (to)
la **conscience** consciousness,
  perception
conscient, -e conscious
le **conseil** advice
conseiller to advise
la **conséquence** consequence,
  result
conserver to preserve; to
  keep; to maintain
considérer to consider, to look
  upon
consister to consist
le **consommateur** consumer;
  eater; drinker (in
  restaurant, etc.)
consommer to eat or drink
constater to ascertain; to prove,
  to verify
constituer to constitute, to form;

se constituer prisonnier to
  give oneself up
le **contact** contact
la **contenance** countenance, air,
  bearing
contenir to contain
content, -e content, glad,
  pleased
contenter to satisfy; **se
  contenter** to be satisfied
le **contenu** contents
continuer to continue
le **contraire** contrary, opposite;
  au contraire on the contrary
le **contraste** contrast
contre against; **le pour et le
  contre** pro and con; **par
  contre** on the other hand
le **contre-cœur: à contre-
  cœur** reluctantly
contredire to contradict
contribuer to contribute
le **contrôle** control
contrôler to control
convaincant, -e convincing
convaincre to convince
convaincu *past part. of*
  convaincre convinced
la **conversation** conversation
converser to talk
la **conviction** conviction
le **convoi** funeral procession
la **copie** copy
copieux *m.*, **copieuse** *f.*
  copious; plentiful
le **copiste** copyist
le **coq** rooster; **coq au vin blanc**
  chicken in white wine sauce
coquet *m.*, **coquette** *f.*,
  coquettish; stylish, smart
le **corbeau** raven
le **corbillard** hearse
cordial, -e (*m. pl.* **cordiaux**)
  cordial
coriace tough
le **cornichon** pickle
le **corps** body

corpulent, -e corpulent, stout
le **correspondant** correspondent, person on the telephone line
correspondre to correspond; to agree, to suit, to fit
le **corridor** corridor, passage
le **Corse** Corsican
le **cortège** retinue, cortege
la **côte** chop; rib; coast
le **côté** side; **à côté de** next to; **de l'autre côté** on the other side; **d'un autre côté** on the other hand; **du bon côté** on the right side
le **cou** neck
la **couche** bed, couch
coucher: se coucher to go to bed
le **coude** elbow
coudoyer to elbow, to jostle
couler to flow, to run
la **couleur** color
la **couleuvre** adder (snake)
le **couloir** corridor
le **coup** blow; **coup de couteau** knife blow; **coup de feu** rush hour; **coup de téléphone** telephone call; **du coup** all at once; **le coup d'œil** glance; **tenir le coup** to hold out; **le coup de pot** the luck; **entrer en coup de vent** to burst in
le **coupable** guilty one
couper to cut; **couper le souffle** to leave breathless
le **couple** couple
la **coupure** newspaper clipping
la **cour** court; courting; **la cour d'assises** Assize court
le **courage** courage
couramment fluently
courant *pres. part. of* **courir** running
courant, -e current
le **courant** course (of affairs); passing; **mettre au courant** to inform

courbé, -e bent
courir to run; **se courir** to be run
la **couronne** crown; wreath
le **courrier** mail
la **courroie** strap
le **cours** course; **au cours de** during
la **course** race; errand; trip
court, -e short; **court sur pattes** stocky
couru *past part. of* **courir** run
le **cousin** cousin
le **couteau** knife
coûter to cost
la **coutume** custom
le **couturier** designer of clothes
couvert, -e covered, covert, indistinct
la **couverture** cover; blanket
couvrir to cover
la **craie** chalk
craindre to fear
la **crainte** fear; **par crainte** for fear
crâner to swagger, to bluster
la **crapule** low or debauched people
crapuleux *m.*, **crapuleuse** *f.* vicious
craquer to crack; to break down
la **cravate** tie
le **crayon** pencil; **crayon à bille** ball point pen
créant *pres. part. of* **créer** creating
la **création** creation
la **crèche** manger; *(slang)* shelter
créer to create
crème cream colored
la **crèmerie** dairy shop
crépitait *imperf. of* **crépiter** was crackling
le **crépuscule** twilight
le **creux** hollow; pit
crier to shout

criminel *m.*, **criminelle** *f.*
criminal
la **criminologie** criminology
la **crise** crisis; attack
crispé, -e tense
le **crocodile** crocodile, alligator
le **crocus** crocus
croire to believe, to think
croiser to cross
le **croissant** roll in the shape of a
crescent
la **croix** cross
la **croûte** crust
cru *past part. of* **croire**
believed
la **cuiller** spoon
le **cuir** leather
la **cuisine** kitchen; cooking,
cuisine
la **cuisinette** kitchenette
cuit *past part. of* **cuire** cooked
culinaire culinary
la **culture** culture; **la culture
physique** physical culture
le **curé** priest
curieux *m.*, **curieuse** *f.*
curious; interested spectator
la **curiosité** curiosity
le **cycliste** man on a bicycle

D

la **dactylo** typist
le **daim** deer; **en daim** made of
suede
la **dame** lady; (in cards) queen
le **danger** danger
dangereux *m.*, **dangereuse** *f.*
dangerous
dans in, into
la **date** date
davantage more
de from, of, with, in,
concerning, by
déballer to unpack
débarrasser; se débarrasser
to get rid (of)

débattre to debate, dispute;
se débattre to struggle, to
strive; to flounder
la **débilité** debility, weakness
débiter to retail; to supply
debout standing up
débrouillard, -e smart, quick
getting out of a fix
débrouiller to unravel; **se
débrouiller** to get out of
difficulties
le **début** debut; beginning
débuter to start
décembre *m.* December
la **décharge** discharge, release
décharger to unload
déchiré, -e torn
décider to decide
décisif *m.*, **décisive** *f.*
decisive, conclusive
la **décision** decision
la **déclaration** declaration
déclarer to declare
déclencher to set in motion
le **déclic** click, catch
déçoit *pres. ind. of* **décevoir**
disappoints
décomposer to decompose, to
distort
déconcertant, -e
disconcerting
le **décor** decoration
décoratif *m.*, **décorative** *f.*
decorative
découpé, -e cut out
découragé, -e discouraged
découvert, -e discovered
la **découverte** discovery
découvrir to discover
décrire to describe
décrit, -e described
décroché, -e unhooked, taken
down
décrocher to unhook
déçu, -e disappointed
dedans inside; **là-dedans** in
that

défait unmade
défendre to defend; to forbid
le **défi** defiance, challenge
défier to defy
défiler to file off, to march past
définir to define
définitif *m.*, **définitive** *f.* definitive, final
le **défunt** deceased
dégager to disengage; **se dégager** to emerge; to free itself
dégoulinant dripping
dégourdir to revive; to take the chill or numbness off
le **degré** degree
le **déguisement** disguise
déguiser to disguise
dehors outside
déjà already
le **déjeuner** lunch; **le petit déjeuner** breakfast
déjeuner to have lunch or breakfast
le **délai** delay; extension of time
délicieux *m.*, **délicieuse** *f.* delicious; delightful
délimiter to settle the boundaries, to delimit
le **délit** misdemeanour, delinquency; **en flagrant délit** in the very act
le **déluge** deluge
demain tomorrow
demander to ask; to beg
la **démarche** step, proceeding
déménager to move
demi, -e half
le **demi** glass of beer
la **dent** tooth
le **départ** departure
dépasser to go beyond
dépendre to depend
déplaire to displease
déplaisant, -e unpleasant
déployer to unfold, to unroll

déposer to put down, to lay down; to deposit; to testify
dépouiller to strip; to steal; **dépouiller le courrier** to read the mail
depuis since
Derain, André (1880-1954) French painter
déranger to disturb; **se déranger** to go out of one's way
dernier *m.*, **dernière** *f.* last
dérouler: se dérouler to take place
derrière behind
dès as early as; just; **dès que** as soon as
descendre to go down; to bring down
descendu *past part. of* **descendre** gone down
déséquilibré, -e mentally deranged
désert, -e deserted
désespéré, -e driven to despair; without hope
déshabiller to undress; **se déshabiller** to get undressed
désigner to designate; **désigner du geste** to indicate by a gesture
désinvolte easy, unconstrained
la **désinvolture** easy bearing; impertinence
le **désir** desire
désirer to desire, to wish
le **désordre** disorder
le **dessin** drawing
dessiner to draw, to design; **se dessiner** to take shape
dessous under; **en-dessous** beneath; below
le **destinataire** addressee
la **destination** destination; intention, object, end
la **destinée** fate
le **détail** detail
le **détective** detective

détendit *past def. of*
détendre relaxed
la **détente** calm, relaxation
la **détention** detention,
   imprisonment
détérioré, -e deteriorated
détester to detest, to dislike
détourner to turn away, to
   turn aside; to divert
détraqué, -e put out of order
le **détraqué** mentally deranged man
détrempé, -e soaked
détremper to dilute, to
   dissolve; to soak
détruit, -e destroyed; put to
   death
deux two
deuxième second; third floor
devait *imperf. of* **devoir** must
   have
devant in front of
la **devanture** shop-front
le **développement** unfolding;
   progress
développer to develop; **se**
   développer to develop
devenir to become
devez *pres. ind. of* **devoir** must
deviner to guess
le **devoir** duty
dévoué, -e devoted
devraient *pres. cond. of* **devoir**
   ought to
le **diable** devil
le **diagnostic** diagnosis
le **dialogue** dialogue
Dieu *m.* God
la **différence** difference
différent, -e different
difficile difficult
difficilement with difficulty
la **difficulté** difficulty, problem
diffuser to spread, to broadcast
digital, -e digital
digne worthy
diluvien *m.*, **diluvienne** *f.*
   diluvian

le **dimanche** Sunday
diminuer to diminish, to
   decrease
dînaient *imperf. of* **dîner** were
   having dinner
dire to say, to tell; **dire long** to
   say much; **pour ainsi dire** so
   to speak
le **directeur** director
la **direction** direction
diriger to direct
discrètement discreetly
discuter to argue
dise *pres. subj. of* **dire** say
disgracieux *m.*,
   disgracieuse *f.* unpleasant
disparaître to disappear
disparate incongruous,
   dissimilar, unlike
disperser to disperse; to
   scatter; **se disperser** to
   spread about
disponible available
disposer to dispose; to have at
   one's disposal
la **disposition** disposal
la **dispute** quarrel
le **disque** record
dissemblable different
dissuader to dissuade, to
   advise to the contrary
la **distance** distance
distinct, -e distinct
distinctif *m.* **distinctive** *f.*
   distinctive, characteristic
distinguer to distinguish
distrait, -e absent-minded;
   inattentive
distribuer to distribute; to deal
   (cards)
la **divergence** divergence; (*fig.*)
   difference
divers, -e varied
divisionnaire divisional
divorcé, -e divorced
dix ten
dix-huit eighteen

la **dizaine** about ten
le **docteur** doctor
le **document** document
le **doigt** finger
dois *pres. ind. of* **devoir** must
doivent *pres. ind. of* **devoir**
   must
le **domaine** domain, estate; field,
   subject
le **domestique** servant
domestiquer domesticate
le **domicile** domicile, home
domicilié, -e resident
le **domino** domino (game)
le **dommage** damage; **c'est bien**
   dommage that is too bad
donc therefore
donner to give; to give rise to;
   se donner comme to
   pretend to be
dont of which, whose; with
   whom
doré, -e golden
dormaient *imperf. of* **dormir**
   were sleeping
dormir to sleep
le **dos** back
le **dossier** brief; notes; file
double double
doucement softly; slowly;
   gently
la **douceur** mildness
le **doute** doubt; **sans doute**
   undoubtedly; probably
douter to doubt; **se douter** to
   suspect, to surmise
doux *m.*, **douce** *f.* sweet; soft;
   mild
douze twelve
le **drame** drama
drapé, -e draped
la **draperie** drapery
dressé, -e set up
dresser to draw up; **dresser**
   procès-verbal to give a
   ticket; **se dresser** to stand
le **droit** right; law; **avoir droit** to

be entitled to; **avoir le droit**
   to have a right to; **tout droit**
   straight ahead
la **droite** right; **sur ma droite**
   on my right
drôle funny; odd; strange
le **drugstore** drugstore
du (de + le) of the
dû *past part. of* **devoir** owed
dupé, -e taken in
dur, -e hard
durent *past def. of* **devoir**
   had to
durer to last

E

l'**eau** *f.* water; **l'eau de vie**
   brandy
éblouissant, -e dazzling
ébranler (s') to get under way;
   to be in motion
l'**écart** *m.*; **à l'écart** apart;
   out of the way
écarter to separate; to set
   aside; **s'écarter** to draw
   aside
échanger to exchange
échapper to escape
l'**écho** *m.* echo; news item
échouer to run aground; to
   fail
l'**éclairage** lighting
éclairé, -e lighted
l'**éclat** *m.* light; brilliance
éclater to burst
l'**école** *f.* school; **faire école** to
   have disciples
écolier (*adj.*) school
l'**économie** *f.* saving
écouler (s') to run out, to flow
écouter to listen to
l'**écouteur** *m.* receiver
écrasé, -e crushed
écrire to write
écrit, -e written

écrivait *imperf. of* **écrire** was writing
l'écroulement *m.* falling in, collapse
écrouler (s') to fall to pieces
l'écusson *m.* shield; coat of arms
l'édition *f.* edition; **la maison d'édition** publishing house
effacer to erase
effaroucher to startle, to frighten, to amaze
effectuer to carry out
l'effet effect, result; **en effet** in reality, indeed
efficace efficient
efficacement efficiently
effondré, -e overwhelmed, collapsed
efforcer (s') to try hard
l'effraction *f.* breaking into; house breaking
l'effroi *m.* fright
effronté, -e impudent
égal, -e equal, alike; even, smooth; **cela m'est égal** it is all the same to me
égaliser (s') to become equal
égayé, -e enlivened
l'église *f.* church
élargir to enlarge, to widen; **s'élargir** to widen; to stretch
électrique electrical
l'électro-encéphalogramme *m.* electro-encephalogram, graphic of the brain
l'élégance *f.* elegance
élégant, -e elegant
l'élément *m.* element
l'élève *m. and f.* pupil
elle she; her; **elle-même** herself, itself; **elles** they; them
éloigner to remove, to put far away; **s'éloigner** to go away
élu, -e elected
l'emballage *m.* wrapping, packing

emballer to pack
embarquer to embark; **s'embarquer** to go on board
embarrassé, -e embarrassed
embarrasser to obstruct; **s'embarrasser** to concern oneself
emboîter to fit in, to encase; **s'emboîter** to fit in
embrasser to kiss; to embrace
éméché, -e tipsy
émerger to emerge
l'émetteur *m.* transmitter
émettre to issue; to broadcast
emmener to take away, to lead away
émouvant, -e moving
empêcher to prevent
l'empereur *m.* emperor
l'emphysème *m.* emphysema
l'emploi *m.* job
employait *imperf. of* **employer** was using
employé, -e employed
l'employé *m.* employee
emporter to take away
l'empreinte *f.* stamp, impression; **les empreintes digitales** finger prints
ému, -e moved
en *pron.* of it; some; *prep.* in, into; at; while, during, by
encadré, -e framed
l'encadrement *m.* frame
encadrer to frame
l'encadreur *m.* picture-frame maker
l'encaisseur *m.* cash collector
l'encaustique *f.* floor polish
l'encensoir *m.* censer
encercler to encircle
enchanté, -e enchanted, delighted
encore still, even, some more, still more; **pas encore** not yet
encourageant, -e encouraging

encourager to encourage, to abet

l'**encre** *f.* ink

endommagé, -e damaged

endormi, -e asleep

endosser to put on one's back; to put on; to back, to endorse

l'**endroit** *m.* place

l'**énergie** *f.* energy

énervé, -e irritated

l'**enfance** *f.* childhood

l'**enfant** *m. and f.* child; **petits enfants** grandchildren

enfantin, -e childish

enfariné, -e covered with flour

enfermé, -e shut in

enfin finally, at last; Oh well!

enfoncé, -e sunken; deep, profound

enfuyant (s') *pres. part. of* **s'enfuir** fleeing, running away

engager (s') to enter; to start (going up)

enlever to take away, to remove; to kidnap

l'**ennemi** *m.* enemy, foe

l'**ennui** *m.* trouble; boredom

ennuyer to bother; **s'ennuyer** to be bored

énorme enormous

l'**enquête** *f.* inquest

l'**enregistrement** *m.* recording; investigation

enregistrer to record; **enregistreur** *m.*, **enregistreuse** *f.* registering

enroulé, -e rolled; coiled

ensemble together

l'**ensemble** the whole

ensuite then, later

entasser: s'entasser to pile up

entendait *imperf. of* **entendre** was hearing

entendre to hear; to mean

entendu, -e knowing; **bien entendu** of course

l'**enterrement** *m.* funeral

entier *m.*, **entière** *f.* complete, entire, all of

l'**entourage** *m.* surrounding people

entourer to surround

l'**entr'acte** *m.* interval (between the acts); interlude

l'**entrain** *m.* spirit, animation

en train de on the road to; in the act of

entraîner to lead to, to take to

entre between

l'**entrée** *f.* entrance; foyer

l'**entreprise** *f.* concern, establishment, company

entrer to enter, to come in, to go in

l'**entresol** *m.* mezzanine floor

entretenir to keep up; to converse with

l'**entretien** *m.* preservation; upkeep; conversation, talk, interview

entrevoir to have a glimpse

l'**entrevue** *f.* interview; meeting

entr'ouvrir to open a little; **s'entr'ouvrir** to be ajar, to open a little

envahi, -e invaded

envahir to invade

l'**enveloppe** *f.* envelope

l'**envergure** *f.* spread

l'**envie** *f.* envy, desire; **avoir envie** to feel inclined

environ about, approximately

les **environs** vicinity, neighbourhood

envisager to consider

l'**envoi** *m.* dispatch

envoyer to send

épais *m.*, **épaisse** *f.* thick; stocky

éparpillé, -e scattered

l'**épaule** *f.* shoulder
éperdu, -e bewildered,
　distracted
l'**épicerie** grocery store
l'**épicier** *m.* grocer
l'**épingle** *f.* pin; **monter en**
　épingle to exaggerate the
　importance of
éponger to sponge
l'**époque** *f.* epoch
épouser to marry
l'**épreuve** *f.* proof, test,
　competition
éprouver to feel; to enjoy
équipé, -e equipped
équivalent, -e equivalent
l'**escalier** *m.* stairs
l'**escargot** *m.* snail
l'**espace** *m.* space, room;
　duration, time
l'**espèce** *f.* kind, sort
espérer to hope
l'**espoir** *m.* hope
l'**esprit** *m.* mind; spirit
essayer to try, to attempt;
　to try on
essoufflé, -e out of breath
esthétique esthetic
estimable estimable
estomper to shade off, to blur;
　to tone down
établi, -e established
établir to establish; **établir**
　la planque to put detectives
　to watch a place
l'**établissement** *m.*
　establishment
l'**étage** *m.* floor, story
étaient *imperf. of* **être** were
l'**étain** *m.* pewter; zinc
était *imperf. of* **être** was
l'**étalage** *m.* shop window
étaler, s'étaler to spread out
étant *pres. part. of* **être** being
l'**état** *m.* state; **être dans tous**
　ses états to be beside
　oneself

éteignant *pres. part. of*
　éteindre extinguishing
étendre: s'étendre to expand,
　go beyond; to extend; to lie
　down
étendu, -e stretched
éthique ethical
étiqueter to label, to ticket
l'**étiquette** *f.* label; headline
étonné, -e surprised
étonner to surprise; **s'étonner**
　to wonder at
étouffer to suffocate, to choke
étrange strange
être to be
l'**être** *m.* being
étroit, -e narrow
l'**étude** *f.* study
l'**étudiant** *m.* student
étudier to study
l'**euphémisme** *m.* euphemism
eut *past def. of* **avoir** had
eux *m. pl.* them; **eux-mêmes**
　m. pl. themselves
évacuer to evacuate; to clear
évaporer to evaporate;
　s'évaporer to evaporate
l'**événement** *m.* event
l'**éventail** *m.* fan; **en éventail** in
　the shape of a fan
éventuellement eventually
évidemment evidently
l'**évidence** *f.* evidence
évident, -e obvious
éviter to avoid
exact, -e exact, precise
exactement exactly
l'**exagération** *f.* exaggeration
exagéré, -e exaggerated
l'**examen** *m.* examination
exaspérer to exasperate, to
　inflame; to aggravate
excellent, -e excellent
l'**exception** *f.* exception
exceptionnel *m.*,
　exceptionelle *f.*
　exceptional

excité, -e excited

l'**excuse** *f.* excuse

excuser to excuse; **s'excuser** to apologize; to ask to be excused

exécrable abominable

l'**exemplaire** *m.* copy

l'**exemple** *m.* example; **par exemple** for example

exercer to exercise; to practice

l'**exercice** *m.* exercise

exhiber to exhibit, to show

exiger to demand, to require

l'**existence** *f.* existence, life

exister to exist; to be

l'**expéditeur** *m.* sender

l'**expédition** *f.* expedition

l'**expérience** *f.* experience; experiment

l'**explication** *f.* explanation

expliquer to explain

l'**exploit** *m.* exploit, deed

exprès *m.* **expresse** *f.* plain, manifest

exprès *adv.* purposely

l'**expression** *f.* expression

l'**expresso** *m.* coffee

exprimer to express

extérieur, -e outside

F

le **fabricant** maker

fabriquer to make

la **façade** façade

la **face** face; **en face de** opposite

facile easy

facilement easily

la **façon** fashion; way, manner

le **fac-similé** facsimile, copy

la **faction** sentry, watch

le **factionnaire** sentry

faiblement weakly; poorly

faiblir to weaken

faillit *past def. of* **faillir** was on the point of

la **faim** hunger; **avoir faim** to be hungry

faire to do; to make; to study; **se faire** to happen

faisait *imperf. of* **faire** was making

le **fait** fact; **le fait divers** small event; **au fait** in fact

falloir to have to, must

fallu *past part. of* **falloir** had to

famé: mal famé of ill-repute

fameux *m.*, **fameuse** *f.* famous

familial, -e of the family

familier *m.* **familière** *f.* familiar

familièrement familiarly

la **famille** family

fantaisiste whimsical

la **farce** farce; joke; stuffing

la **farine** flour

fasse *pres. subj. of* **faire** do

fatal, -e fatal

fatalement inevitably

fatigant, -e tiring

la **fatigue** fatigue

fatigué, -e tired

faufiler: se faufiler to thread one's way

la **faune** fauna

faussé misdirected

fausser to break, to violate; **fausser compagnie** to give the slip

faut *pres. ind. of* **falloir** is necessary to

faute: faute de for lack of

le **fauteuil** armchair, seat

faux *m.*, **fausse** *f.* false

favori *m.*, **favorite** *f.* favorite

les **favoris** side-whiskers

feignit *past def. of* **feindre** pretended

la **feinte** feint, pretence, sham

féminin, -e feminine

la **femme** woman; wife; **la
femme de chambre**
chamber maid; **bonnes
femmes** gossipy women
la **fenêtre** window
la **fente** opening, slit
le **fer** iron; **le fer à cheval**
horseshoe; **le fer-blanc** tin
fera *fut. of* **faire** will do
ferme firm
fermement firmly
fermer to close, to shut; to lock
la **fermeture** closing time
la **fête** feast; party
le **feu** fire; **à petit feu** slowly
le **feuillage** foliage
la **feuille** leaf; page
le **feuilleton** serialized novel
feutré, -e drowned (voices)
février *m.* February
ficelé, -e tied with a string;
(*fig.*) dressed up
la **fiche** card, form
le **fichier** index card box
fier *m.*, **fière** *f.* proud
fier: se fier to trust
figé, -e congealed
le **figurant** generally a character
in a play who does not speak
le **fil** thread; wire
la **filature** tailing, shadowing
la **file** line
le **filet** net
la **fille** daughter; **la jeune fille**
girl, young woman
la **fillette** little girl
le **film** film
le **fils** son
fin, -e fine, delicate
la **fin** end; **la fin de semaine**
week-end
la **fine** brandy, *short for* **fine
Champagne**
fini *past part. of* **finir** finished
finir to finish, to end; **finir par**
to end by
firent *past def. of* **faire** made

fit *past def. of* **faire** did
fixer to stare at
flagrant, -e flagrant, gross
flairer to smell, to scent; to
detect, to foresee
flancher to give in
la **flanelle** flannel
la **flaque** puddle
le **flash** flash bulb
la **fleur** flower, blossom
le **flocon** flake
le **flot** wave; flood; crowd,
multitude
fluide fluid
la **flûte** flute
foirer (*slang*) to fail; to give up
la **fois** time
foncer to dash, to rush
foncièrement thoroughly,
completely
le **fonctionnaire** official,
government employee
fonctionner to work
le **fond** bottom; back,
background; **au fond** deep
down
font *pres. ind. of* **faire** do, make
forain, -e itinerant
forcené, -e mad, furious;
enraged
la **forêt** forest
le **format** format (size, shape,
etc.)
la **formation** formation
la **forme** form, shape
formellement formally,
expressly
former to form, to train, to
organize
le **formulaire** formulary, form
fort *adv.* very, greatly
fort, -e strong
fou *m.*, **folle** *f.* crazy
fouettant *pres. part. of*
fouetter whipping, lashing
fouiller to pry; to search
la **foule** crowd

le **four** oven
la **fourchette** fork
fourni, -e furnished, provided
fournir to provide
fourrer (*coll.*) to poke
la **fourrure** fur
la **fraîcheur** freshness; coolness
frais *m.*, **fraîche** *f.* fresh; cool
les **frais** *m. pl.* expenses; large part
le **franc** franc
français, -e French
franchement frankly,
honestly
franchi *past part. of* **franchir**
passed
franchir to leap over; to
overcome; to hurry through
la **frange** fringe
le **frangin** (*slang*) brother
frappé, -e stricken
fredonner to hum
freiner to brake (a vehicle)
la **frénésie** frenzy, madness
fréquent, -e frequent
la **fréquentation** frequentation,
company
fréquenter to keep company
with
le **frère** brother
la **fringale** sudden pang of
hunger
frisquet chilly
froid, -e cold
le **froid** cold
le **fromage** cheese
froncé, -e gathered; puckered
(the brows)
le **front** forehead
frotter to rub
fuir to flee
la **fuite** flight; leakage
la **fumée** smoke
fumer to smoke
les **funérailles** *f. pl.* funeral
ceremonies
furieux *m.*, **furieuse** *f.* furious
fut *past def. of* **être** was

G

le **gagne-petit** small wage earner
gagner to earn; to win; to
reach
gai, -e gay
le **gaillard** sly fellow
le **gamin** youngster, urchin
la **gamine** young girl
le **gangster** gangster
ganté, -e wearing gloves
le **garage** garage
garantir to warrant, to
guarantee
le **garçon** boy; waiter
la **garde** protection; **être de
garde** to be on guard
garder to keep, to retain
la **gare** station
garer to park
le **gargouillis** rumbling; static
le **garni** furnished room
garni, -e garnished; furnished
le **gars** boy; chap; fellow
gâteux *m.*, **gâteuse** *f.* idiot,
senile
la **gauche** left
le **gaz** gas
gelait *imperf. of* **geler** was
freezing
geler to freeze
gémissait *imperf. of* **gémir**
was groaning, moaning
le **gémissement** moaning
le **gendarme** member of national
police
la **gêne** embarrassment
gêné, -e embarrassed
général, -e (*m. pl.* **généraux**)
general, universal; **en
général** generally
généraliser to generalize
le **genou** (*m. pl.* **les genoux**)
knee
le **genre** kind, sort; fashion, style,
manner
les **gens** *m. pl.* people; members

gentil *m.*, **gentille** *f.* nice; good
   enough
la **gerbe** sheaf
le **geste** gesture
la **gifle** slap in the face
le **gilet** vest
la **glace** mirror; ice cream
   glacé, -e iced, icy
   glisser to slip, to slide
le **globe** globe
la **gloire** glory
le **glouglou** gurgling
   goguenard, -e jeering, mocking
le **goitre** goiter
   gonflé, -e puffed up
la **gorgée** draught, gulp, sip
le **gosse** kid
le **goupillon** aspersorium,
   holy-water sprinkler
la **gourmandise** gluttony
le **goût** taste
la **gouttière** gutter of a roof
la **gouvernante** governess;
   housekeeper
   grand, -e big, large, tall;
   pas grand chose not much
   grandir to grow up
   gras *m.*, **grasse** *f.* fat
   gratiné, -e: milieux gratinés
   special crowd
la **gratitude** gratitude
le **gratte-papier** scribbler;
   pencil-pusher
   grave grave, serious
   gravé, -e engraved
   gravir to climb, to scale, to
   ascend
le **gré** taste, wish; **bon gré mal
   gré** willy nilly
le **greffier** clerk of the court,
   recorder
   grièvement gravely
la **grille** gate
   grimacer to make faces
   gris, -e grey
   grisâtre greyish
le **grog** grog

grogner to grumble .
grognon grumbling, querulous
grommeler to grumble, to
   mutter
gronder to rumble, to scold
gros *m.*, **grosse** *f.* big, fat
grossissant, -e magnifying
le **grouillement** stirring;
   rumbling
le **groupe** group
le **gué** ford
guère: ne . . . guère hardly,
   hardly ever
le **guéridon** small round table,
   stand
guérir to cure
la **guerre** war
guetter to watch
le **guetteur** look-out, observer
le **guichet** small window; ticket
   window
guilleret *m.*, **guillerette** *f.*
   sprightly, brisk, dapper
la **guise** manner, way; fancy;
   faire à sa guise to do as one
   likes
la **guitare** guitar

H

habile able, clever, adroit;
   capable, skillful
habillé, -e dressed
l'**habitant** *m.* inhabitant
habiter to live
l'**habitude** *f.* habit; **comme
   d'habitude** as usual
l'**habitué** *m.* regular customer
habituel *m.*, **habituelle** *f.*
   habitual
habituer: s'habituer to get
   accustomed to
l'**haleine** *f.* breath; **d'une
   haleine** in a gulp
le **hall** hall
la **halle** market place

le **hamster** hamster
harmonieux *m.*,
harmonieuse *f.* harmonious
le **hasard** hazard; chance; **au hasard** at random; **par hasard** by chance; **le hasard avait voulu** chance would have it
la **hâte** speed, hurry; eagerness; **avoir hâte** to be in a hurry
hâter to hasten, to hurry; **se hâter** to hurry
hausser to raise, to lift up; **hausser les épaules** to shrug one's shoulders
le **haut** top
le **haut de forme** top hat
la **hauteur** height
havane the color of a Havana cigar
héberger to lodge
hein! Hey! What!
hélas alas
l'**hémorragie** *f.* hemorrhage
le **héros** hero
hésitant, -e hesitating, undecided
hésiter to hesitate
l'**heure** *f.* hour; time; **de bonne heure** early; **tout à l'heure** in a little while; a while ago
heureusement fortunately, happily
heureux *m.*, **heureuse** *f.* happy
le **heurt** shock, collision
heurter to strike against; **se heurter** to collide
hier yesterday
le **hippie** hippy
l'**histoire** *f.* history; story
l'**hiver** *m.* winter
hocher to shake, to toss; **hocher la tête** to shake one's head
le **hold-up** hold up
hollandais, -e of Holland

l'**homme** *m.* man
homologue homologous, similar
la **honte** shame; **avoir honte** to be ashamed
l'**hôpital** *m.* (*pl.* **les hôpitaux**) hospital
l'**horloge** *f.* clock
l'**horreur** *f.* horror
horriblement dreadfully
hors out of; without
l'**huile** *f.* oil
l'**huissier** *m.* sheriff's officer, bailiff
huit eight
humain, -e human
l'**humeur** *f.* mood; **de mauvaise humeur** in a bad mood
humide humid, damp
l'**hypothèse** *f.* hypothesis, supposition

I

ici here; **par ici** this way
l'**idée** *f.* idea; **se faire des idées** to get ideas
identifier to identify
l'**identité** *f.* identity; **carte d'identité** identification card
idiot, -e idiot
l'**idiotisme** *m.* idiom
ignorer to be ignorant of
il he, it; **il y a** there is, there are
l'**île** *f.* island
l'**illusion** *f.* illusion
l'**image** *f.* picture
imaginable imaginable
imaginer to imagine
l'**imbécile** imbecile
imbibé, -e imbibed, soaked
immaculé, -e spotless
immédiat, -e immediate

immédiatement immediately
l'**immeuble** *m.* building
immobile motionless
l'**impasse** *f.* blind alley, dead
  end street
l'**impatience** *f.* impatience
impatientant (s') *pres. part. of*
  s'impatienter getting
  impatient
l'**imperméable** *m.* raincoat
impertinent, -e impertinent
imperturbablement
  imperturbably
impétueusement impetuously
implorant, -e begging
l'**importance** *f.* importance
important, -e important
importer to import; to matter;
  n'importe it does not matter;
  any; **n'importe quand** any
  time; **n'importe quoi**
  anything
impossible impossible
imprégner to impregnate;
  s'imprégner to imbibe
l'**impression** *f.* impression
impressionnant, -e impressing,
  impressive
impressionné, -e impressed
imprimer to print; to impress
l'**imprimerie** *f.* printing
  establishment
impudent, -e impudent, saucy
impuissant, -e powerless
l'**impulsion** *f.* impulsion, impulse
inattendu, -e unexpected
incidemment incidentally
incliner to bend; **s'incliner** to
  bow
inconnu, -e unknown
inconsciemment
  unconsciously
inconscient, -e unconscious
l'**inconvénient** *m.* inconvenience,
  harm, trouble
incrédule incredulous,
  unbelieving

indécis, -e undecided;
  wavering
indésirable undesirable
l'**index** *m.* index; forefinger
l'**indication** *f.* indication,
  information; sign, proof
l'**indice** *m.* indication, sign, clue
indigné, -e indignant
indiquer to indicate
indispensable indispensable
indisposer to indispose
l'**individu** *m.* (*coll.*) person
industriel *m.*, **industrielle** *f.*
  industrial
l'**inexactitude** *f.* inaccuracy
infirme infirm
l'**infirmier** *m.* male nurse
l'**infirmière** *f.* nurse
l'**infirmité** infirmity, weakness
informer to inform
l'**infusion** *f.* tea
inimaginable impossible
inlassablement unwearingly
l'**innocence** *f.* innocence
innocent, -e innocent
inoccupé, -e unoccupied
inquiet *m.*, **inquiète** *f.* worried
l'**inquiétude** *f.* anxiety,
  uneasiness
inscrire to inscribe, to register;
  s'inscrire to register
inscrit, -e registered; written
insensiblement insensibly;
  gradually
insérer to insert, to put in
l'**insigne** *m.* badge
l'**insistance** *f.* persistence
insister to insist
inspecter to inspect, to survey,
  to scan
l'**inspecteur** *m.* inspector
installé, -e placed
installer to set up; **s'installer**
  to settle
l'**instant** *m.* instant
l'**instinct** *m.* instinct
l'**institut** institute

l'**instruction** *f.* instruction, direction
l'**instrument** *m.* instrument
insuffisant, -e insufficient
insultant, -e insulting
insurmontable insurmountable
intact, -e intact
intégrer to integrate;
  s'intégrer to be part of
intellectuel *m.*, **intellectuelle** *f.* intellectual
intense intense
intensément intensively
l'**intensité** *f.* intensity
l'**intention** *f.* intention
intentionnel *m.*, **intentionnelle** *f.* intentional
intéressant, -e interesting
l'**intéressé** *m.* the one concerned
intéresser to interest;
  s'intéresser (à) to be interested (in)
l'**intérêt** *m.* interest
intérieur, -e inner, inward, internal
l'**intérieur** *m.* inside
l'**interlocuteur** *m.* speaker
l'**interne** *m.* intern
interpeller to call upon; to question; to address sharply
l'**interrogatoire** *m.* questioning; cross-examination
interroger to interrogate, to question
l'**intervalle** *m.* interval
intervenir to intervene
interviewer to interview
intime intimate, informal
l'**intrigue** *f.* plot
introduire to introduce
l'**intrus** *m.* intruder
l'**intuition** *f.* intuition
inutile useless; not necessary
inutilisé, -e unused
l'**investigation** *f.* investigation
l'**invité** *m.* guest
ironique ironical

irréel *m.* **irréelle** *f.* unreal
l'**issue** *f.* issue, exit
italien *m.*, **italienne** *f.* Italian
ivre drunk
l'**ivrogne** *m.* drunkard

J

jaillir to gush out; to burst
jamais ever; never
le **jambon** ham
la **jaquette** cutaway coat
le **jardin** garden
jaune yellow
le **jet** gush
jeter to throw, to toss
le **jeton** token
le **jeu** (*pl.* les **jeux**) game
le **jeudi** Thursday
jeune young
la **jeunesse** youth
jeunet *m.*, **jeunette** *f.* very young
joint, -e joined
joli, -e pretty
la **jonquille** jonquil
la **joue** cheek
jouer to play; **jouer aux cartes** to play cards
le **joueur** player
le **jour** day; **à jour** open-work; up to date
le **journal** (*pl.* les **journaux**) newspaper
le **journaliste** journalist
la **journée** day; **de la journée** all day long
joyeux *m.*, **joyeuse** *f.* joyous
judiciaire judiciary
le **juge** judge; **le juge d'instruction** district attorney
le **jugement** judgment; sentence, verdict
juger to judge
juillet *m.* July

le **juré** juror; member of the jury
jurer to swear
le **jury** jury
jusqu'à as far as, up to; until
juste exactly, precisely
justement precisely
la **justesse** accuracy
la **justice** justice; courts

K

le **kilomètre** kilometer, about 5/8 of a mile
le **kiosque** newspaperstand

L

la *f. art.* the; *pron.* her, it
là there; **là-bas** over there; **là-haut** up there
le **laboratoire** laboratory
laisser to let, to leave; to allow
laiteux *m.*, **laiteuse** *f.* milky, whitish
la **lame** blade
lamenter to lament; **se lamenter** to lament, to bewail
la **lampe** lamp
lancer to throw; to cast
la **langue** tongue, language
le **lapin** rabbit
large wide, broad
la **larme** tear
le **lascar** lascar, rascal
lassant, -e tiring
Laurencin, Marie (1885–1956) French painter
le **lavage** washing
le *m. art.* the; *pron.* him, it
la **leçon** lesson
le **lecteur** reader
la **lecture** reading
légal, -e (*m. pl.* **légaux**) legal

léger *m.*, **légère** *f.* light
légèrement lightly
légiste legist, jurist
le **légume** vegetable
le **lendemain** next day
lent, -e slow
lentement slowly
le **léopard** leopard
lequel *m.*, **laquelle** *f.* (**lesquels** *m. pl.*, **lesquelles** *f. pl.*) which
les *art.* (*pl. of* **le, la, l'**) the; *pron.* them
la **lettre** letter
leur their
lever to raise, lift; **se lever** to get up, to arise
la **lèvre** lip
le **lexique** lexicon
la **liaison** communication
la **liasse** bundle
libérer to free
libre free; private
le **lien** tie, bond
lier to tie; to bind; **se lier** to become acquainted, to become intimate
le **lieu** place, spot; **avoir lieu** to take place
la **ligne** line
limiter to limit
la **limonade** lemonade, soft drink
la **limousine** limousine, car
linéaire linear
le **linéament** feature
linguistique linguistic
liquider to liquidate, to settle, to wind up
lire to read
lisait *imperf. of* **lire** was reading
le **lit** bed
littéraire literary
la **littérature** literature
le **livre** book
livrer to deliver; to give up; **se livrer** to devote or apply oneself

la **loge** lodging, lodge (of the
concierge)
le **logement** lodging
la **loi** law
loin far; **de loin** from a distance;
plus loin farther
lointain, -e distant
la **Loire** a river in France
le **loisir** leisure time; **à loisir**
leisurely
long *m.*, **longue** *f.* long; tall; **le
long de** along
longer to run along, to follow
longtemps a long time
longuement a long time; at
length
loquace loquacious, talkative
lorrain, -e of Lorraine
lorsque when
la **loupe** magnifying glass, lens
lourd, -e heavy
la **lucarne** dormer-window;
garret window
lucide lucid, clear
lugubre dismal, gloomy
lui to him, to her; he, him
la **lumière** light
lumineux *m.*, **lumineuse** *f.*
luminous
le **lundi** Monday
la **lune** moon
la **lutte** struggle
lutter to struggle, to fight
le **lutteur** wrestler
le **luxe** luxury
luxueux *m.*, **luxueuse** *f.*
luxurious
le **lycée** lycée (secondary school,
including junior college)

M

ma my
le **machin** thing
machinal, -e mechanical,
automatic, instinctive

machinalement mechanically;
unconsciously
la **machine** machine; **la machine
à laver** washing machine
le **magasin** store; **grand magasin**
department store
le **magazine** magazine
le **magistrat** magistrate
le **magnétophone à cassette**
tape recorder
la **maille** stitch, knot
la **main** hand; **à main armée** by
force of arms; **mettre la main
sur** to arrest
maintenant now
mais but
la **maison** house, home; office; **à
la maison** at home
le **maître** master; teacher; **le
maître d'hôtel** emdee,
headwaiter
la **maîtresse** mistress
mal *adv.* bad, badly; **avoir du
mal** to have trouble
le **mal** (*pl.* **les maux**) evil, ill,
wrong; **le mal de tête**
headache
malade ill
la **maladie** illness, disease
maladroitement clumsily
le **malfaiteur** evil-doer
malgré in spite of
malheureusement
unfortunately
malheureux *m.*, **malheureuse**
f. unhappy
la **mallette** suitcase
malsain, -e unhealthy
la **maman** mother, mamma
la **manche** sleeve
la **Manche** English Channel
manger to eat
la **manie** mania
manier to handle; to wield
la **manière** manner
la **manille** card game
le **manillon** ace

le **mannequin** model
manquer to lack; to fail
le **manteau** coat
la **mappemonde** planisphere
le **maquereau** mackerel
le **marbre** marble
le **marchand** merchant
la **marchandise** merchandise, goods
la **marche** walk, walking; gait; progress; step; **mettre en marche** to set going
le **marché** market, shopping
marcher to walk; to go; to run
le **mardi** Tuesday
la **mare** pond, puddle
le **mari** husband
le **mariage** marriage
marié, -e married
marier (se) to get married
marine: bleu marine navy blue
le **marinier** bargeman
la **maroquinerie** store for leathergoods
le **maroquinier** leather manufacturer or merchant
marquaient *imperf. of* **marquer** were marking, stamping
marquer to mark; to stamp
marron maroon: a chestnut color
mars *m.* March
le **Marseillais** man from Marseille
massif *m.*, **massive** *f.* bulky; heavy
le **matelot** sailor
la **maternité** maternity hospital
le **matin** morning
matinal, -e early
la **matinée** morning
la **matrone** matron
mauvais, -e bad; inefficient; wrong
me me, to me

le **mec** (*slang*) chap
mécanique mechanical
mécontent, -e dissatisfied
le **mécontentement** dissatisfaction, displeasure
la **médaille** medal, badge
le **médecin** doctor
la **médecine** medicine
médico-legal pertaining to medicine in criminal cases
la **méfiance** distrust, suspicion
méfiant, -e distrustful, suspicious; cautious
méfier: se méfier to distrust, mistrust; to be on one's guard
meilleur, -e better
mélancolique melancholy
mélangé, -e mixed
le **membre** member
même *adj.* same, very; *adv.* even; *pron.* itself
la **mémoire** memory
menaçant, -e threatening
le **ménage** household; **de ménage** between husband and wife; **faire son ménage** to clean up
ménagé, -e spared, saved
mener to lead, take; to take part in
la **menotte** little hand; (*pl.*) handcuffs
la **mensuration** measurement
la **mention** mention
mentionner to mention
le **menton** chin
mépriser to scorn, to feel contempt
méprit (se) *past def. of* **se méprendre** misunderstood
merci thank you
le **mercredi** Wednesday
la **mère** mother
méridional, -e of the Midi, the South of France
merveilleux *m.*, **merveilleuse** *f.* marvelous
mes (*pl. of* **mon, ma**) my

le **message** message
la **mesure** measure; **à mesure que** in proportion as
le **métal** metal
le **métier** trade
le **mètre** meter, about 1.09 yard
le **métro** subway
le **mets** dish
mettre to put; **mettre en marche** to start; **se mettre à table** to sit at the table (for a meal); **mettons** let us say
le **meuble** piece of furniture
meublé, -e furnished; *n.* furnished room
le **meurtre** murder
le **meurtrier** murderer
midi *m.* noon
le **mien** *m.*, **la mienne** *f.* mine
mieux better
mijoter to stew; to brew; to plot
le **milieu** middle; environment; class of people
militairement militarily
le **millier** thousand
millionnaire millionaire
minable seedy, shabby
mince thin
la **mine** look, appearance, aspect
miniaturisé, -e very small
le **ministre** minister; secretary (govt.)
minuit *m.* midnight
minuscule small
la **minute** minute
minutieusement meticulously
le **miracle** miracle
le **miroir** mirror
miroiter to reflect light, to glisten
mis *past part. of* **mettre** put
la **mise** stake, bid; laying, placing
misérable miserable
la **mission** mission
la **mode** fashion
le **modèle** model; design

moderne modern
modeste modest
les **mœurs** *f. pl.* morals, morality; manners, habits; **police des mœurs** vice squad
moi me; **moi-même** myself
moindre least, smallest
moins less; **du moins** at least
le **mois** month; **au mois** paid by the month
la **moitié** half
le **moment** moment; **d'un moment à l'autre** any minute now; **par moments** at times
mon my
mondain, -e social
le **monde** world; **du monde** people; **tout le monde** everybody
la **monnaie** change
le **monsieur** gentleman
le **monstre** monster
monter to go up, rise
montrer to show
moquer (se) to make fun (of)
la **moquette** carpet
moqueur *m.*, **moqueuse** *f.* jeering, scornful
le **morceau** piece; morsel, bite
mordit *past def. of* **mordre** bit
la **mort** death
mort, -e dead
la **mortadelle** Bologna sausage
mortel *m.*, **mortelle** *f.* mortal, deadly
mortuaire funerary, of death
morveux *m.*, **morveuse** *f.* snotty
le **mot** word
le **motif** motive
mou *m.*, **molle** *f.* soft; weak
la **mouche** fly
le **mouchoir** handkerchief
mouillé, -e wet
mourir to die; **se mourait** was dying

la **moustache** mustache
la **moutarde** mustard
le **mouvement** movement
le **moyen** mean
le **Moyen Age** Middle Ages
muet *m.*, **muette** *f.* mute
la **mule** mule; slipper
muni, -e supplied, provided
le **mur** wall
mural, -e on the wall
la **murette** small wall
murmurer to murmur, to
   whisper
musette: bal musette; dance;
   dancing hall
musical, -e musical
mystérieux *m.*, **mystérieuse** *f.*
   mysterious

N

naïf *m.*, **naïve** *f.* naive
la **naissance** birth
la **naïveté** naivety
napolitain, -e of Naples
narguer to defy
la **narine** nostril
natal, -e natal, native
la **nationalité** nationality
la **nature** nature
naturel *m.*, **naturelle** *f.* natural
naturellement naturally
e **navire** ship
né, -e born
néanmoins nevertheless
nécessaire necessary
le **nécessaire** what has to be
   done; workbox
nécessairement necessarily
la **nécessité** necessity
négligé, -e neglected
négliger to neglect
la **neige** snow
neigeait *imperf. of* **neiger** was
   snowing

neiger to snow
le **nerf** nerve
nerveux *m.*, **nerveuse** *f.*
   nervous
la **nervosité** nervousness
net *m.*, **nette** *f.* clean, pure,
   spotless; clear, plain; sharp(ly)
nettement clearly
nettoyer to clean
neuf *m.*, **neuve** *f.* new
neurasthénique neurasthenic
le **neurologue** neurologist
neutre neuter
le **neveu** (*m. pl.* **les neveux**)
   nephew
le **nez** nose
ni . . . ni neither . . . nor
nier to deny
le **niveau** level
nocturne nocturnal
Noël Christmas
noir, -e black
le **nom** name
le **nombre** number
nombreux *m.*, **nombreuse** *f.*
   numerous, many
nommé, -e named
non no
nonchalant, -e nonchalant
le **nord** North
normal, -e (*m. pl.* **normaux**)
   normal
normalement normally
la **note** note; notice; grade
notre *sing.*, **nos** *pl.* our
la **nôtre** ours
la **nouille** noodle
la **nourriture** food
nous we, us
nouveau *m.*, **nouvelle** *f.* (*m. pl.*
   nouveaux) new; **à nouveau**
   once more, again; **du nouveau**
   something new
les **nouvelles** news
nu, -e bare, nude
le **nuage** cloud
la **nuit** night

nul *m.*, **nulle** *f.* no, not any;
nul . . . ne no one; **nulle
part** nowhere
le **numéro** number
numéroté, -e numbered
la **nuque** nape (of the neck)

O

obéir to obey
l'**objectif** *m.* lens
l'**objectivité** objectivity
l'**objet** *m.* object
obliger to force
oblique oblique, slanting
obscur, -e dark, dim; unknown
l'**obscurité** *f.* darkness
obséder to importune; to haunt
les **obsèques** *f. pl.* funeral
observer to observe
obstiner: s'obstiner to persist
(in)
obtenir to obtain
obtenu *past part. of* **obtenir**
obtained
l'**occasion** *f.* occasion,
opportunity; **d'occasion**
second hand
occasionnellement
occasionally
occupé, -e occupied; busy
occuper to occupy; **s'occuper**
to occupy oneself; to apply
oneself
l'**occurrence** *f.* occurrence,
particular case
l'**odeur** *f.* odor
l'**œil** *m.* (*pl.* **les yeux**) eye
l'**œuf** *m.* egg
offert *past part. of* **offrir**
offered
officiel *m.*, **officielle** *f.* official
l'**officier** *m.* officer
l'**oignon** *m.* onion
oisif *m.*, **oisive** *f.* idle
l'**olive** *f.* olive

on one, they, you, we
l'**oncle** *m.* uncle
onze eleven
l'**opéra** *m.* opera; opera-house
l'**opération** *f.* operation,
performance; transaction
l'**opportunité** *f.* opportunity
l'**optimiste** *m. and f.* optimist
or now, now then
l'**or** *m.* gold
ordinaire ordinary
l'**ordre** *m.* order; command
l'**oreille** *f.* ear; **tendre l'oreille**
to lend an attentive ear
ores now (*used only in* **d'ores et
déjà** from now onward)
l'**organe** *m.* organ
l'**organisation** *f.* organization
organisé, -e organized
organiser to organize
l'**orgue** *m.* (*f. in pl.*) organ
originaire originally from;
native
original, -e (*m. pl.* **originaux**)
original
l'**original** *m.* eccentric man
oser to dare
l'**osier** *m.* osier, wicker
ôter to take off
ou or
où where
oublier to forget
l'**ouest** *m.* west
ouf! Oh! (of relief)
outre further, beyond
ouvert, -e opened
l'**ouvrier** *m.* worker, workman
ouvrir to open; **s'ouvrir** to
open

P

la **page** page
le **paillasson** door mat
la **paix** peace
pâle pale

pâlichon *m.*, **pâlichonne** *f.*
  palish
le **palier** landing
le **pan** side, section
le **panier** basket
la **panique** panic
le **panneau** panel
le **panorama** panorama
le **pantalon** trousers
la **pantoufle** slipper
la **paperasse** old paper; waste
  paper; **paperasse**
  administrative red tape
le **papier** paper; **le papier à**
  lettres stationery
les **Pâques** *f. pl.* Easter
le **paquet** package, pack; **le**
  paquet de gitanes pack of
  cigarettes "gitanes"
par by, through, out of, from;
  about, in, into
le **paragraphe** paragraph
paraître to appear, to seem
parallèlement in a parallel way
  or direction
le **paranoïaque** paranoiac
le **parapluie** umbrella
le **parc** park
parce que because
parcourir to travel through; to
  survey; to walk
par-dessus above
le **pardessus** overcoat
pareil *m.*, **pareille** *f.* similar;
  such; same
le **parement** cuff
le **parent** parent; relative
parfait, -e perfect
parfaitement perfectly
parfois sometimes
le **parfum** perfume
parla *past def. of* **parler** spoke
parlementer to argue
parler to speak, to talk
parmi among
la **parole** word
le **parquet** floor

le **Parquet** a body of magistrates
la **part** part; **faire part** to express;
  quelque part somewhere
le **partenaire** partner
participer to take part
la **particularité** particularity
particulier *m.*, **particulière** *f.*
  special; private; **en**
  particulier specially
particulièrement particularly
la **partie** part; game; **faire partie**
  de to be part of
partir to leave; **à partir de**
  from, after
la **partition** partition, division
partout everywhere
parvenir to reach, to succeed;
  to arrive, to come; to rise in
  the world
pas: pas encore not yet
le **pas** step
le **passage** passage; corridor;
  thoroughfare
le **passant** passerby
le **passé** past
passer to pass, proceed; to
  spend (time); to put on; to
  connect with; to come up (in
  court); to take (an
  examination); **passé à**
  polished; **se passer** to happen
la **passerelle** foot-bridge; gangway
la **passion** passion
passionné, -e enthusiastic
passionnel *m.*, **passionnelle** *f.*
  under the influence of the
  passions, especially love;
  crime passionnel crime due
  to love
passionner to fascinate
le **pastel** pastel
patauger to splash, to flounder
la **pâte** dough; **les pâtes** spaghetti,
  macaroni, etc.
pathétique pathetic, moving
le **pathétique** pathos
patiemment patiently

la **patience** patience
patient, -e patient
le **patient** patient
le **patron** boss; **la patronne** wife
   of the boss
la **patte** paw; **court sur pattes**
   stocky
la **paupière** eyelid
la **pause** pause, rest
pauvre poor; *n.m.* poor people
payer to pay
le **pays** country
le **paysage** landscape
la **peau** skin
le **pêcheur** fisherman
la **pègre** the thieves, crooks, etc.
le **peignoir** negligee, bathrobe
la **peine** sorrow, suffering;
   penalty; time in jail; **à peine**
   hardly
peint *past part. of* **peindre**
   painted
la **peinture** paint; painting
la **pèlerine** cape
la **pelouse** lawn
pénal, -e penal
pencher to incline, to bend; to
   cause to lean; **se pencher** to
   bend, to stoop
pendant during; **pendant que**
   while
pendre to hang
pénétrer to penetrate; to enter
pénible painful
la **péniche** barge
la **pensée** thought
penser to think
la **pension** pension
pensionné, -e receiving a
   pension
percé, -e pierced
percer to pierce; to penetrate;
   to find out
perdre to lose; **perdre**
   connaissance to lose
   consciousness
perdu *past part. of* **perdre** lost

le **père** father
perforer to perforate, to bore
la **période** period, epoch
la **périphérie** periphery; outskirts
   of a city
périphérique surrounding
le **périple** trip
la **permanence** permanence;
   police station
permettre to allow; to let
le **permis** license; **permis de**
   conduire driver's license
la **permission** permission, leave,
   permit
perpétuel *m.*, **perpétuelle** *f.*
   perpetual
perplexe perplexed
persister to persist
le **personnage** character
la **personnalité** personality
personne nobody
la **personne** person
le **personnel** personnel, staff
personnel *m.*, **personnelle** *f.*
   personal
la **perspective** perspective;
   prospect
persuadé, -e convinced
le **pesage** weighing; paddock,
   club-house (on race course)
pesamment heavily
peser to weigh
le **pessimisme** pessimism
pessimiste pessimistic
petit, -e small, little; dear; *n.m.*
   little one, boy; **petit à**
   petit little by little
peu hardly, little; **peu à peu**
   little by little; **un peu** a little,
   somewhat; **sous peu** soon
le **peuple** people, nation; lower
   classes
la **peur** fear; **avoir peur** to be
   afraid
peut *pres. ind. of* **pouvoir** can
peut-être perhaps
le **phare** headlight

le **photographe** photographer
la **photographie** photograph
photostater to photostat
la **phrase** sentence
le **piano** piano
Picasso, Pablo Ruiz (1881–)
Spanish painter
la **pièce** room
le **pied** foot; **à pied** on foot
le **piège** trap
la **pierre** stone
la **pile** pile
pimpant, -e natty, spruce
la **pipe** pipe
la **piscine** swimming-pool
la **piste** track, trace, trail;
runway
le **pistolet** pistol
pitoyable pitiful
pittoresque picturesque
le **placard** closet
la **place** place, spot, seat; square
placer to place, to put
le **plafond** ceiling
la **plage** beach
la **plaidoirie** pleading; barrister's
or counsel's speech
plaindre to pity; **se plaindre**
to complain
plaisanter to joke
la **plaisanterie** joke
le **plaisir** pleasure
plaît *pres. ind. of* **plaire**
pleases; **plaît-il?** what did you
say? **s'il vous plaît** if you
please
le **plancher** floor
la **plaque** plate, slab
plaquer to lay on; **plaqué de
sang** covered with blood
le **plat** dish; platter
le **plateau** tray
la **plate-forme** platform; the open
rear of a bus
plausible plausible
plein, -e full
le **pleur** tear; crying

pleural, -e pleural (affecting the
lungs)
pleurer to cry
pleut *pres. ind. of* **pleuvoir** it is
raining
pleuvait *imperf. of* **pleuvoir** it
was raining
plomber to cover with lead; **se
plomber** to take a leaden hue
plonger to plunge, to dip; **se
plonger** to involve oneself
plu *past part. of* **plaire** pleased
la **pluie** rain
la **plupart** most, the greater part
plurent *past def. of* **plaire**
pleased
plus more; **de plus en plus**
more and more; **le plus** the
most; **en plus** beside; **ne . . .
non plus** neither
plusieurs several
plutôt rather
pneumatique letter sent
through a cylinder by means
of compressed air
la **poche** pocket
la **pochette** small pocket; large
envelope
le **poignet** wrist
poinçonner to punch, to stamp
le **poing** fist
point not, not at all
le **point** point; dot, mark; **le point
de vue** point of view; **sur le
point de** on the verge of
la **pointe** point
pointu, -e pointed, sharp
la **poitrine** chest
la **police** police
le **policier** policeman
la **politique** politics
pompes: pompes funèbres
undertaking (funeral services)
le **pont** bridge
populaire popular
populeux *m.*, **populeuse** *f.*
crowded

le **port** port; carriage, bearing; **le
port d'arme** license to carry
arms
le **portail** portal, front gate; gate
portant: bien portant in good
health
la **porte** door; **la porte cochère**
carriage-entrance, large door
le **portefeuille** wallet
porter to carry; to wear
le **porteur** carrier
la **portière** door (of a car)
le **portrait** portrait
poser to put; to establish;
poser une question to ask a
question
posséder to possess, to own
la **possession** possession
la **possibilité** possibility
possible possible
le **poste** post; station; radio set,
television set; **le poste de
police** police station
posté, -e mailed, posted
postérieur, -e behind
le **pot** pot; (*slang*) drink; **le pot
d'échappement** exhaust-box
la **potée** vegetable and meat stew
le **potin** gossip
le **pouce** thumb
la **poudre** powder
le **pouls** pulse
le **poumon** lung
pour for, in order to; as, in the
way of, in; in the case of
pourquoi why
pourra *fut.* of **pouvoir** will be
able
poursuivi *past part.* of
poursuivre followed
poursuivre to pursue; to follow
up
pourtant however
pousser to grow; to push; to
breathe; to perfect
la **poussière** dust

la **poutre** beam; girder
pouvait *imperf.* of **pouvoir**
could
pouvoir can, may, be able
pratiquement practically
la **précaution** precaution; caution
précédent, -e preceding
précéder to precede
précieux *m.*, **précieuse** *f.*
precious
précipiter to precipitate, to
hurl; to hasten; **se précipiter**
to rush forward
précis, -e precise, accurate
la **prédilection** predilection,
preference
la **préférence** preference
préférer to prefer
préliminaire preliminary
la **préméditation** premeditation
prémédité, -e premeditated
premier *m.*, **première** *f.* first
prenait *imperf.* of **prendre** was
taking
prendre to take; to catch
prénommé, -e aforesaid; so
called
la **préoccupation** preoccupation;
anxiety
préoccupé, -e preoccupied
**préoccuper: se préoccuper
de** to be intent on
préparer to prepare
le **préposé** officer in charge
près near, nearly
la **présence** presence
présent, -e present
le **présent** present; **à présent** now
présenter to present, to
introduce
presque almost
la **presse** press
pressé, -e pressed; **être pressé**
to be in a hurry
presser to press; to push
prêt, -e ready

prétendre to pretend; to claim
prêter to lend; **se prêter à** to adapt oneself (to)
le **prétexte** pretext
le **prêtre** priest
la **preuve** proof
le **prévenu** accused, prisoner
prévoir to foresee
prévu *past part. of* **prévoir** foreseen
le **prie-Dieu** praying chair
prier to pray; to beg; to request; **je vous en prie** I beg of you
la **prière** prayer
le **principe** principle
le **printemps** spring
pris *past part. of* **prendre** taken; *past def. of* **prendre** took
la **prison** jail
le **prisonnier** prisoner
probable probable, likely
le **problème** problem
le **procédé** proceeding, conduct; process, operation
la **procédure** practice; proceedings
le **procès** trial
la **procession** procession
le **procès-verbal** ticket; official report
prochain, -e next
proche near
procurer to procure, to get; **se procurer** to get for oneself
le **procureur** prosecuting attorney
productif *m.,* **productive** *f.* productive
le **produit** product
produit *past part. of* **produire** produced
produire to produce; **se produire** to take place
le **professeur** *m. and f.* professor
la **profession** profession

professionnel *m.,*
professionnelle *f.* professional
profiter to take advantage
profond, -e deep
la **profondeur** depth
le **progrès** progress
progressivement progressively
projeter to plan, to project
promener to take out; **se promener** to take a walk
promettre to promise
la **promotion** promotion
prononcer to pronounce
propos: à propos de with respect to, in reference to, about
la **proposition** proposition; proposal; idea
propre own; suited, suitable; clean
le **propriétaire** owner
prostré, -e prostrated
protéger to protect
la **protestation** protest
protester to protest
le **prototype** prototype
la **province** province
provincial, -e provincial
la **provision** provision, supply
provisoire provisional
provisoirement temporarily
prudent, -e prudent, careful
le **psychiatre** psychiatrist
la **psychiatrie** psychiatry
psychiatrique psychiatric
psychologique psychological
public *m.,* **publique** *f.* public
la **publicité** publicity
publier to publish
la **pudeur** modesty, decency; bashfulness
puis then
puisse *pres. subj. of* **pouvoir** could, might

la **punition** punishment
purger to purge; to pay off
le **pyjama** pajamas

Q

quadrillé, -e ruled in squares, graph
le **quai** quay; platform; street along a river
la **qualité** quality
quand when; **quand même** anyhow, probably
quant à as for
la **quantité** quantity
la **quarantaine** about forty
quarante forty
quarante-cinq forty five
quarante-quatre forty four
le **quart** quarter; **un quart d'heure** a quarter of an hour
le **quartier** district, neighborhood
quasi almost, as if
quatre four
quatre-vingt-deux eighty two
que *conj.* than, except; as, that
que *pron.* whom, which, that; when
quel? *m.*, **quelle?** *f.* (*m. pl.* **quels?** *f. pl.* **quelles?**) what?
quelconque whatever; anyhow; ordinary
quelque whatever, some
quelquefois sometimes
quelques *m. and f. pl.* a few
quelqu'un someone
la **question** question
le **questionnaire** list of questions
questionner to question
la **quête** quest, search; **en quête de** searching for
qui who, which
la **quincaillerie** hardware store
la **quinzaine** about fifteen
quinze fifteen

quitte discharged; clear, free; rid
quitter to leave
quoi what; **quoi que** whatever; **après quoi** besides, moreover
quoique although
quotidien *m.*, **quotidienne** *f.* daily

R

raccrocher to hook on or up again; to hang up (telephone); **se raccrocher** to cling, to grasp
raconter to tell
la **radio** radio
la **rafale** squall
raffiné, -e refined
la **rage** rage
rageur *m.*, **rageuse** *f.* ill-tempered; violent
railleur *m.*, **railleuse** *f.* jeering
la **raison** reason; **avoir raison** to be right
ralentir to slow down; to lessen
ramasser to pick up
ramener to bring back
la **rampe** banister
le **rang** row
la **rangée** row
ranger (se) to take one's place
rapide rapid, fast
rapidement rapidly, quickly
rappeler to call back; to remind; **se rappeler** to remember
le **rapport** meeting (where reports are given); connection; contact
rapporter to bring back
rapporter (se) to come nearer
rare rare; scarce
rarement rarely
raser to shave

rassit (se) *past def. of* **se
rasseoir** sat down again
rassuré, -e reassured,
tranquillized
rattacher to attach
rattraper to catch up
le **ravioli** ravioli
rayé, -e striped
le **rayon** department; zone, circuit
le **rayonnage** shelving
la **réaction** reaction
réagir to react
réalisé, -e produced; realized
la **réalité** reality; real life; **dans la
réalité** fully conscious
réapparaissait *imperf. of*
réapparaître was reappearing
réapparaître to reappear
rebrousser to retrace (one's
steps)
récent, -e recent
le **récepteur** receiver
la **réception** reception
la **recette** receipt
recevoir to receive
la **recherche** search, pursuit;
inquiry, investigation
le **récipient** receiver; container
le **récit** narrative
récitant *pres. part. of* **réciter**
reciting
la **réclame** advertisement
le **recoin** corner, nook
recommencer to begin again
reconduire to see home; to
show out; to take back
le **réconfort** comfort, relief
reconnaître to recognize
reconnut *past def. of*
reconnaître recognized
récriminer to recriminate
reçu *past part. of* **recevoir**
received
le **reçu** receipt
le **recueil** collection
recueillir to gather; to receive
le **recul** recoil; backing

récupérer to retrieve, to
recover
le **rédacteur** editor; **le rédacteur
en chef** chief editor
la **rédaction** wording; editing;
body of editors
redondant, -e redundant
réduire to reduce, to curtail; to
compel, to oblige
réduit, -e reduced
référer to refer
refermer to close again
réfléchi, -e serious-minded
réfléchir to reflect, to think, to
meditate
le **réflexe** reflex
la **réflexion** remark
le **réfrigérateur** refrigerator
le **regard** look, glance; **d'un
regard** with his eyes
regarder to look at; to concern;
cela ne le regardait pas it
was none of his business
la **région** region
la **règle** rule
le **règlement** regulation; **le
règlement de comptes**
settlement of accounts
régler to regulate, to control
régner to reign, to govern; to
prevail
le **regret** regret; **à regret**
reluctantly
regretter to regret, to miss
régulier *m.*, **régulière** *f.*
regular
rejeter to reject
rejoindre to join
rejoint *past part. of* **rejoindre**
joined
réjouir (se) to rejoice
relâcher to release, to set free
la **relation** relation
relativement relatively
relayer to take the place of; to
relieve; **se relayer** to take it
in turns

la **relève** relief, shift
relever to raise again, to lift up;
to detect; **se relever** to get up
again
le **relief** relief, embossment;
particular interest; set-off,
enhancement
la **remarque** remark
remarquer to notice
remercier to thank
remettre to put back; to
deliver; **se remettre à** to
start again
le **remords** remorse
le **remorqueur** tug-boat
le **remous** agitation
remplacer to replace
remplir to fill; to fill out
remuer to move
rencontrer to meet
le **rendez-vous** appointment
rendre to return; to give back;
se rendre to betake oneself;
se rendre compte to realize
renforcé, -e strengthened
renifler to sniff, to snuffle
Renoir, Auguste (1841–1919)
Impressionist French painter
renouveler to renew
rénové, -e renovated
le **renseignement** information
renseigner to inform; **se
renseigner** to make inquiries
la **rente** income
rentrer to go home; to come
home
renverser (se) to lean back
le **repas** meal
repêcher to fish out
repentant, -e repentant,
penitent
repérer to mark, to register
répéter to repeat
replet m., **replète** f. obese,
bulky, stout
la **réplique** reply
répliquer to reply

répondait imperf. of **répondre**
answered
répondre to answer
la **réponse** answer
le **reporter** reporter
reposant, -e restful
reprenait imperf. of **reprendre**
started once more, resumed
reprendre to take up again; to
resume
représentatif m.,
représentative f.
representative
représenter to represent, to
describe; to act out
la **reprise: à plusieurs reprises**
several times, on several
occasions
reprit past def. of **reprendre**
resumed
le **reproche** reproach
la **réputation** reputation; fame
le **réquisitoire** indictment
le **réseau** (pl. **les réseaux**)
network
la **réserve** reservation; protest
réservé, -e reserved, modest,
shy
réserver to set aside; **se
réserver** to wait for an
opportunity
la **résidence** residence
résider to reside
la **résignation** resignation
le **résigné** resigned person
résigner to resign, to give up;
se résigner to resign oneself
la **résistance** resistance,
opposition
résister to resist, to withstand
résoudre to solve
le **respect** respect
la **respiration** respiration,
breathing
respirer to breathe
la **responsabilité** responsibility
responsable responsible

ressembler to look like
resservir (se) to help oneself again
le **ressort** extent of jurisdiction; department, province
ressortir to arise, to result
le **restant** remaining
le **restaurant** restaurant
le **reste** rest, remain
rester to remain
le **résultat** result
résumer to sum up, to represent
le **retard** delay; **en retard** late
retarder to delay
retenir to retain; to remember; **se retenir** to refrain
retentir to resound, to ring
la **réticence** reserve
retirer to take off; **se retirer** to withdraw
retors, -e cunning, crafty
le **retour** return
retourner to return; **se retourner** to turn around; to turn over
la **retraite** retirement
rétrospectif *m.*, **rétrospective** *f.* retrospective
retrouver to discover again; **se retrouver** to gather again
la **réunion** reunion
réunir to bring together; **se réunir** to gather
réussir to succeed
réveiller to awake, to arouse; **se réveiller** to wake up
révélait *imperf. of* **révéler** was revealing
révélateur *m.*, **révélatrice** *f.* revealing
révéler to reveal
revendre to sell again
revenir to come back; **revenir sur ses pas** to retrace one's steps
rêver to dream

le **réverbère** street-lamp
revint *past def. of* **revenir** came back
revoir to see again; **au revoir** good bye
le **révolver** revolver
revoyait *imperf. of* **revoir** was seeing again
le **rez-de-chaussée** ground floor
le **rhum** rum
riant *pres. part. of* **rire** laughing
ricaner to sneer, to snigger
riche rich
le **rideau** (*pl.* **les rideaux**) curtain
ridicule ridiculous
rien nothing; **rien que** just, only
rigide rigid, stiff
rigoler to laugh
les **rillettes** potted pork
rimer to rhyme
le **rire** laughter
risquer to risk
la **rive** bank (of a river)
la **rivière** river
la **rixe** fight, scuffle; brawl
la **robe** dress; **la robe de chambre** bathrobe; dressing-gown; **la robe du soir** evening gown
la **roche** rock
rôder to prowl; to roam
le **rôdeur** prowler
le **rôle** part
le **roman** novel; **le roman policier** detective story
romancé, -e romanced
le **romancier** novelist
rompre to break
rond, -e round
ronfler to snore
le **ronron** purr, purring
rose pink
la **rosée** dew
rouge red
rougeaud, -e red faced

rougir to blush
rouillé, -e rusty
roulant, -e rolling
rouler to roll, to roll along, to drive, to ride
roupiller (*slang*) to sleep
la **route** road; **en route** on the way
la **routine** routine, habit, practice
roux *m.,* **rousse** *f.* reddish; red-haired
le **royaume** realm
la **rubrique** rubric; headline
la **rue** street
la **ruelle** small street
ruisselant, -e streaming, very wet
rusé, -e crafty, sly
le **rythme** rythm

S

sa his, her, its
le **sac** bag
sachant *pres. part. of* **savoir** knowing
sache *pres. subj. of* **savoir** know
sacré, -e sacred
le **sacrifice** sacrifice
sage wise; well-behaved
sain, -e healthy
sais *pres. ind. of* **savoir** know
saisir to seize, to grasp
saisissant, -e striking
la **saison** season
la **salade** salad
sale dirty
la **salle** hall, chamber; **la fille de salle** waitress in a café or restaurant; **la salle à manger** dining-room; **la salle de bains** bathroom
le **salon** drawing-room
saluer to greet

le **salut** greeting; **Salut!** Greetings!
le **samedi** Saturday
le **sancerre** wine of Sancerre
la **sandale** sandal
le **sandwich** sandwich
le **sang** blood; **le sang-froid** coolness, composure
le **sanglot** sob
sangloter to sob
sanguin, -e of blood; red
sans without
le **sans-grade** unpromoted
la **santé** health; **à votre santé** to your health
saoul, -e drunk
sarcastique sarcastic
le **saucisson** sausage
sauf except
saugrenu, -e absurd, ridiculous
le **saule** willow tree
sauter to jump, to leap
sauvagement savagely
sauver to save; to rescue
savait *imperf. of* **savoir** knew
savoir to know; to know how
savourer to savour, to relish, to enjoy
savoureux *m.,* **savoureuse** *f.* tasty
scandinave Scandinavian
la **scène** scene; **la scène de ménage** family quarrel
scintillait *imperf. of* **scintiller** was sparkling
la **sciure** sawdust
sec *m.,* **sèche** *f.* dry
second, -e second
secondaire secondary
secouer to shake
le **secret** secret
le **secrétariat** secretariat
sectionné, -e cut
la **sécurité** safety
la **séduction** seduction, enticement

séduisant, -e seductive
la **Seine** river flowing through
     Paris
séjourner to live
le **sel** salt
le **self-service** self-service
     restaurant
selon according to
la **semaine** week
semblable similar
sembler to seem, to appear
sempiternel *m.,*
     sempiternelle *f.* everlasting
le **sens** sense, meaning; direction;
     le bon sens common sense
la **sensation** sensation, feeling
sensible sensitive
le **sentiment** feeling
sentir to smell; to feel; **se faire**
     sentir to make itself felt; **se**
     sentir to feel
séparé, -e separated
sept seven
seraient *pres. cond. of* **être**
     would be
la **série** series
sérieux *m.,* **sérieuse** *f.*
     serious, reasonable
serrer to tighten; **serrer la**
     main to shake hands
le **serrurier** locksmith
la **serveuse** waitress
le **service** service
la **serviette** napkin
servir to serve; **servir à** to be
     used for; **servir de** to be
     used as; **se servir** to shop; **se**
     servir de to use
le **seuil** threshold, sill
seul, -e alone
seulement only
sévère severe, strict
sévir to prevail
si if, whether
le **siècle** century
le **sien** *m.,* **la sienne** *f.* his, hers,
     its, one's

le **signalement** description
la **signature** signature
le **signe** sign; nod; omen; mark
signer to sign
signifier to signify, to mean
le **silence** silence
la **silhouette** silhouette; figure
simple simple; mere
simplement simply
sincère sincere
sinon if not, otherwise
Sisley, Alfred (1839-1899)
     Impressionist French painter
six six
le **smoking** tuxedo
la **sociologie** sociology
la **sœur** sister
soi oneself, himself, herself,
     itself
la **soif** thirst
soigner to take care of
soigneusement carefully
le **soin** care
le **soir** evening
la **soirée** evening; evening party
soit *pres. subj. of* **être** be; **soit**
     ... **soit** ... either ... or
la **soixantaine** about sixty
soixante-douze seventy two
le **soleil** sun
solide solid
solitaire solitary
la **solitude** solitude
la **Sologne** a section in the center
     of France
la **solution** solution
sombre dark
la **somme** sum, total; amount;
     en somme finally, in short
le **sommeil** sleep
somptueusement
     sumptuously
somptueux *m.* **somptueuse** *f.*
     sumptuous, costly;
     magnificent
le **son** sound
la **sonnerie** ring, ringing (of bells)

sonore sonorous; clear, emphatic
sophistiqué, -e sophisticated, affected
la **Sorbonne** University in Paris
sort *pres. ind. of* **sortir** goes out
sortaient *imperf. of* **sortir** were going out
la **sorte** kind, sort; **en sorte que** so that; **en quelque sorte** in some way
la **sortie** exit; coming out
sortir to go out, to leave, to take out
le **souci** concern, worry
soucieux *m.*, **soucieuse** *f.* concerned, anxious
soudain suddenly
soudain, -e sudden
le **soudeur** solderer, welder
souffert *past part. of* **souffrir** suffered
souffler to blow, to breathe; to whisper
souffrant, -e ailing
souhaiter to wish
le **soulagement** relief
soulever to stir up; to raise, to lift
le **soulier** shoe
souligner to underline, to emphasize
soumettre to submit
le **soupçon** suspicion; surmise, conjecture
soupçonner to suspect
souper to eat supper
le **soupir** sigh
soupirer to sigh; to whisper
souple supple, pliant
le **sourcil** eyebrow
le **sourire** smile
la **souris** mouse
sourit *past def. of* **sourire** smiled
sous under

le **sous-main** writing-pad
le **sous-sol** basement
le **souvenir** souvenir, reminder
souvenir (se) to remember
souvent often
spacieux *m.*, **spacieuse** *f.* spacious, roomy
le **spasme** spasm
spécial, -e (*m. pl.* **spéciaux**) special
spécialement especially
spécifique specific
la **station** station
le **stationnement** parking
stationner to park
la **statistique** statistics
le **steak** steak
la **sténographie** shorthand
sténographier to write in shorthand
stratégique strategic
strict, -e strict, severe
stupéfait, -e stupefied, dumbfounded
la **stupeur** stupor
le **style** style
le **subalterne** subaltern, inferior
subir to undergo, to suffer
subit, -e sudden
subitement suddenly
le **subordonné** subordinate
succéder to follow, to succeed; **se succéder** to follow each other
le **succès** success
successivement in succession
succomber to succumb
la **succursale** branch
le **sucre** sugar
suédois, -e Swedish
la **sueur** sweat, perspiration
suffir to suffice, to be sufficient
suffoquer to suffocate
suggérer to suggest
suicider (se) to commit suicide

la **suite** sequel, continuation;
　sans suite unconnected; **tout
　de suite** at once
suivait *imperf. of* **suivre** was
　following
suivant *pres. part. of* **suivre**
　following
suivi *past part. of* **suivre**
　followed
suivre to follow
le **sujet** subject; **au sujet de**
　about
superficiel *m.,* **superficielle** *f.*
　superficial
supplémentaire additional
supplier to beseech, to entreat
supposer to suppose; to imply
la **supposition** supposition
sur on, upon
sûr *m.,* **sûre** *f.* sure
surchargé, -e written over
　(other words)
le **surcroît** addition, increase
la **sureté** safety; criminal
　investigation department
surgir to rise; to appear
le **surlendemain** day after
　tomorrow; two days later
surnommé, -e named, called
surprendre to take by surprise;
　to catch
surpris, -e surprised
sursauter to start up
surtout especially, above all
la **surveillance** watch
surveiller to watch, to
　supervise
susceptible susceptible
suspect, -e suspect, suspicious
suspendre to hang
suspens: en suspens in
　suspense
le **sycomore** sycamore
symbolique symbolic
sympathique likable
le **symptôme** symptom
la **syntaxe** syntax

T

le **tabac** tobacco
la **table** table
le **tableau** (*pl.* **les tableaux**)
　picture, painting
le **tablier** apron
la **tache** spot
la **tâche** task
tâcher to try, to endeavor
la **taille** size; waist
le **tailleur** cutter; **le tailleur de
　pierres** stone-cutter
le **taillis** copse; brushwood
taire (se) to be silent
le **talent** talent
tamponner to rub with a pad, to
　wipe
la **tanche** tench (fish)
tandis que while, whereas
tant so much, so many
la **tante** aunt
tantôt presently; sometimes
tapé, -e typed
le **tapis** rug
taquiner to tease
tard late; **plus tard** later
tarder to delay, to put off
la **tasse** cup
tâtonner to grope, to feel one's
　way
le **taxi** taxicab
le **technicien** technician
le **teint** complexion
tel *m.,* **telle** *f.* such; **tel que**
　such as
téléphoner to telephone
télévisé, -e televised
la **télévision** television; **le poste
　de télévision** television set
tellement so much, to such a
　degree; **tellement bien** so
　truly
le **témoignage** testimony; mark,
　token
le **témoin** witness
la **température** temperature

la **tempête** tempest, storm
le **temps** weather
le **temps** time; **de temps en temps** from time to time
tenace tenacious
le **tenancier** holder; keeper
la **tendance** tendency
tendancieux *m.*, **tendancieuse** *f.* insinuating, suggestive
tendre to hold out, to stretch
tendu, -e covered
tenir to hold; to keep; **tenir à** to insist; **tenir compte** to take into account; **se tenir** to behave; to stand; to be; **s'en tenir à** to stick to; **tenir à l'œil** to keep an eye (on)
la **tension** blood pressure
la **tentative** attempt, endeavor
tenter to try, to attempt; to tempt
tenterais *pres. cond. of* **tenter** would attempt
la **tenture** hangings, tapestry
la **tenue** dress, appearance
le **terme** term, word, expression
terminé, -e finished, completed
terminer to end, to finish
terne dull, dim; lustreless
la **terrasse** terrace
la **terre** earth, ground, land; **par terre** on the ground
terrible terrible
terriblement terribly
le **territoire** territory, extent of jurisdiction
la **tête** head; **le tête à tête** private conversation
le **texte** text
le **théâtre** theater; scene; **faire du théâtre** to be an actress
la **théorie** theory, speculation
tiède tepid, lukewarm
le **tien** yours
tiens! behold! (expresses surprise)

la **tierce** three consecutive cards of the same suit
le **timbre** bell
timide timid, shy
timidement timidly
la **timidité** timidity; shyness; bashfulness
tint *past def. of* **tenir** held; **s'en tint à** stuck to
tirer to draw; to derive, to obtain; to show
le **tiroir** drawer
le **tissu** cloth, material
le **titre** title
titubant *pres. part. of* **tituber** staggering
toi you; **toi-même** yourself
la **toile** linen; canvas; painting, picture
la **toilette** dress, attire; toilet
le **toit** roof
tomber to fall
le **ton** tone, shade
la **torchère** tall candelabrum
tordre to wring
tordu, -e twisted
le **torrent** torrent
torrentiel *m.*, **torrentielle** *f.* torrential
tort: avoir tort to be wrong; **à tort et à travers** at random
le **tortellini** tortellini
la **tortue** turtle
tôt early
la **touche** key (of a cash register or a typewriter)
toucher to touch, to affect; to cash
toujours always, still
le **tour** turn; **c'est mon tour** it is my turn
le **touriste** tourist
tourmenté, -e worried
la **tournée** tour; round
tourner to turn; **avoir la tête qui tourne** to be dizzy; **se tourner** to turn around

toussoter to cough lightly
tout *adv.* very, completely;
　pas du tout not at all,
　tout à fait entirely
tout, -e (*m. pl.* **tous**; *f. pl.*
　toutes) *adj.* any, all, all of;
　whole; only; everything
tout de suite immediately,
　right away
toutefois yet, however,
　nevertheless, still
tracasser to worry, to pester
la **trace** trace, track, footprint;
　trail
tracer to trace, to draw; to write
traduit, -e translated
le **train** train; pace; **en train de**
　in the process of
traînant *pres. part. of* **traîner**
　pulling, dragging
traîner to drag; to loiter
le **trait** trait, characteristic; stroke;
　d'un trait at one gulp
traité, -e treated
traiter to treat
la **tranche** slice
tranquille calm, quiet
tranquillement quietly
la **Transat** *short for* **Compagnie**
　générale transatlantique
　French line
transférer to transfer
transformable that can be
　transformed
transformer to transform, to
　change; **se transformer** to
　change
transparent, -e transparent
transporter to transport, to
　carry
transversal, -e transversal;
　cross
traquer to round up, to hem in;
　to pursue
le **travail** (*pl.* **les travaux**) work;
　bleu de travail working
　clothes

travailler to work
traverser to cross
trembler to shake
tremper to soak; to dip
le **trench-coat** trench coat
la **trentaine** about thirty
trente-cinq thirty five
trente-deux thirty two
très very
triangulaire triangular
la **tribulation** tribulation
le **tribunal** tribunal, bench
la **tricherie** cheating, trickery
trinquer to clink glasses in
　drinking
la **tripe** tripe
triste sad
trois three
troisième third
trompé, -e deceived
tromper to deceive; **se**
　tromper to make a mistake
la **tromperie** cheat, fraud
trop too much, too many; too
le **trophée** trophy
le **tropique** tropic
le **trottoir** sidewalk
troublé, -e disturbed;
　confused
la **trousse** case of instruments
la **trouvaille** thing found by
　chance, windfall
trouver to find; **se trouver**
　to be
le **truand** vagrant, vagabond
le **truc** knack, trick; thing
tuer to kill
le **tueur** killer
la **tulipe** tulip
le **tulle** tulle, net
tutoie *pres. ind. of* **tutoyer** uses
　"tu"; **tutoyer** to use **"tu"**
le **tuyau** pipe; tube, hose; (*slang*)
　information
le **type** type, model; (*coll.*) chap,
　fellow
typique typical

U

l'**ultimatum** *m.* ultimatum
l'**uniforme** *m.* uniform
unique only, sole; single,
    unrivalled
unissait *imperf. of* **unir** was
    joining
l'**université** *f.* university
urgent, -e urgent
l'**usage** *m.* use; usage
l'**usine** *f.* factory
utile useful
utilisé, -e used
utiliser to use

V

va *pres. ind. of* **aller** goes, is
   .going
le **vagabond** vagrant; wanderer
vague vague
vaguement vaguely
vain: en vain vainly, in vain
la **vaisselle** dishes
le **valet** valet; **valet de chambre**
    butler
la **valeur** value
la **valise** suitcase
valoir to be worth; **valoir**
    mieux to be better
la **vantardise** boasting
vanter to praise; **se vanter** to
    boast, to brag
la **vapeur** steam
varier to vary
vaste vast
vaudrait *pres. cond. of* **valoir**
    would be worth
vécu *past part. of* **vivre** lived
la **véhémence** vehemence,
    violence
véhément, -e vehement,
    impetuous, passionate
la **veille** the day before
le **vélomoteur** bicycle with a
    small motor

venaient *imperf. of* **venir** were
    coming
venant *pres. part. of* **venir**
    coming
la **vendeuse** salesgirl
le **vendredi** Friday
la **vengeance** vengeance, revenge
venir to come; **venir de** to
    have just
le **vent** wind
la **vente** sale
le **ventre** womb; stomach
venu *past part. of* **venir** come
le **ver** worm; **tirer les vers du**
    nez to pry information from
le **verdict** verdict
la **verdure** greenness; green,
    vegetation
véritable true
la **vérité** truth
le **verre** glass
verrez *fut. of* **voir** will see
le **verrou** bolt
vers towards; about
verser to pour
vert, -e green
vertement vigorously,
    sharply, harshly
la **verveine** verbena; a tea made
    with verbena
la **veste** jacket
le **vestiaire** coat closet
le **vêtement** garment
le **vétéran** old hand; old soldier
vêtu, -e clothed, dressed
le **veuf** widower
la **veuve** widow
veux *pres. ind. of* **vouloir** want
la **viande** meat
la **victime** victim
le **vide** emptiness, vacuum
vide empty
vider to empty; **se vider** to
    empty; to become empty
la **vie** life
la **vieille** old woman
vienne *pres. subj. of* **venir**
    come

vierge virginal; pure; free from
vieux *m.*, vieille *f.* old
vif *m.*, vive *f.* live, living;
  quick
le vif quick; sur le vif from
  experience
la vigne-vierge wild briony,
  virginia creeper
la villa villa
le village village
la ville city, town
le vin wine
le vinaigre vinegar
vingt twenty
la vingtaine about twenty
vint *past def. of* venir came
violemment violently
violent, -e violent
le visage face
viser to aim
visiblement evidently
la visite visit
visité, -e visited
visiter to visit
le visiteur visitor
vit *past def. of* voir saw
vit *pres. ind. of* vivre lives
vite fast, rapidly
la vitre window pane
vitré, -e (*adj.*) glass
la vitrine shop window
vivant, -e alive
vivre to live
le vocabulaire vocabulary
voici here is, here are
voilà there is, there are; ago
le voile veil
voir to see; to appear
voire even; indeed
la voirie organization of public
  streets and highways
le voisin neighbor
voisin, -e bordering, next door
la voiture carriage, car
la voix voice; à mi-voix in a low
  voice
le vol theft
le volant wheel of an automobile

volé, -e stolen
la volée flight
voler to fly; to steal
le volet shutter
le voleur robber, thief
volontairement willingly
la volonté will; de bonne
  volonté willingly
volontiers gladly
volumineux *m.*,
  volumineuse *f.* bulky, large
votre (*pl.* vos) your
voulait *imperf. of* vouloir
  wanted
vouloir to want, to wish;
  vouloir bien to be willing;
  en vouloir à to hold a
  grudge against;
voulurent *past def. of* vouloir
  wanted
la voûte vault, arch
voûté, -e bent, vaulted
le voyage trip
voyons *imp. of* voir let us see
le voyou ragamuffin
vrai, -e true
vraiment really, truly
vraisemblablement
  probably, likely
vu *past part. of* voir seen
la vue view, sight; à première
  vue at first sight

W

le week-end week end

Y

y there, in it, to it, it
le yacht yacht

Z

le zèbre zebra; (*slang*) chap,
  fellow
le zinc zinc; bar